A Cena Muda

A Cena Muda

Miguel Angel Fernandez

Ateliê Editorial

Copyright © 2000 by Miguel Angel Fernandez

Direitos reservados e protegidos pela
Lei 9.610 de 19 de fevereiro de 1998.
É proibida a reprodução total ou parcial
sem a autorização, por escrito, da editora.

ISBN – 85-7480-017-1

Editor
Plinio Martins Filho

Direitos reservados a
ATELIÊ EDITORIAL
Rua Manuel Pereira Leite, 15
06700-000 – Granja Viana – Cotia – SP
Telefax (11) 7922-9666
www.atelie.com.br
2000

Printed in Brazil
Foi feito depósito legal

Escreve-se para contar, não para provar.
QUINTILIANO

Agradecimentos a
Juca Kfouri
Dácio A. de Castro
Ivan Teixeira
Henrique Monteiro
A. Medina Rodrigues
Cremilda e Sinval Medina
Antonio Romane
Hernâni Donato
Odília Candelária
Ana e Roberto Dupré
Ivone Manso
Wilson Garcia
Coeli Mendes
Alice e Carlos Bittinas
... pelo incentivo, apoio e presença.

SUMÁRIO

13 Avant-Première.

17 "Enterro de Siqueira Campos comove a cidade."

19 Buenos Aires, capital da conspiração brasileira. Copacabana em chamas. Coluna da morte. Da esperança. Fênix revela o futuro.

29 São Paulo, capital do café. Guarujá em chamas. Tonho, cor de café. Abolição decretada em oitenta e oito. Mas sinhá liga?

39 Pernambuco, Gouveia. Madeira-Mamoré. Tonho sonha com sítio e espera morrer velho dando carreira em tenente.

45 São Paulo, cemitério do café. "Caipirão Rubiácea", Pierre e sua língua nordestina. Conspiração de tenentes e paulistas "carcomidos".

61 Livraria Teixeira. Iris e diafragma prometem fitas sonoras. Getúlio manda e João Alberto obedece. Paulistas detestam a idéia.

79 Judiação do cinema sonoro. Novidades da tela *versus* preço do metro de seda francesa. Fogo nos ânimos paulistas e numa loja judia.

91 Encouraçado São Paulo. Miss Brasil. Revolução Russa *versus* Outubrista. Tietê, mãe dos rios, vai inundar São Paulo. De novo.

131 Ricardo Alvarenga. Jantar *Je ne sais quoi* e gorjeta inesquecível esperam Magda e Jandira se conhecerem melhor.

139 Cinco gatinhos úmidos e gravidez indesejada. Honório ataca

12 • MIGUEL ANGEL

russos e paulistas comunistas. Pior para Pudovkin e Lauro.

151 Finalmente a terra das andorinhas, de sogra e cunhado. Várias descobertas depois, braços e pernas abertos.

163 Alvarenga contrata corintiano. Oito milhões de paulistas, potenciais fregueses do "Refinamento do prazer, Ltda."

171 M.M.D.C.: mata mineiro, degola carioca. Teu cabelo e teus sapatos não negam. "Fui nomeado teu tenente interventor."

179 Festa politizada em casa de Fausto. Guilherme de Almeida mostra seu charme. Lauro bêbado de Magda e uísque. Melhor para Laura.

197 Aniversário de São Paulo. Colar de presente. Jandira, champagne e cocaína não se misturam.

207 Lambedeira, facão e morte. Uma faca enterçada menos dois olhos. Corintiano expulso de campo.

215 Lei "acelerada". Euclides Figueiredo e Ricardo Alvarenga no primeiro brado. Festa na necrópole.

219 Denodo, medo, patriotismo nos campos da Guerra Cívica. Enfermeira no *Écran* dos combates procura namorado.

229 Tonho caçando Corintiano em plena Revolução. De faca e picaçu até a cintura.

233 Paris-Belfort no rádio. Pedregulho no saco do papagaio. Uma bala no bolso e Pedro morto.

251 Na casa do Corintiano. *Quella catapecchia?* Sapato na goela produz vômito. Amor descoberto, morte.

267 Peixes do Tietê mordem língua nordestina e desovam num Rolls-Royce do outro lado do mundo.

273 Ambulância em perigo foge de bombas e lembranças incendiárias. As almas engolem roda da fortuna.

285 Carta enviada do Guarujá que Ana nunca leu, nem Dona Filomena, que a devolveu sem abrir, anexando foto e telegrama dando os pêsames aos parentes da falecida combatente que tudo deu, até a vida, por São Paulo...

289 "Châtrer le noirceur à L'anglaise" ervilhas, alface, batata e pitadinha de cloridrato adulterado.

299 Último capítulo, fim desta Revolução. *Ad perpetuam rei memoriam. Nihil novi sub sole.*

305 Epílogo.

AVANT-PREMIÈRE

Em silêncio entrou no quarto, fechando a porta atrás de si; só então respirou mais calmo. As batidas do coração, que lhe pareceram ecoar ruidosas pela escuridão da casa, diminuíram ao constatar que ela dormia profundamente; boca aberta e leve gargarejar o demonstravam. Reavivou-se a náusea e a determinação de realizar nessa última noite o planejado. Aproximou-se da cama, e sem demora espalhou espesso líquido debaixo dela até esvaziar a garrafa, guardando-a novamente no bolso do casaco. O forte cheiro do produto dilatou-lhe as narinas e fez seus olhos lacrimejarem. A mulher na cama mexeu-se de leve. Ficou imóvel até ela se aquietar. Caixa de fósforos na mão, acendeu o primeiro, que se apagou no mesmo instante; mordeu o lábio inferior, engolindo um palavrão. Segundo fósforo aceso, dessa vez cuidou para não se apagar, protegendo-o com a mão em forma de concha. Cuidadosamente, abaixou-se e aproximou a chama na mancha que o líquido formara debaixo da cama. Quando o fósforo chiou e apagou-se ao contato com ele, receou ter enchido a garrafa com o produto errado. Agora o cheiro mais intenso aumentava sua excitação. Leve gemido da mulher o paralisou novamente. De joelhos ao lado da cama, curvou-se até seu rosto ficar bem perto do chão. No sono inquieto, ela esticou o braço e a mão, pendurada na borda da cama, roçou-lhe de leve a cabeça. Sobressaltado, acreditando-se descoberto, afastou-se de um pulo. Já tinha na mão a garrafa vazia que retirara do bolso, pronto a quebrá-la na cabeça, mas ela imobilizou-se e continuou a dormir. Devia se apressar, o cheiro nauseante já estava tomando conta do quarto. Voltou a riscar outro fósforo. Dessa vez, em contato com o líquido, a chama foi espalhando-se aos poucos embaixo da cama. Esperou alguns segundos, até se certificar que o fogo atingia os extremos dos lençóis e parte das cortinas da janela. De costas para não perder nenhum detalhe, foi afastando-se em direção à porta. Antes de sair e apesar da inquietação, não conseguiu evitar um sorriso diante da certeza do êxito alcançado. Tudo conforme projetara durante tanto tempo nas suas vigílias. Fechou a porta suavemente; andando pelo corredor, pé ante pé, chegou às escadas; no topo pareceu-lhe ouvir barulho proveniente da cozinha, no térreo. Estranhou. Tinha certeza de estarem sozinhos na casa; ou teria sido do quarto que deixara? Ela acordara? Se assim fosse, certamente uma gritaria histérica já teria tomado conta da casa. Embora apreensivo, impelido pela curiosidade, acabou voltando. Ao chegar à porta encostou o ouvido; o burburinho vinha do interior do quarto. De um puxão abriu a porta, e então o coração palpitou agitado, a respiração parou na boca aberta e os olhos se abriram atônitos diante da imagem fora do roteiro planejado: sentada no meio da cama, ilhada por línguas de fogo que cresciam aos poucos, imobilizada pelo terror e ao mesmo tempo tremendo como folha de papel, tão branca como os lençóis, a mulher olhava-o fixamente. Antes de perceber naquele mirar qualquer vislumbre de súplica ou espanto, repentina convulsão fez o corpo dela primeiro se contrair, depois se retesar e tombar como se tivesse levado uma pancada no peito. Iluminado pelas chamas, via-se vômito escorrendo pescoço abaixo. Os maxilares pareciam mastigar um grito engrolado pela espuma que se seguiu, formando pequenas bolhas de ar no canto da boca. Os dedos dela, trêmulos, agarravam os lençóis em chamas, e no desvario jogava sobre si mesma o fogo que, depois de alcançar o travesseiro, queimava seus longos cabelos. O gemido que não conseguia articular parecia formar um nó na garganta; somente agudo estertor saía por ela. Os estalos da madeira e o tamanho das chamas aumentaram. De repente, apoiando-se sobre o cotovelo, estendeu-lhe a mão em forma de garra; foi apenas um segundo agonizante, pois nova convulsão a sacudiu, e dessa vez sua violência fez a cama tremer. Nauseado, retendo a respiração, saiu do quarto e trancou a porta atrás de si. Correu até a escada e lançou-se degraus abaixo em direção ao térreo, sem importar-se com mais nada a não ser fugir dali. Abriu a porta da rua, parou um instante para respirar o ar da noite profunda e logo a seguir, num pulo, escondeu-se nas sombras do jardim e vomitou. Depois esperou. Esperou até ver as línguas de fogo assomarem pela janela do quarto. Ficou ali até as chamas, queimando as cortinas de veludo, tornarem-se fragorosas e expandirem-se, iluminando o jardim, refletindo-se faiscantes na órbita de seus olhos bem abertos, para captar cada minúcia de sua pirotecnia. Esperou ouvir os vidros da janela se estilhaçarem pelo calor. Piscou quando, minutos depois, outras janelas da casa explodiram em turbilhão de faíscas. Sentiu o cheiro de livros sendo incinerados, sabia que naquele momento ardiam as roupas e as portas, inclusive as secretas. Não se mexeu até estar convicto de as maçanetas se terem torrado, inflamado os móveis e os quartos, escadas e candelabros derretidos. Ouviu lustres, garrafas e cristaleiras explodirem num iluminado pipocar de festa e chiados de cimento sucumbirem ao calor das labaredas. Faltou-lhe ar ao vislumbrar paredes se abrasando até caírem com fragor, mergulhando em poça de fagulhas, e logo os tijolos viraram brasas, e cinza seu ódio. Adivinhando o corpo calcinado, misturou-se aos apavorados vizinhos e curiosos, que, fascinados pelo espetáculo pirotécnico, nem deram pela sua presença. Só então, iluminando-lhe as costas a luz do vulcão que o libertaria dos incômodos do passado, desapareceu em direção ao amanhecer. O mar o esperava.

"Enterro de Siqueira Campos Comove a Cidade"

(...) o avião no qual viajavam, ao que tudo indica, sofreu pane no motor, vindo a cair no estuário do Prata, e submergindo em seguida.

No nublado amanhecer, o capitão Siqueira Campos e o coronel João Alberto Lins de Barros, considerados excelentes nadadores, mesmo bastante feridos, procuraram alcançar a margem nadando nas águas frias do estuário. João Alberto, depois de desesperac' sforços, conseguiu chegar à praia, salvando-se. Sique.. mpos afogou-se no meio do caminho.

Dias depois, seu corpo foi encontrado numa pequena enseada na margem uruguaia do estuário.

A princípio acreditou-se que teria sido vítima de cãibras provocadas pela baixa temperatura das águas. Mas a autópsia constatou a verdadeira "causa mortis": ataque cardíaco, provavelmente ocasionado pelo tremendo esforço realizado na tentativa de chegar a terra firme.

(...) Foram enterrados ontem os restos mortais de Siqueira Campos, tombado no relatado acidente de avião. Contando com a presença de autoridades, em comovidos discursos, fizeram uso da palavra...

(Fragmento de nota no jornal
Diário de S. Paulo, maio de 1930)

Buenos Aires, Capital da Conspiração Brasileira. Copacabana em Chamas. Coluna da Morte. Da Esperança. Fênix Revela o Futuro

Toledo sentiu profundo e súbito cansaço ao descer do táxi com os companheiros e dirigir-se ao portão de embarque do aeroporto, quase vazio àquela hora. Decerto os vinhos que tinham tomado antes de chegar estariam colaborando. Um pouco tonto, encostou-se no balcão e ficou observando a pista e o único avião em atividade que os aguardava: um surrado e pequeno monomotor Laté-28 da Latecoére fazia escala naquele portenho amanhecer de 9 de maio de 1930, vindo do Chile e com destino a Montevidéu. Enquanto esquentava o motor desregulado, o barulho ensurdecedor e os súbitos estampidos do escapamento semelhantes a disparos de fuzil faziam cintilar *flash* indiscreto sobre fragmentos de suas lembranças: como a imagem daquela Copacabana ensolarada e sangrenta cujo significado mantivera escondido sob oito chaves – uma para cada ano –, como primeira amante incógnita. Seu primeiro fracasso.

20 • MIGUEL ANGEL

Entre frios nevoeiros argentinos:
Copacabana fervendo de sol

Ao detonarem: "Deponham as armas, o golpe fracassou!",
nascera sua disposição de morrer pelo Brasil, iniciando a caminhada por Copacabana em 1922, no primeiro levante tenentista. Depois sentira o baque brutal no estômago dilacerado a
bala; sol e mar desapareceram no meio do fragor dos disparos.
E então, o hospital. Aturdido, na obscuridade turvada e dolo-
rida, surgira a face do pedante presidente à sua frente. Então
despertara o instintivo desprezo por tudo, por ainda estar vivo
e por ver refletido no pincenê do inimigo o fracasso da em-
preitada: "Vou pôr um pouco de areia na tua vaselina"; levara
as mãos até as gazes que cobriam as feridas e, rápido como
unhada de gato, as arrancara. Ao ver a expressão do presidente Epitácio Pessoa olhando suas tripas expostas, experimenta-
ra uma sensação quase infantil e de mórbida satisfação.

Apostara e errara; contudo, a experiência lhe ensinara que
toda tentativa de construir ou mudar contém em si certa dose
de fracasso. Sempre achara que não é pelas conseqüências que
se deve julgar o valor de um ideário. Continuava achando o
preço válido.

Enquanto esperava, meio sonolento, Toledo preferiu distrair
a memória com fatos mais recentes. Como os acontecimentos
dos últimos dias em Buenos Aires, que na verdade não o surpreenderam. Mesmo na clandestinidade em São Paulo, mantivera contato com o capitão exilado e sabia de suas aparições
públicas e da participação ostensiva em reuniões de dirigentes
comunistas argentinos. Isso vinha a confirmar a linguagem im-
plícita na correspondência e nos contatos dos últimos meses,
aos quais ele não prestara a devida atenção. Mas, nesta hora, a
certeza naquele novo discurso parecia ter criado profundas

raízes na cabeça do comandante; "como facão penetrando na sua velha bainha, alcançada por fim, para lá ficar a descansar de vacilações e reveses". Percebeu isso quando o carro, levando o grupo para a primeira reunião com "Oscar", codinome de Luís Carlos Prestes, chegara ao conhecido e agora famoso número 1406 da *calle* Gallo. Segundos antes de o carro parar na frente da porta da "república", reconheceu o jornalista e dirigente comunista argentino Gholdi saindo da casa, aparentando uma intimidade tão exagerada que o incomodou. Como sempre, nessas ocasiões indefinidas, e por isso mesmo inseguras e tensas, a cicatriz na barriga repuxou. Enquanto afagava discretamente a saliência, sentiu-se subitamente cansado: "Vamos até o fim, não temos mais nada a perder", dissera João Alberto, adivinhando tudo.

A proposta entusiasmada, porém, pronunciada de maneira cautelosa, foi repetida por ele e João Alberto: sua participação natural no movimento revolucionário que articulavam no Brasil, para desmontar o resultado das recentes eleições que, graças a evidente fraude dos galopins eleitorais do poder central, elegeram o apaniguado de Washington Luís, o velhaco e zonzo Júlio Prestes, tentando evidentemente assegurar a sucessão.

– precisavam de seu prestígio;

– sabiam que a Aliança Liberal era barril de pólvora pronto a detonar se a vitória se concretizasse. Assim, a segunda batalha não menos cruenta a travar seria a de manter o equilíbrio entre os aliados;

– com os tenentes no poder, qual seria a reação de gente como os conservadores João Pessoa, Francisco Campos, Ricardo Alvarenga, antigo "perrepista" convicto, entre outros que ainda torciam o nariz para eles, considerados "gentinha de merda, desqualificada"? Estavam cientes que muitos dos aliancistas de hoje tinham sido inimigos ferrenhos da Coluna Prestes.

– após a luta, os militares seriam o único sustentáculo no qual se apoiaria a ditadura surgida do movimento.

Sim, eles tinham a disposição de levar até o fim a conspiração, para enterrar de vez a política dos pusilânimes que tinham levado a pátria à indigência moral e econômica, contra os quais a Coluna tanto lutou com sua liderança incontrastável.

E quem comandaria essa ditadura?

Queriam seu líder de volta!

Estavam ali com essa esperança, e, afinal, ele era o seu Cavaleiro.

Após longa pausa, que João Alberto, tentando esconder a expectativa, aproveitou para servir-se de outro chimarrão, o Cavaleiro levantou-se. Entretanto, outra esperança é que sustentaria o brilho da sua eloqüência:

– Combater uma oligarquia servindo outra não lhe interessava, disse com desdém. Uma simples mudança de homens, promessas de liberdade eleitoral, respeito à Constituição e outras panacéias nada resolvem, nem podem interessar à grande maioria da nossa população. E sem o seu apoio, qualquer revolução que se faça terá o caráter de uma simples luta entre oligarquias dominantes. Com verdadeira fé política encontrariam estratégia necessária e precisa para combater os malefícios do latifúndio, o governo dos "coronéis" e, sobretudo, a outra viga mestra da exploração semifeudal no Brasil: o imperialismo anglo-americano. Lutar, sim, mas por uma revolução verdadeiramente popular!

Não partilhando do entusiasmo por essa aliança com partidos reacionários, convidava-os a segui-lo naquilo que sempre procurara e por fim encontrara: o marxismo-leninismo. Por meio dessa ideologia, as forças dispersas dos tenentes poderiam aglutinar-se num governo realmente surgido dos trabalhadores das cidades e das fazendas. Com a ajuda e o entendimento dos movimentos revolucionários de todos os países latino-americanos, venceriam.

O homem apareceu por entre a fina chuva que se iniciava. O nevoeiro espectral que cobria a pista do aeroporto o cercava, formando lúgubre negrume debaixo do boné. Sentiu estremecer o corpo e um forte beliscão na velha cicatriz. Instintivamente apertou a barriga com força; "medo de as tripas escaparem por ela?"

Obstinadas, escapando dos meandros da mente, as lembranças que sempre fizera questão de manter enterradas estavam ali: imagens de um Brasil imenso tomavam conta daquele aeroporto, embaralhando-se entre brumas melancólicas. Seriam os vinhos argentinos?... *"Lejana tierra mia, bajo tu cielo, quiero morirme un dia..."* Gardel teria cantarolado.

E depois, na cerração da chuva portenha:
"Coluna Prestes"
Cavalgando intrépida entre marchas intermináveis e algumas batalhas bem-sucedidas, a imagem libertária da Coluna espalhava-se por todo o país e atravessava fronteiras.

Festas e banquetes os aguardavam em muitas cidades, abençoando sua passagem. Entre as muitas léguas do imenso território, algumas populações – lembrava pesaroso – recebiamno com ostensiva agressividade. Em mística submissão, aceitavam sua condição miserável imposta por Deus e pelo "Padim Cirço". Desistiam da liberdade que lhes era oferecida. Como podiam? Para eles, a liberdade era um mistério desconhecido e, por isso, perigoso.

Na densa neblina que a chuva intensificava:
"Coluna da Esperança"
E ademais, como esperar a participação de todo o povo, se muitas famílias, dizimadas pela fome e pelas doenças, não sen-

tiam mais revolta nem esperança – reduzidas a uma animalidade tão primitiva em que mães, em trágica apatia, repudiavam os próprios filhos? Mesmo frutos de sementes dolentes, eram homens desabrochando para se tornarem livres e dignos. Mesmo que não o soubessem.

No nevoeiro vindo do rio argentino:

"Coluna Invicta"

Apesar de problemas como esgotamento físico, deserções, propostas de encerrar a luta e fugir para país vizinho, continuavam marchando entre vales, montanhas e florestas, perseguidos e combatidos sem trégua por adversários de toda índole: legalistas, fanáticos religiosos, batalhões de mercenários e capangas dos coronéis. A violência noite após dia, meses após semanas, obrigava-os não somente a aprender a sacrificar friamente inimigos, mas também a matar aliados e até mesmo homens do próprio grupo, em nome da disciplina e da compostura.

Cavalgando a seu lado como pesada mochila, o desalento.

Na obscuridade do amanhecer marplatino:

"Coluna da Morte"

Ao fim daqueles três anos de tantas lutas e de mais de trinta mil quilômetros percorridos entre sofrimentos, doenças e penúrias, ele e seus companheiros se arrastavam, indiferentes aos corpos mutilados apodrecendo ao sol dos sertões ou nas margens dos rios. Já tanto fazia serem de inimigo ou de amigo, inseriam-se na paisagem e sentiam pertencerem a ela assim como as pedras, os bichos, os caminhos ou as ossadas.

Atordoados pela violência da injustiça e da morte, fazendo suas próprias revoltas serem esquecidas, transformavam-se pouco a pouco em sombra do exército guerrilheiro que perseguira um ideal. O pedágio do exílio reparador assomava no horizonte, nas fronteiras estrangeiras. Penosa alternativa. Na galhardia enterrada junto com tantos corpos, era vital surgir nova fé política para se reencontrarem por trás daquele perambular humilhante. Seria essa a fé que o Capitão encontrara para alcançar a vitória?

No mistério: o fracasso.

"Coluna Fênix"

Todas aquelas jornadas sangrentas e o avançado envolvimento na atual conspiração levaram-no a tratar os aliados "carcomidos" e até os próprios companheiros como "meios" de chegar à revolução. Ainda assim, para justificar essa nova sublevação era necessário julgar o fim proposto para lhe dar sustentação e sentido. Ainda lembrava qual era o "seu" fim? Se o perdera, inventaria um. Concretizando-se a vitória, qualquer fim será o verdadeiro.

Na incerteza: agouro.

"Coluna do Meio"

Sentou sobre a mala em que guardara, entre outros pertences, aqueles inúteis documentos de uma conspiração cujo confuso desenlace não fora o planejado, principalmente após o general ter-se recusado definitivamente a entrar nela.

Nada do que lembrava provocara a mesma sensação que observar aquele homem sem face vindo na sua direção, com pesada névoa perseguindo seus passos. "Espectros da caatinga amedrontam bicho, criança e até guerrilheiro da Coluna da Morte." Ia chamar João Alberto, pretexto para gritar, tirar aquele catarro de alma acuada dentro do peito. A visão cada vez mais próxima pisava na própria sombra como um tapete sinistro que lhe escamoteasse os ruídos. Ao se deter à sua frente, no silêncio imenso de um segundo, a luz provinda do fósforo aceso clareou-lhe o rosto: apenas o telegrafista, que, com falhas nos dentes e como qualquer funcionário, dizia: "Tudo pronto pra partir, senhor Toledo".

Ao entrar na pista, sabia perfeitamente, numa certeza agourenta, que toda luta começada continuaria feroz e sangrenta mesmo sem ele; "um homem, vivo ou morto, não pode mudar o rumo dos acontecimentos".

Tempo carrancudo fez a chuva aumentar de repente.

Caminhou em direção ao avião; João apressado, ele atrás, quinto e último passageiro. Andava como que deslizando sobre a neblina, agarrada às suas pernas, tentando impedi-lo de chegar. Atrasava-se. Alguém gritou: "Vamos, hombre, antes que el mal tiempo no nos deje levantar el vuelo!" A hélice e o vento criavam redemoinhos de brumas; clandestinamente, nuvens corajosas desciam do céu para espiar os movimentos de homens que manipulavam os destinos de povos inteiros. Súbito golpe de vento trouxe cheiro aziago de maresia. O "Rio de la Plata", inquieto. Na superfície, cadáveres de peixes apodreciam balançando ao impulso das ondas; malas cheias de intrigas, incertezas e conspirações flutuariam depois. Afundariam logo mais até seu leito voraz, para serem tragadas pela lama e pelo tempo. Que era fugaz dentro do universo; mas para as paixões dos homens, eterno.

Enquanto subiam a bordo da aeronave, João Alberto perguntou, sempre adivinhador: "Tudo bem, Toledo?" Antes de responder, sorriu e afagou a cicatriz que, pela primeira vez, parara de coçar naqueles dias.

"Não precisa mais disso, João. Me chama de Siqueira Campos. Ou de Gato, como gostaria o Juarez Távora."

Não muito longe, as águas barrentas e frias do Rio da Prata esperavam, irritadas de *mal tiempo*. Pouco depois levantaram vôo rumo à próxima escala: Montevidéu. Destino final: Brasil e sua revolução irreversível. "Não basta para o Brasil o nosso sacrifício de eternos derrotados. É-lhe indispensável que, pela razão ou pela força, nossas idéias vençam. Congreguemo-nos para isso e confiemos no futuro."

Então, para o futuro, Juarez!

Da pequena janela, podia ver as luzes da cidade de Buenos Aires se afastando. *"Mi Buenos Aires querido, cuando yo te vuelva a ver, no habrá más penas ni olvidos."* Podia ter lembrado Gardel antes de dormir. Mas não sabia de tango nem de estar tão próximo do instante em que o futuro lhe seria revelado.

São Paulo, Capital do Café.
Guarujá em Chamas.
Tonho, Cor de Café.
Abolição Decretada Em
Oitenta e Oito.
Mas Sinhá Liga?

Fazia três longos dias que não se viam, mas nesse instante lá finalmente estava o corpo todo e nu a esperar. De bruços na cama, parecia dormir. Segurando a taça de champanhe, Magda derrubou no seu interior uma dose de cocaína que, misturada à bebida, fez aumentar a efervescência. Depois de beber um trago, chegou-se até a borda da cama e ficou a observar: a luz caprichosa e pouca iluminando em vários tons de intensidade o corpo quase imóvel e acafetado. Marrom mais claro no traseiro arrebitado, preto intenso no meio das costas, café no braço sólido em cujo extremo dois dedos da mão direita brincavam de perninhas caminhantes pelo chão. "Devia estar jogando futebol." Sim, ele estava aguardando, inocente e provocador. Magda tirou a pouca roupa restante após os preâmbulos eróticos que a deixaram no limite exato da excitação e cuja secreção já umidificara até os lábios da

vulva. Agora nua, subiu na cama. A partir dos pés dele, de joelhos abertos foi chegando até encaixar o traseiro entre suas pernas. Num forte aperto, sentiu o útero se expandir e, meneando os quadris, esfregou-se nele, criando ondas elétricas prontas a desabar em centelhas sobre ele. Suas longas unhas arranharam de leve a nuca, os ombros, desceram pelas costas, chegaram nas coxas, agarraram o traseiro. Adorava ver o contraste de sua pele branca com a dele. Na primeira relação que tiveram, enquanto o carnaval explodia nas ruas, voltara o orgasmo tão duradouro e elétrico, iguais aos experimentados na fazenda há muito tempo com um outro negro, Tonho; também obsequioso a princípio, o peão fizera com ela – a seu pedido – o que bem quisera. E sua inconveniente virgindade desaparecera finalmente. Recordou para sempre os desfrutes daquele verão. Na primeira vez, ele teria pouco mais de vinte anos quando lhe ordenara que a acompanhasse na cavalgada. Hora depois, chegaram num riacho; ofegantes da galopada, desceram da montaria. Num repente, ela arrancara as botas, a roupa, e nua, mergulhara na água. Ordenando para o espantado peão: "Vai, moleque, tira esses trapos e entra n'água também!" Tímido, mas obediente, tirara os trapos detrás dum arbusto e mergulhara imediatamente. Algum tempo depois de esfregas e lambidas, ele perdera toda a timidez cabocla e desatara o animal escondido dentro dele, deixando-a louca de desejo. Até lhe ordenar: "Vem cá, nego, me estupra! Aqui, nesta lama. Me chama de *Vasmicê, Sinhá*, igual teu pai, escravo da minha mãe! Me come, me morde, desgraçado!" Muitos domingos estariam esperando por cavalgadas assim.

Mordia os lábios ocultando o riso quando lhe aconselhavam amenizar suas cavalgadas cotidianas, origem certa daquelas dores nas pernas e nas costas de que se queixara sem se dar conta. No fim das férias, teve de voltar a São Paulo. Naquela ocasião soube que o negro desaparecera da fazenda; com estúpida indiferença, seu pai nada fizera para reencontrá-lo. "Magda, minha filha, a abolição foi decretada em 88."

Chorou e depois masturbou-se até sangrar. A sensação do membro na boca, entre suas pernas e dentro dela, ficou por muito tempo. Na verdade, aquele formigamento permanecera toda sua vida, acompanhando a umidade da vagina e sua excitação quase permanente.

Ao ver aquele negro no Clube do Guarujá, tão parecido com Tonho, as pernas tremeram como se tivessem vida, ou, melhor, memória própria, ameaçando deixá-la cair escada abaixo. O negro, a poucos metros de onde se encontrava, ajoelhado no gramado verde – jardineiro do clube? –, olhava embevecido os malabarismos espetaculares dos aviões que assombravam todo o mundo. Assombroso era ser parecido com o outro fujão, da fazenda e de suas pernas. Era o sorriso de deleite mostrando a fileira de dentes branquíssimos reluzindo ao sol como o metal dos aviões aloprados, que o fazia parecer uma criança divertindo-se no circo. Criança entraria no seu circo? Ela se levantara e ficara a fitá-lo fixamente. Leve tremor na mão segurando a taça de champanhe, mas nem por um segundo a luz da prudência acendeu-se. Afinal, bem perto, amigos do marido e até Santos Dumont, numa furtiva passagem pelo Brasil, compartilhavam a mesa. Onde também se encontrava seu amado sobrinho Fausto, de quem precisaria para concretizar a fantasia, esta sim, luz acesa brilhando na mente há tempos. Neste momento, desejo premente. *Estão aqui as chaves daquele casebre, Tia Magda. Meu administrador nada perguntou quando as requisitei, mesmo sem entender. Nem eu. Seja o que for, divirta-se,* bella. E se tornaria real a partir daquele dia no Guarujá, enquanto seu marido Ricardo Alvarenga, meio alucinado desde o *crach* da bolsa de Nova York no ano passado, estava em Santos negociando, jogando no mar ou incendiando mais algumas toneladas de café. Essa crise não a afetava, os investimentos do pai na rede ferroviária pouco ou nada tinham a ver com ela. As ações na Railway e na crescente indústria têxtil de Blumenau lhe garantiam recursos ilimitados. Café sempre fora dor de cabeça, e sujo. Não andava arrancando cabelos pela casa só por causa dos negócios incompetentes de desconhecidos em Nova York! Todas essas fortunas investidas numa monocultura sensível ao sabor da política econômica de outros países e das mazelas não menos desastradas deste Brasil. Desastres em que o pai, em vida, nunca entrara e nem sua mãe, certamente, se estivesse viva, e nem ela. Não, não. Frustração dessa espécie, não era com ela. Tinha outras, como escrevinhar algumas poesias – provável herança de sua mãe, que, lhe contaram, era uma iluminada romântica que vivera só para ler e escrever poemas e não continuou porque morreu ao pari-la –, que praticamente desistira de continuar a cometer, quando, suficientemente bêbada na ocasião, teve a infelicidade de mostrar a Oswald: "Magda, existem mais trovas no espaço de tuas entrepernas que nas entrelinhas de teus poemas". Fanfarrão sempre!

O outro desastre foi casar-se com o "Caipirão Rubiácea", como Fausto apelidara Ricardo. Já desistira de se perguntar se o fizera por puro capricho ou por tédio. Preferiu considerar que o fizera num acesso de "obediência civil" e, como indicara seu advogado, para manter a aparência de legitimidade, o que beneficiaria o relacionamento com os sócios nos negócios. De toda maneira, descobriu logo duas coisas. Primeiro, sendo usada por ele, sem muita habilidade em ocultar, para conseguir vantagens nas suas relações de cunho político sobretudo, pois o ambicioso parecia ter pretensões de candidatar-se a algum cargo ou algo assim aborrecido. E segundo, o sexo ralo e insatisfatório desde o primeiro dia. Ele jurara melhorar quando passasse o nervosismo provocado por antiga timidez cabocla. Aprenderia com ela, tivesse um pouco mais de paciência.

Não, não aprendeu, e a preguiça da professora fez o aluno renitente dormir em outro quarto, levando torpor e pesadelos e seus intoleráveis roncos fazendeiros. A separação legal, de que começara a cogitar, levaria tanto tempo e traria tantos aborrecimentos, que terminou despertando a mesma preguiça da professora. Sempre deixando para depois, mês que vem, ano que vem... Tão aborrecido isso tudo! Não, ela preferia divertir-se, porém, cuidando para que essa parte de sua vida permanecesse, senão indevassável, pelo menos abafada. Ele seria capaz de emporcalhar tudo, se soubesse. O senso de humor do coitado devia ter sido incinerado junto com uma supersafra. (Mudanças recentes no seu comportamento indicavam que não apenas seu humor tropeçava, mas embaralhavam-se as próprias cordas do equilíbrio mental.) Enfim, mentir e omitir podia ser trabalhoso; se descoberta, iria provocar reações lamentáveis e enfadonhas... Mas quanto mais proibido e bizarro, mais excitante, *n'est-ce pas*?

Naquele dia existia um deserto ao seu redor, onde se encontrava somente ela, aquele homem negro e os "gansos" de metal sobrevoando suas cabeças. Até ele perceber estar sendo observado e ficar sisudo de repente, o que só durou um segundo. Sentiu-se mais excitada ao vê-lo desviar o rosto, tentando esconder o sorriso – ela desejava ou adivinhava fosse – de malandro e safado. Nada de crianças no seu circo!

A perturbadora sofreguidão entre as pernas amainou no instante em que teve a certeza. Seria desta vez, após várias aventuras tão fulminantes como chatas, e obedecendo às solicitações da tirana faminta que se albergava no "poema de entrepernas", montaria naquele ginete cujo nome podia ser "Tonho" ou "Jardineiro!" *"Porte-bonheur"*? Tanto faziam os nomes. Mas a chamasse "Sinhá" e "Vosmecê"! Deliciosamente infantil!

Audaciosa, convidou-o a segui-la com apenas um sinal. Para sua surpresa e satisfação – como se estivesse aguardando

34 • MIGUEL ANGEL

–, ele obedecera sem dizer palavra alguma. E também nada disse, ao chegar ao estacionamento e entrar no carro atrás dela. Durante todo o trajeto pela Estrada do Mar não se olharam nem se falaram, até chegarem a São Paulo. No longo percurso, saboreando aquela onda inquietante de esperança e pesar mesclados, que o risco e o obstáculo vencido emprestam, perguntou-se uma só vez se Pierre, o chofer, manteria a discrição, até certo ponto cúmplice com seu gesto. Gorjeta extra ajudaria a imobilizar sua língua. Isso sempre dava certo com serviçais. Como Ezequiel, o mordomo. Mas este, ao contrário, era para ter a língua agitada e informá-la dos passos de Ricardo. Pelo menos os poucos que lhe interessavam.

Depois, no silêncio da mansão vazia, foi o Carnaval mais ruidoso e pecaminoso já passado em toda sua vida. O Corso Paulista solto na rua; o seu titânico Momo, preso dentro dela. Ao fim da jornada, alquebrada a alegoria, Ovídio espreguiçou no recôncavo das entrepernas. "Exausta, mas não saciada, teve de parar, ainda ardendo de volúpia", antes de adormecer. *Certeza a branquela queria era só seu picaçu. Além disso, gosta de mordiscar o pinguelo dela até fazê-la chorar de satisfação!* Derramou lentamente um pouco de bebida nas suas costas; isso o fez reagir arrepiado, virando-se e expondo o "picaçu" já ereto. Sua dureza ela constatou ao apertá-lo carinhosamente. Sorriram simultaneamente, cúmplices no mudo comentário sobre tamanho e solidez. Servindo-se da garrafa, encheu de novo o cálice ainda com resquícios de cocaína e, após beber um gole, deixou o resto para bochechar. Inclinou-se e borrifou em cima da ponta escura, antes de introduzi-la naturalmente na boca. O líquido borbulhante provocou nele mais arrepios. A língua acariciou a glande com rápidos movimentos, fazendo o frênulo tremer. Restos de bebida derramando da boca umedeciam e perfumavam ainda mais o fruto carnoso do seu "cabeça-de-negro". Sentiu os dedos procurando a vulva ardente e tão molhada como o que possuía na boca. Facilitou o encontro com movimento lânguido. *E tinha secura por mulher branca que gosta de sem-vergonheza. "Sinhá", "Vosmecê". Assim gosta que a chame. Graças a Deus tem tarimba pros assuntos de bimbada. Contrariamente não estaria levando essa vadiação tão boa. Não é, seu bicho preto?* Sabia perfeitamente quantas vezes se encontraram desde o dia em que o trouxe a São Paulo, praticamente seqüestrado. Conta que fazia questão de manter em dia, a fim de se martirizar impudicamente aguardando o próximo encontro naquele rancho escondido em algum subúrbio. Sustentava todos os seus gastos com a intenção de não vê-lo solto por aí. Queria tê-lo só para si, e o tinha! Escravo exclusivo. Necessitando-a, esperando por ela como ar, como refeição, como água, ou melhor ainda, cocaína e champanhe! Impregná-lo dela, mantendo-o dependente, fendedor acorrentado a seu corpo. Era sua vingança por estar sentindo o mesmo. Estaria amando o belo animal? Melhor seria tudo não passar da dolorosa, doce e perversa volúpia. Ou o nome que tivesse essa urgência quase constante de ser penetrada por ele, invadindo todas suas fendas, apaziguando o furor de seu útero, consumindo e sugando todas as faculdades mentais que os diferenciavam dos animais. *A tetéia vai chegando e, sem dizer "Oi!", arranca suas calças, pega nas prendas, amola seu canivete de fazer gosto té demais. Quando tão excitado, no trevareio, pede pelo amor de Deus, mas ela ri fazendo chapuletada na barriga que nem o jumento da fazenda, diz ela. Segura a vara que nem chicote até esporrar, espalhando pra todo lado.* Mas fantasiar amar um negro ignorante que só sabia falar – se tanto – de sítios e terras das quais sonhava ser proprietário um dia? Um preto provavelmente fugitivo? Melhor era tirar essas idéias da cabeça e se deleitar com a outra cabeça dele, a que estava na sua garganta. O resto não importava, ele não precisava pensar. *Mesmo sendo branca, peituda ela, tinha esse pegadio com ele, pena metida nesse abusar do copo. De sociedade, respeitada e rica. Mocetona! Mas pra ele, quenga sempre quente, e gosta de lambuzar o traseiro com azeite e trastejar nele, levar beliscão nos peito. A buchela dela mordia seu picaçu igual nunca sentira antes. Quem diria, que mocambeiro feito ele, teria chamego com uma branca? E muito da perfumada! Antes dela só bronha ou o catinguento das decaídas, isso sobrando alguns contecos pra pagar a bimbada! Assim mesmo com medo de pegar doença. Troço feito na preocupação perde toda graça o tesão. Bestagem de trepar com aquelas lambisgóias, com mais frescuras de "sinhás" que as próprias. Mas esta aqui, vistosona por demais!* A grossura de milho, saindo e entrando até a garganta; pouco depois passar a língua em toda a extensão; as mãos acariciando os testículos e sentindo a fragrância; a volúpia de proporcionar prazer similar não lhe permitia considerar a possibilidade de aquilo acabar. Talvez ele estivesse apaixonado por ela. "Fantasia divertida e diabólica, Magda." Por que não? Afinal, não existia chance nenhuma de ele encontrar mulher assim feito ela, branca, fogosa e gostosa, rica e... puta! "Se fugisse da mesma maneira que fez o outro negro safado?" Antes disso o mandaria matar, ou ela mesma o faria. *Tipão de mulher! Chaleira só da sua birimbela, o que interessa pr'ela. Só depois de muita sacanagem montava naquela égua branca, trotando até arrebentar. Ela não disse que finalmente tinha conseguido tora de home vistoso na sua vida? Até escrevera versos pr'ele! Gostou disso, seu tição do inferno?* No momento em que, abocanhador, mergulhou entre suas pernas sem ela precisar largar o que possuía na boca, nem terremoto moralista quatrocentista conseguiria arrancá-la dali ou impedi-la de continuar. Logo mais, atingindo o limite do gozo, ele virou-se estabanado, arrancando o membro da boca dela. Nesse movimento inesperado os dentes rasgaram de leve a pele. Ele mordeu o lábio mais por surpresa e aflição e olhou o membro ferido: sangue se misturava à saliva e ao champanhe. Ela fez menção de levá-lo de novo à boca como a ampará-lo, mas ele deu-lhe um tabefe e empurrão, fazendo a garrafa de champanhe virar, derramar o resto sobre a cama e ela tombar de costas. Com o impacto as molas rangeram ruidosamente. Montou sobre ela agarrando com força a garganta até o limite do sufoco; apartando-lhe as pernas, furioso a penetrou. Rebolando o toco morno e sangrento, esfregava-o, entranhado na vagina em vaivém vigoroso, abocanhando lábios e garganta alternadamente. Acelerou os movimentos ao sentir os músculos da vagina fechando em torno dele, sugando-o. E então... então o orgasmo vindo a paralisá-la pouco a pouco, espasmo voluptuoso a eletrificá-la, vindo, bem-recebido, bem-pungente, vindo, "bem-vindo amor!" Nem sequer os anjos do céu (não estava no zênite?) nem capetas do inferno (não estava também nele?) teriam poder para deter o momento que ansiava eternizar. "Morrer assim", soluçou entre dentes. No frenesi à beira do desmaio, o último som ouvido foi o alarido do gozo dele, o esfrega-esfrega dos seios suados no seu torso e o compasso das molas da cama. Desfaleceu molhada de esperma, sangue, champanhe e lágrimas.

Pernambuco, Gouveia.
Madeira-Mamoré.
Tonho Sonha com Sítio e Espera Morrer Velho Dando Carreira em Tenente.

"Quibungo, mãe! quedê ocê? tem fantasmas, mãe! fantasmas brancos querem arrancar a língua e meu picaçu, mãe! folga negro/ branco não vem cá/ se vinhé/ pau há de levá'. Não carece preocupação ninguém vai arrancá seu picaçu, fio – os branco e quibungo persegue ele, me acode mãe! – drume meu fio a mãe t'aqui pra no teu picaçu ninguém bota faca nele! – mãe, não sei sair lá fora – passarinho sabe voar quando nasce? então ele pega o medo embrulha na goela põe as patas pra frente o bico pra cima e se larga ao vento, amigo o vento é, credita, mo'fio, no teu coração tem bocado do meu, as mãe não entende o medo direito, pariu vida sem medo da morte – então é ela mãe que quer meu picaçu! – mãe, não deixa! ele é meu como teu, agora druma pretinho do meu coração, Acorda, peste! Tá querendo morrer? 'folga negro, branco não vem cá, se vinhé, pau há de leva'". Acorda, peste! Tá querendo

morrer? *Olha quibungo vai te pegá!* Acorda, peste! Tá querendo morrer?

O susto o acordou. Preso o ar no peito, olhou ao redor. Sorriu meio sem graça. Pesadelo besta, acompanhava-o desde criança! Calor. Tonho olhava o teto contando pela centésima vez as vigas de madeira. Sinhá dormia exausta e nua na cama. Acabavam de ter lapinguachada de mais de três horas. Ela se recuperando para voltar para casa renovada. Fazia sempre isso. Madame fortona, saía dali como se nada. Se descobrissem o caso, ele estaria perdido. Ela não. Com toda a dinheirada? Quem mexeria com ela? Com ele, sim. Um preto do Ceará. Fazer conta não era muito dele, mas devia ter guardados uns bons contecos no baú. No caso de Sinhá aprontar alguma besteira, pegaria seus teréns e se mandaria por esse mundo. Fugido de tudo. Sem amigos. Bom, tinha aquele vendedor, o vizinho preto se dizendo escrevinhador tendo o nome de "Diversos" num jornal; ensinara-o a ler direito – de onde vinha nunca que ia aprender, malmente ferrava o nome –, deu-lhe exemplar do jornal *Clarim da Alvorada*, que depois passou a comprar todos os dias. Mais por agradecimento ao crioulo. Mas preto, amigo de preto, não vale. Para a justiça, preto não tem amigo nem irmão, tem cúmplice. Tanto lá no Ceará como em São Paulo. Não ficava mostrando seu couro por demais, quanto menos gente conhecer, melhor. Sinhá o batizara de Tonho, melhor assim. Seu nome verdadeiro podia constar nas listas dos tenentes como desertor. Para que cutucar o azar? Nem para a branquela contou o acontecido com ele. Pra quê? Só queria mesmo um troço dele. E isso era dela... por enquanto. E ademais perigava saber que ele fugira dos canaviais de lá pelo assassinato do Gouveia, a mando de outro coronel rival da cidade de Jatobá. Quem arrumara a armação fora o José Félix, que depois do feito escondeu-se em Sergipe, mais tarde soube pegaram ele. Cabra macho, nunca abriu o bico da sua presença na emboscada. Foi um Deus-nos-acuda a morte daquele Gouveia! Nunca pensou o peste fosse respeitado tanto pela população e pelas autoridades. O homem estava na varanda da casa dele, todo de branquinho, sossegado de jornal na mão. Se arrastaram, ele e o Félix, Rocio e o tal de Jacaré, até chegar pertinho e "pá! pá!" Bala nele. Rifle. Foi até fácil. Para aquilo não era moleque, mas para trabalhar na ferrovia, era. Branquelo era disso. Preto também. Tudo a mesma merda. Para ele, coronéis eram todos iguais, uns cornos filhos da puta. Tanto faz matar qualquer um, com o nome que tivesse, Gouveia ou Gomes ou Bastião. E índio. Odiava índio, principalmente os caripunas. Por isso mesmo, para não ficar dando trela para o azar, pelo bem pelo mal, tocou-se para os lados do sul graças os caramingúas que o Félix lhe passara antes de fugir. Seria diferente se tivesse ido parar na construção da ferrovia Madeira-Mamoré, igual ao pai. Disseram que era muito moço. Devia ser, por ser preto é que não. O velho se empregara quando ele nascera. Morrera no meio da construção, junto com outros milhares. O velho e muitos outros, de flechada de índio caripuna. Que ferrovia o quê. Foi para Pernambuco. Nem sabia que mataria coronel. Despistando, depois de muito andar abirobado, meteu-se com cangaceiros, mas por pouco tempo, por causa da lambisgóia vivandeira do bando, fuxicara para o capitão do grupo, tal de Jesuíno Brilhante, que tava de bucho cheio por causa dele. O quê? Joviu? Tava pensando não saber que ela era desfrute de todo o bando? Só porque era novo no magote? De garra de fora e faca na mão quis cortar seu picaçu no meio da noite, de vingança ou vergonha, quem podia saber? "Eu não respeito poliça/ soldado nunca foi gente" – cantava-se por lá. Mas de mulher largada melhor tomar cuidado, vira onça! Preferiu dar nos calcanhares numa noite e até mais ver. Depois foi se amoitando nas quebradas, fazendo-se de bobo até que... Junto com um montão de açúcar chegou de trem em São Paulo. Capital de Piratininga! Fazendo contas mais ou menos, já devia estar perto dos trinta anos; estava em São Paulo bem há uns doze, tempo demais. Solteirão arretado, ainda bem. Mulher de negro pobre dava monte de filhos, não queria saber disso. Vir ao mundo para quê? Filho macho vira carne de canhão dos milicos ou ladrão. Filha mulher, logo estoura o couro na lida, ou vira quenga. Qual a graça? Já tinha negro trouxa e quenga demais neste mundo de merda. Nos primeiros anos, ao chegar a São Paulo, teve a idéia de entrar num time de futebol. Por que não? Não tinha aquele crioulo, o tal Diamante Negro, e tantos outros negrotes mais? Se chamaria Pérola Negra. Podia ter entrado nessa, mas como? Com o pé na lama, sem ter o que comer, nem lugar para dormir direito; pobreza de dar pena. Mas pelas ironias dessa vida, foi se meter na Força Pública, dentro da casa do inimigo, podia-se dizer. Garantia comida, roupa e cama. Depois de alguns treinamentos, estourou revolução em 24. O tal de Miguel Costa, o mesmo que estava aí de novo, juntou a Força com os milicos para derrubar o Bernardes do governo. Foi uma época boa, e se divertia imaginando a cara desse Miguel ou outro mandante, soubesse que ele era preto corrido da justiça por ter dado cabo de branquelo, coronel e rico... E agora podia matar gente. Era coisa oficial. Tinha até prêmio! O narigudo do tenente Cabanas andava espetando medalha nos peitos dos que tinham se sobressaído nas batalhas. A dele devia estar nalgum canto, por aí. Depois a artilharia deles desembestou a bombardear feio, matando e ferindo de montão. Os legalistas cercaram a cidade; e o que durou uns vinte dias de glória e cantoria virou merda. Fome, frio, gente de bairros inteiros se mudando com as trouxas e filhos e tal, sem eira nem beira. Foi numa dessas onde quase morreu afogado num rio, devia ser o Tamanduateí. Engoliu água até sufocar. Ali mesmo largou da mochila e do rifle pesadão que ajudavam a afundá-lo mais. Nunca mais tocou em arma de fogo! Mas antes de São Paulo inteiro virar também bosta, os revolucionários de cá desistiram de continuar a guerra e fugiram, abandonando a cidade, indo para os cafundós do Paraná, para Foz. "Espero morrer de velho/ dando carreira em tenente." Aproveitando a confusão, preferiu enterrar o uniforme e se juntar à uma família de brancos que simpatizaram com ele por defender a loja deles contra bandos de saqueadores juntados para depredar, estuprar e roubar. Grudou nessa família e se mandou da cidade, para se aboletar na fazenda dela. Aí aprendeu a lidar e gostar da terra e do que ela dá. Acabando de vez a guerra, mais por gosto que pelos borós oferecidos, aceitou o convite de ser "cuida-planta" em clube grã-fino no Guarujá, indicado pela mesma família que voltara a São Paulo. E virou jardineiro dos bons. Meio sem graça na terra dos outros. Então cismou, queria um pedaço de terra para ele. Qualquer pedaço. O mundo era grande. Alguma devia ter por aí, esperando por ele.

Aí, então... então apareceu Madame num domingo de Carnaval. Que fruta rara! Lindura maior nunca vira, maior que o alvoroço dos aviões no céu. Brilhavam os olhos verdes igual alface até mais que o metal voador ao sol. Sinhá olhava ele parecendo querer abocanhar. Assim que ficou claro o que ela queria, ia negacear? Sem mais porquês, foi atrás dela com a roupa do corpo: o uniforme de jardineiro. Uniforme! Uniforme era sinal de obediência cega ao que dá na telha dos mandantes, coisa prometida nunca mais. Verdade que agora obedecia – assim, por dizer – aos gostos da *lady*, mas de forma diferente. Neste caso foi mais cômodo obedecer. Eram desfrutes divertidos. Ela o mimava com presentes e borós que ele não gastava em besteiras, não. Guardava direitinho até virarem contos. Dia viria e estaria pronto para comprar sua terrinha. Só dele e das verduras, plantas. Algumas galinhas, bichos variados... um sítio, assim o chamego com a *lady* terminar. Terminar? Lembrou o verso que roubou dela: "regaço sólido que sacia quente / minha doce febre./ Pêlo e pele / solidez incauta / balanço e aconchego / de meus peitos". Aquele namoro não estava ficando chameguento demais? Tem ditado que diz amor demais enjoa, como a comida mais gostosa embrulha o estômago, quando comida sem moderação.

Será mesmo, crioulo?

São Paulo, Cemitério do café. "Caipirão Rubiácea", Pierre e sua Língua Nordestina. Conspiração de Tenentes e Paulistas "Carcomidos"

Ricardo Alvarenga desceu do carro sem esperar o chofer abrir-lhe a porta. Este correu até alcançá-lo já no alpendre da mansão para entregar-lhe a pasta esquecida no carro. Alvarenga pegou-a e entrou sem olhar para ele. Pierre ficou contemplando a porta fechar-se na sua frente. Debaixo da marquise, à sombra do teto em forma de abóbada romana sustentada por duas colunas em estilo grego, tirou o boné suado: *Loucura, Pierre, é o que tu fizeste, seu infeliz.* O homem sempre soubera das andanças da mulher, nunca ligara que botasse "boné" nele. Meter-se com gente de seu ambiente, igual das outras vezes, gente fina, vá lá. Mas um tição do diabo? Adianta toda essa dinheirada se não consegue impedir um negro comer o rabo de sua mulher? *Não tem nada a ver com calhorda traidor, Pierre. Nem vem!* O que o doutor é capaz de fazer? Nunca fez nada diante das estripulias da dona. *Mas com*

preto, Pierre, é diferente. O homem pode fazer loucura. Viu a cara dele? Então ele já sabia do negro. Vai ver daquela vez, ao sair do clube, alguém viu, contou ou comentou... É, o homem sempre teve seus informantes. *Cuidado com esse homem, Pierre! E com dona Magda também.*

Alvarenga atravessou a ampla sala jogando a pasta em qualquer lugar. Assustou Iracema, a arrumadeira, quietinha num canto, fazendo hora. O negro mordomo apareceu do nada à sua frente, e como sempre, na mão um copo de uísque e nos lábios ensaiado sorriso circunspecto. Alvarenga, ignorando-o, continuou a andar e subiu as escadas rapidamente, deixando pasmo o velho serviçal que, ao ver a arrumadeira testemunhando o que se passara, escondeu o desapontamento. Não queria desrespeito da criadagem. Especialmente Iracema, aquela índia que mantinha estranho e privilegiado relacionamento com o patrão. Ele compensava, "comentando algumas coisas" e entregando certa correspondência endereçada ao doutor para dona Magda bisbilhotar. Era sua vingança. E pronto! Deu meia-volta e retirou-se.

No quarto, Alvarenga trancou a porta e sentou-se na cama. Puxou e enrolou a ponta do bigode no dedo. Começaria a tremer sua pálpebra a qualquer instante. E lembrou:

"– Não, doutor, não vi a senhora sua esposa depois que a deixei.

– Deixou onde?

– Num bairro, não muito longe do centro.

– Que bairro, Pierre?

– Desses, senhor.

– Subúrbio?

– Praticamente, senhor.

– Visitando uma amiga? Algum clube, decerto. O Clube de Tênis do Campo Belo?

– Isso, senhor, Clube de... do Campo Belo. Isso mesmo.

– Esse lugar não existe, Pierre.

– Não, senhor? Existem tantos clubes por aí. Me confundo todo.

– Sei que deves favores e deves apreciar tua patroa, mas mentir pra mim, é teu fim como chofer. Tenho deixado você fora disso. Mas chegaram aos meus ouvidos certos boatos que... Preciso ter certeza. E quero saber o lugar onde a levas nessas ocasiões, Pierre. E... não tenta me enganar."

Agora tinha certeza. Dessa vez Magda enlouquecera. Das outras aventuras nunca se importara muito, afinal pertenciam à elite esclarecida onde se podia manipular inteligentemente pactos, alguns implícitos, dos quais também ele usufruía quando tinha tempo, interesses políticos ou comerciais, fazendo de um *affair* às vezes incômodo um bom empreendimento. Como o próprio casamento com ela. O fato de Magda ignorar as agonias passadas por causa do café e suas malditas supersafras, já sabia também; acostumara-se a essa indiferença. Os negócios dela, apesar de atrelados à produção cafeeira, praticamente não foram abalados. Ele sofrendo com as perdas, descapitalizando-se cada vez mais por causa dessa terra maldita! Nem enchente nem seca, nada. Os cafezais florescendo por hectares e mais hectares, invadindo o Estado, o país, o mundo... Enquanto ela pulava em cima de negro sujo. *Quanta injustiça!* Nem ligaria para seus costumeiros vagidos. Falaria com ela. Que se excedera, convertendo-se em obstáculo... *só obstáculo, Riqui?* Não. Em risco à sua aliança com aqueles militares fracassados e a conspiração para derrubar Washington Luís... fato que abriria caminho a seus planos secretos. *Isso você não vai dizer a ela.*

Se seu pai, o velho "barão", soubesse o que Magda andava aprontando, expondo seu brilhante estratagema ao perigo por causa de um ex-escravo, faria um escarcéu no cemitério, gritos no túmulo acordariam os outros mortos! *Mon Dieu!*

48 • MIGUEL ANGEL

Um escândalo dessa magnitude, Magda mantendo amante preto num *rendez-vous* miserável, arrumado graças à conivência ou até sociedade com seu queridinho Fausto, era baixo demais. Uma arma perigosa para inimigos na espreita. E ela era a fornecedora dessa arma, cujo calibre e potência de fogo estava entre suas pernas!

Inquieto, percebia que estava perdendo controle sobre os atos dela. *Se é que algum dia você teve, né, Riqui?* Tão logo fora escolhida como alvo de sua investida, devia ter obedecido ao alerta de seu instinto, que o advertira ao perceber a agitação causada pela presença extravagante dela nas reuniões sociais. Mas por trás de sua empáfia e beleza... existia também a associação com os ingleses da Southern Railway, *bom lembrar disso, Riqui...* que, além de deter o monopólio do escoamento da produção cafeeira para Santos, sua principal ferrovia, passava estrategicamente perto de sua fazenda. No entanto o que desmobilizara de vez a prudência fora o *entourage* de influentes e poderosos amigos dela habitando o poder no Catete e sobretudo em São Paulo.

Metido na fazenda durante toda sua juventude, ajudando na administração dos negócios do velho com o café, ficara isolado do *grand monde* por anos. Entretanto, nesse período todo de solidão, tivera a "iluminação súbita" e só ao pai contara, e este o encorajara a planejar e realizar. Divertiram-se muito imaginando as expressões de seus inimigos da "aristocracia" urbana, que sempre o humilharam pela origem de camponês vindo da Europa direto para a roça. Não importava se conseguira, como poucos dos que vieram com ele, construir uma fortuna como a sua. *E mamãe?* Também não parecia bastar para sua mãe. Cedendo a seus apelos insistentes, o velho comprara a mansão da avenida Paulista. Ingênua, este acontecimento a fizera supor que propriedade como aquela, situada no coração de São Paulo, bastaria para obter o sonhado "segundo" passaporte, erguendo-a ao patamar aristocrático, tão almejado em seus sonhos de imigrante. Após meses de preparação e organização febril, chegara a hora da inauguração. Distribuíram-se os convites aos "príncipes" e às "condessas" da alta classe para comemorar sua chegada ao *grand monde* urbano. Sem o saber, talvez por malignidade, *alguma outra razão, Riqui?* outros convites estavam sendo "disseminados" para a *soirée* organizada por Iolanda Penteado no consulado norte-americano com seu amigo, o embaixador Edwin Morgan – o diabo o tenha no deserto de Nevada! Ainda moleque, jamais esqueceu toda a gama de expressões que a humilhação pela rejeição dos vizinhos marcou no semblante dela. A pobre camponesa morando na sua alma não suportara a vergonha e, após outras tentativas também ignoradas, foi sofrendo mudanças de comportamento, primeiro em apatia, para culminar num letargo doentio, acelerando a volta do velho à fazenda, no esforço de poupá-la de mais desgostos. Entretanto, já era tarde. *Funga o nariz, Riqui, seca essa lágrima. Pobre mamãe...* Ao partir, levara junto com ela, além da amargura, o vírus da Gripe Espanhola. Ambos ajudaram a matar a adorada esposa. Arrasado, o velho prometeu nunca mais deixar a fazenda, de lá só sairia morto, jurou. Algum tempo depois, as injustiças e a solidão de viúvo inconformado fizeram-no começar a dar mostras de perturbação mental. No devaneio via-se como verdadeiro barão, pronto a se vingar dos inimigos, os havidos e os supostos. Revoltado, inventava adversários na espreita por toda a parte. Diante disso, ele tentara tudo para tirar o velho dessa obsessão, mas nada o demovia: ele driblava a vigilância facilmente e, montando em cavalo branco, uniformizado de aristocrático guerreiro, esquadrinhava toda a propriedade, procurando esconderijos onde se acobertariam os Prados, os Telles e sequazes. Imprudente, pulava por cima dos cafezais, assustando e atropelando crianças, animais e negros. Caindo com cavalo e mon-

50 • MIGUEL ANGEL

taria inúmeras vezes, levantava poeira, café e gozação em cada tombo. Logo virou motivo de escárnio até para os negros, que debochavam dele quase ostensivamente. Mais degradação, até pela corja! *Funga o nariz, Riqui, seca essa outra lágrima. Pobre papai... Aqueles malditos negros!* Deles se vingaria por meio das filhas. Impondo-se pela autoridade e pequenos subornos, fazia as pequenas acariciarem e lamberem seu corpo, em especial seu "mastro", *doce estandarte da vingança!* Humilhando aqueles negros, inoculava nas suas filhas germes de futuras prostitutas, pequenas mentirosas que não queriam perder presentes ou receber castigos. Os ingredientes libidinosos vendo aquelas crianças... *sem pêlos pubianos! né, Riqui...* entre suas pernas eram enriquecidos pela sensação de poder e de vingança, fazendo o prazer sexual beirar o delírio. Na vingança, descobrira acidentalmente aquele que passou a ser seu único vício. No entanto, após a morte do velho, substituiu os negros, seguindo a regra apregoada por muitos de embranquecimento do Brasil, por imigrantes europeus e suas filhas, de etnias claras e puras, ainda não misturadas à imundície de raças corrompidas tomando conta do Brasil. *São os reflexos daquela abolição maldita! Riqui, se não mais podemos dominá-los, podemos expulsá-los! "Repelindo os negros, estaremos lutando pela obra de Deus. E os negros têm moral de animais" – fala isso pr'aquela megera, Riqui!* Os pretos foram expulsos com as futuras rameiras a tiracolo. Ficara o vício: misto de profanação, desforra e volúpia.

Ano e tombos depois prepararam o velho para deixar a fazenda da única maneira: a jurada e prometida por ele. Pouco antes, porém, prevendo o fim, ordenara que construíssem seu túmulo com majestade de monumento, e não esquecessem de afixar na entrada grande lápide ostentando seu "cargo" e nome, alto e claro, *"Barão Alvarenga Marcondes"*, erguido no coração de São Paulo: no Cemitério da Consolação.

Nesse ínterim, ele aumentara a fortuna do velho equipando a propriedade com o que havia de mais moderno no mercado. Abriu estrada a partir da estação ferroviária mais próxima, cuja maior acionista *era e é a maldita Magda! Como cansa essa mulher!* E então ficara pronto para a guerra.

Quando se expôs ao temporal da sociedade, voltando a instalar-se na Avenida Paulista, concebeu a primeira estratégia: seduzir um dos membros dessa sociedade, alguém em condições de introduzi-lo no mundo que resolvera tomar.

Com astúcia e charme, conseguira freqüentar os salões do *grand monde* e suas reuniões em clubes, eventos políticos, culturais e beneméritos, observando, analisando, avaliando. Às vezes engolindo algumas humilhações: sabia desde o início o chamarem de "Caipirão Rubiácea". Ao conhecer Magda e o tédio que a assediava, foi o charme de "caipirão" longamente premeditado a conquistá-la. Muitos roeram as unhas de inveja pelo "forasteiro" tomar a dianteira e levar a "rainha" deles. *Rainha? Rainha das putas, isso sim! Com pretos pegureiros!* Como poderia saber que *a sórdida prostituta!*, ensandecida por essa lasciva maligna, mostraria esse lado vergonhoso à primeira vista de um criolo? Não, não fariam isso a ele. Portanto, se não conseguisse esgotar essa febre perversa, exorcizasse o demônio dessa Boceta de Pandora! *Ou vai se ver com Riqui! Em verdade não te conhece.* Melhor assim para emboscadas. Em todo caso, era importante evitá-las. Quanto odiava dividir sua mente, seu tempo, sua revolução em conseqüência de... Magda! Contudo, suas obscenidades não atrapalhariam a ascensão social e política conquistada nesses anos, *em boa parte pela tua sagacidade, admite, Riqui!,* como largar o decadente Partido Republicano Paulista na hora certa. Os velhos "perrepistas" esgotaram o filão do poder com tanta sede, que o poço começou a secar e o povo a berrar pelas ruas. Oportunamente entrou no Partido Democrata, naquela circunstância em

52 • MIGUEL ANGEL

lua-de-mel com a Aliança Liberal, tendo um maldito gaúcho como candidato! Getúlio Vargas, baixinho ardiloso com capacidade de criar problemas.

Ainda assim, não existiam alternativas senão uma revolução para deter o continuísmo desse governo. A prova era Washington Luís impondo seu sucessor para continuar sua política de reforma econômica, como implantar uma nova moeda com o nome ridículo de "cruzeiro"! *Pode ocorrência mais hilária?* Isso ia acabar. Estava trabalhando nisso até em outros Estados. Com suas alianças e conchavos, conseguira aumentar rancores acirrando disputas, e as chances de mudar a História, de qualquer maneira, aumentavam. Sim, desta vez os tenentezinhos e seus cangaceiros teriam sua chance: tomariam o poder tentado durante anos porque doravante contariam com o predomínio e a magnanimidade cúmplice dos paulistas. Cuidariam depois de se livrar deles. Não seria difícil; com argúcia, dinheiro e controle corruptor, voltariam aos amados e pestilentos quartéis para brincar de guerra. *Contra o Paraguai, por exemplo.* Os parvos precisam da força, da cultura e dos cofres dos paulistas. Afinal, se não fosse por São Paulo, os americanos "ianques" não teriam soltado aqueles milhões nas mãos deles. Eles sabiam muito bem que por trás dos soldadinhos cobiçosos existiam pessoas como ele, prontos para desbaratar as burradas vindas após a conquista do poder! Pouco a pouco saberiam quebrar a espinha desses cavalos suarentos. Um bando de meliantes pavoneando-se, ensinando aos "civis" a ganhar uma revolução. *Qual revolução ganha, Riqui? Por enquanto, os milicos ganharam só fama.* Um bando de "tenentes" guiando cangaceiros e pretos *pegureiros, quem sabe um deles o amante de Magda!* pelo país inteiro, matando e atormentando a arraia miúda, correndo atrás de migalhas de poder travando batalhas... *batalhas, Riqui?* Refregas irrisórias, isso sim, cujos resultados não deram em nada. Nem sabiam direito o que faziam fora da caserna. Peixes fora d'água ou cães fora do canil, pretensiosos cagadores de regras de comportamento e administração civil. E pensar que ele e os "nobres civis" – *quem diria?* *Né, Riqui* – hoje coordenavam isso tudo, reunindo-se em segredo com remanescentes dessa mesma coluna Prestes. O "comandante" mantido e manteúdo herói militar exilado, levando vida de nababo em Buenos Aires, subsidiado pelos "mantimentos" enviados pelos "desprezíveis e carcomidos civis, oligarcas amigos dos ianques e dos ingleses". *Alguém acreditaria naquilo um ano atrás?* Só que desta vez a revolução sairia vitoriosa graças à parceria de paulistas, como ele! Não. Magda não conseguiria infestar com sua grota molhada o investimento milionário em dinheiro, furor e humilhações assumidas, consciente de essa luta ser estratagema, alavanca para vôos maiores. E que a ninguém confessara: um país chamado São Paulo, separado por suas fronteiras do resto podre de vinte Brasis africanos. Bem longe desses pestilentos soldados, o novo país brilharia como pérola na América, farol de ouro no Oceano Atlântico! Liderança insofismável no Continente! *E o vórtice, o líder seria aclamado e adorado por todos!* Ele poderia ser o tal... ditador, soberano, monarca. Certamente, seria ele! "Bruxo Imperial do Sul!"

No seu túmulo, o velho "barão" cantaria algumas árias ao saber disso. *Sob palmas de todos os mortos! Até dá arrepios, Riqui.*

Tremia inteiro, suavam-lhe as mãos. Já começara a piscar uma das pálpebras, a pressão da mandíbula fazia os dentes rilhiarem. Era ódio. *Então esse novo ódio era assim?* Essa falta de ar, essa sofreguidão de destruir, *esmagar a fonte do mal inimigo que sufoca?* Um ódio do tamanho de uma revolução em gestação! SUA revolução. Sua ambição. Indissolúveis. *O poder está a caminho, Riqui.*

Falaria com a víbora imediatamente. Antes lhe arrancaria aquela máscara sardônica, sempre lancetando frases cínicas em todas as tentativas de lhe falar a sério. Exigiria ouvir todas suas ponderações a respeito de raças e dos perigos dessa ralé. *Nós, caucasianos vencedores; eles, negróides perdedores. Cientificamente comprovado! Certo, Riqui?*

Tomaria banho antes disso, talvez a imagem repugnante do preto feiticeiro invadindo as entranhas de Magda saísse de sua cabeça. Ainda bem. Terminara a época de esconder a relutância em encontrar prazer manipulando aquelas tetas de vaca, *e o matagal de pêlos cobrindo a boceta sempre lambuzada?* E meter a língua nela, cuspir para não engolir pêlos! *Tudo pra satisfazer a rameira, sempre querendo mais, sempre o comparando com outros...* Tão diferente daqueles corpos lisos, sem seios, sem cheiros, conspurcados por excrescências fedidas por vícios... Virgens! que nunca viram outro membro antes. O dele o primeiro e único.

Alvarenga levantou exultante consigo, foi até o banheiro e se deteve à frente do grande espelho, aproveitou para congratular-se contemplando a sutil trajetória do bigode quase cobrindo os lábios, delineando um sorriso. De repente, a imagem de Magda e seu amante faiscaram no espelho. Instantaneamente, o sorriso modificou-se virando seus lábios numa trajetória inversa e congelando-se em rictus hostil. *Não seria melhor vomitar, Riqui?* E correr o risco de emporcalhar o bigode? O seu era réplica do bigode do "barão", aparado e cuidado em sua homenagem! *Seria assim vomitar sobre o túmulo dele?* Evidente! Macular uma lustrosa lápide de mármore de Carrara por um preto mocambeiro? "Jamais!"

"Império Invisível do Sul." Como soa bem. *E que bom esse sorriso esperto voltar, Riqui. Ao "Altíssimo Dragão do Império." Como te chamaria o velho Simmons da grande Ku-Klux-Klan. Melhor ainda!* Excitado de repente, sentiu enrijecer o sexo, e pensou imediatamente na arrumadeira. Precisava de inocência impúbere, nenhum fedor e branca. Muito branca!

Rápido, saiu do banheiro e atravessou o quarto com o sorriso mastigando: "Lei Acelerada: rapidez com o andor!" Abrindo a porta, gritou para o corredor:

– Iracema! Aqui!

***

Dois dias depois, Iracema estava descendo de um bonde, puxando pela mão uma garotinha branca, lavada e vestindo roupa limpa, ainda que pobre; na mão livre, a pequena segurava um pirulito, saboreando-o deliciada, quando a marcha nervosa permitia. "Mas, Iracema, claro que minha filha é branca. É só dar um bom banho nela e cê vai ver só. Olha, tá vendo? Branca como o pai... aquele porco."

Ao avistar a mansão, Iracema acelerou mais o passo; sobressaltada, a menina olhou para ela sem entender. Todavia, acostumada a apanhar toda vez que abria a boca em protesto ou confusão, adaptou-se ao novo ritmo e, quase correndo, apertou com força a mão da "Tia" e, na outra, esqueceu o pirulito.

A poucos metros da casa, Iracema diminuiu o passo imediatamente ao ver o carro da Madame saindo pelo portão da garagem. Ao volante, Pierre, o metido. No banco de trás, Magda, que, ao vê-la, disse algo a Pierre; este parou o carro atravessando a calçada. "Escuta aqui, Iracema. Desta vez você vem para cá. E não quero ninguém vendo você e essas... essa gente entrando aqui, está me entendendo? E se tua estupidez provocar isso, já sabes: diz que é sobrinha ou algo assim que veio te visitar. E olha aqui! Em especial, se cruzar com Dona Magda, entendeu?" Agora andando bem devagar, quase parando, aguardando o carro continuar seu caminho. Pierre e Magda a olhavam e pareciam esperar que chegasse perto. Iracema dava cada passo como arrastando pedras amarradas nos sapatos. A criança a olhava, e a seus pés, tentando acompanhar o

56 • MIGUEL ANGEL

novo andor. A pouco mais de cinco metros do carro, parou e olhou para o interior do veículo, onde se encontrava o temido olhar da patroa. "Iracema! Se me aprontar uma, você tá perdida, entendeu? Ninguém nunca mais vai te dar emprego em São Paulo. Vai voltar para a maloca de onde você veio! Ouviu, Iracema? Responde, índia de merda!" Sem conseguir encarar aquele olhar, desviou os olhos para si como se repentinamente o avental tivesse sumido, deixando-a nua e desprotegida. Dona Magda descobrira tudo, a qualquer momento a chamaria e lhe faria as perguntas que a deixavam com dor de cabeça de tanto pensar nas respostas mal decoradas. Ao abaixar os olhos, deu de cara na mirada da garota mostrando curiosidade. Mas esta, obediente, nada disse. "Viu, minha fia. Vai co'a Tia. Ela vai te dar muitos doces e brinquedos. E nada de ficar se sujando e gritando ou chorando na casa dos outros, tá ouvindo? Faz tudo que 'titia' mandar. Não fica perguntando coisas e não vai quebrar nada também, tá ouvindo? Se não, vai levar cintada na cara! Vai, moleca!" De repente lembrou do pirulito na mão; brilhava o colorido avermelhado convidando-a. Levou-o à boca bem devagar. Fechou os olhos lambendo-o com o deleite de imaginá-lo eterno. Subitamente, a mulher dentro do carro deu raivoso tapa no encosto do banco. O motorista engatou a marcha, acelerou e finalmente o carro terminou de sair da garagem; virando na esquina próxima levara consigo as perguntas que Iracema dava tudo para não escutar.

Ainda apreensiva, retomou a caminhada bruscamente, fazendo a desprevenida menina quase deixar cair o doce. Entrou pelo portão ainda aberto da garagem; pela trilha de mosaicos, protegido por toldo em toda sua extensão, andou olhando disfarçadamente para os lados. Desviou da porta principal e encaminhou-se pela lateral para onde se abriam as janelas dos quartos. "E mais, Iracema! Abre bem o olho com o Ezequiel. Para mim não passa de um maldito espião da patroa." Devia evitar a todo custo que o mordomo as visse. Pela porta envidraçada da cozinha espiou o interior. Mesmo sabendo que nessas missões o patrão dava folga ao pessoal de serviço, entrou aliviada. Não viu a expressão de assombro no rosto da menina observando o maior aposento já visto na sua curta vida. Dirigindo-se à portinhola localizada debaixo da escada, tendo de se abaixar de tão estreita, abriu-a e, sempre arrastando atrás de si a pequena fascinada pela aventura que nunca sonhara viver, entraram pela diminuta e obscura passagem. Iracema pôs o dedo sobre os lábios, ordenando silêncio, e subiram os íngremes degraus de pequena escada em espiral. Nas paredes, quase rentes à escada, insetos capturados em teias de aranha secavam ao tempo. Desconcentrada pelo medo, a menina deu um passo em falso, quase caindo escada abaixo. Pela primeira vez, a "tia" deu-lhe forte safanão e um gélido olhar ameaçador.

Nessa aventura nunca sonhada, o medo começava a virar terror de desconhecidos pesadelos. Chegando ao topo da escada, Iracema teve de soltar a garota para empurrar com as duas mãos a tampa que fechava uma estreita passagem. Ao abri-la, forte luz e mistura de perfumes as invadiu. Iracema desapareceu por ela. Entrando pela abertura discreta do assoalho do banheiro, ela era observada por um Ricardo Alvarenga nu, apoiado na borda de ampla banheira por onde escapavam vapores e aromas de sais. No sorriso debaixo do bigode e no olhar úmido tremiam e brilhavam sincopadamente a luxúria e o desprezo. Iracema, de cócoras, tentando não olhar para ele, hesitou, temerosa de falhar nas incumbência do patrão e nas quais nunca conseguira habituar-se. Mas os poucos segundos que demorou foram demais. Na penumbra da escada, o tempo era outro: esperando pela tia que demorava a voltar, a menina sentiu de repente seu novo terror crescer mais que o medo de apanhar e apavorada quis voltar para casa. Vacilou para se livrar do pirulito que segurava, e tentou descer apoiando-se na úmida parede apenas com uma mão. Iracema já esticara o braço pela abertura, e vendo-a afastar-se degraus abaixo, gritou: "Fica quieta, moleca!"

Tudo em dez segundos: o grito de Iracema ecoando nas paredes do poço aumentou o pavor da pequena fugitiva. Tentando olhar para o alto, em direção à tia, foi caindo sem um grito, ouvindo-se somente o ruído do corpo batendo nos degraus, até chegar ao chão e ficar imóvel. Em silêncio, um estertor final apertou o pirulito com mais força.

No banheiro, Alvarenga entendeu tudo antes da menina atingir o chão.

– Índia estúpida! – com a violência de um chute empurrou Iracema que sumiu pela embocadura; ele fechou a abertura do assoalho após terminar de ouvir o barulho do corpo despencando.

Em vinte segundos estava vestido.

Quinze segundos depois Alvarenga encontrava-se na cozinha. Parte do corpo da garota assomava preso pela portinhola semi-aberta foi até ela e, escancarando-a, libertou o corpo que rolou até seus pés, o sangue saindo da boca espalhou-se e ele afastou o pé. Em seguida, na penumbra do estreito recinto, viu assomar uma mão trêmula em forma de garra; o uivo que Iracema emitia lhe fez entender que ainda vivia.

– Sai daí, Iracema. – ordenou.

Em sessenta segundos, Ezequiel chegaria na mansão porque estava cansado de passear pelas ruas, mesmo sobrando-lhe tempo na folga desse dia. Quem se importaria se ele encurtasse a volta ao serviço? Pelo contrário. Além disso, estava velho demais para andar por aí, zanzando igual a um idiota, só porque o patrão inventava essas folgas inesperadas. Os outros serviçais gostavam desse ócio. Ele não! Seu lar era a mansão dos Alvarenga.

E estava chegando perto dela quando viu o carro do doutor Alvarenga sair da garagem em disparada. Sozinho. Pensou que também o metido *chauffeur*, devia estar de folga. Folgas que em verdade eram mais ordens de serviço. Não entendia, assim de sopetão, de um dia para o outro. Coisas do patrão. Um homem sem método e imprevisível. Olhou para trás, para os lados, certificando-se de ninguém estar ouvindo, e pensou: "Não gosto dele!" E, fechando os pensamentos, abriu o portão, andou até a cozinha e chamou-lhe a atenção a porta destrancada. Sem entrar, esticou o braço até alcançar o interruptor e acendeu a luz. Cauteloso, ficou de pé no degrau da entrada, observando o ambiente. Entrou, deu alguns passos e ouviu o barulho como de vidro se quebrando, sentiu sob a sola que acabara de pisar em alguma coisa. Levantou o pé para olhar. Arrancou da sola um pirulito esmigalhado grudado nela. Foi até a lixeira e jogou a guloseima com asco dentro dela. "Esses serviçais", pensou, com o mesmo asco.

LIVRARIA TEIXEIRA.
IRIS E DIAFRAGMA PROMETEM
FITAS SONORAS.
GETÚLIO MANDA E JOÃO ALBERTO
OBEDECE.
PAULISTAS DETESTAM A IDÉIA.

Dentro do bonde, Lauro lia de esguelha o jornal do vizinho, que de vez em quando lhe lançava olhares à procura de solidariedade com sua indignação. Pela nota, talvez:

"Ficou hoje definitivamente organizada pelo doutor Getúlio Vargas, chefe do Governo Provisório da República, a administração do Estado. O governo propriamente dito fica constituído do secretariado de Estado, composto exclusivamente de civis, sob a presidência do Secretário da Fazenda, doutor José Maria Whitaker. A parte militar foi confiada ao coronel João Alberto Lins de Barros, delegado do chefe do Governo Provisório Federal, que exercerá neste Estado, quanto aos negócios da Guerra e Polícia Política, todos os poderes que se façam necessários para a consolidação definitiva da obra revolucionária. O secretariado é o seguinte..." Entre as fotos que acompa-

62 • MIGUEL ANGEL

nhavam a notícia, reconheceu em uma delas o tio de Fausto, o tal Alvarenga. Leu a legenda. Era ele, sim: *"No histórico dia 29 de outubro passado, Francisco Morato, Ricardo Alvarenga, Macedo Soares e autoridades aguardaram na Estação Sorocabana a chegada do Trem da Vitória, na ocasião, conduzindo Getúlio Vargas, Miguel Costa, João Alberto..."*

Lauro desceu do bonde Avenida, andou um quarteirão em direção à Livraria Teixeira até chegar à São João. Atravessou a rua. Não precisava fazer isso, mas resolvera visitar a amada *"mariée seule et abandonée"*[1]: a câmera de cinema Pathé exposta na sua muito conhecida loja, quebrando a promessa de nunca mais se deixar levar por essa infantilidade que começara na adolescência junto com a paixão pelo cinema. Entrou para vê-la de perto e, como das outras vezes, também evitou olhar o preço. Com o pouco que ganhava redigindo, editando ou traduzindo letreiros de filmes europeus mudos, ainda exibidos em alguns cinemas, e as poucas traduções do francês que conseguia às vezes, melhor era não olhar mesmo. Do fundo da loja, sem se mexer, um homem acenou familiarmente ao vê-lo entrar. Ficaria só um minuto, não mais. José Vieira esperava-o na livraria com o romance de Dostoiévski, do qual ainda faltava traduzir a última parte de uma versão francesa. Após a hecatombe mundial ocasionada pelo estouro da bolsa de Nova York, a produção de filmes europeus andava rastejando. E o Brasil, ainda de ressaca da recente revolução "tenentista", seguia o mesmo ritmo. Aproveitando-se disso, as distribuidoras americanas e suas produções, em inglês, estavam tomando conta de todos os mercados. Para piorar: todas as teses que escrevera sobre a importância dos letreiros na produção e na roteirização de um filme viraram pó. O estrondo da sonorização inutilizara todo o trabalho. Publicaria pela editora Teixei-

---

1. Casada, sozinha e abandonada.

ra, estava tudo arranjado. Perdera muito com isso. Anos até. Mas quem podia supor? Precisava arranjar nova fonte de recursos. O velho Honório, percebendo a situação, já lhe oferecera uns trocados. Logo ele, vivendo apenas com aposentadoria de soldado da Força Pública! Nunca pedira um tostão ao velho, não ia começar agora. Preferia pendurar cartaz no peito como o personagem daquele filme francês: "'*Lauro*', *il fait n'importe quoi, n'importe où, n'importe quand*"[2].

Depois do minuto prometido, saiu da loja e pouco depois estava na porta da livraria. A balbúrdia de sempre, grupos variados pelos cantos, sobretudo de artistas de teatro, muitos deles atraídos pelo fato do proprietário, José Vieira, ser também dramaturgo. Comentavam, discutiam, folheavam, gritavam, murmuravam secretamente, com ênfase nos últimos acontecimentos políticos.

– Ei, Lauro! Aqui! – reconheceu a voz do Vieira vinda do fundo da loja, detrás de embrulhos e pilhas de livros. Da porta de entrada até chegar a ele, Lauro foi pescando algumas frases de cada grupo por onde passava:

– Delegado militar? João Alberto Lins de Barros? Ele, um plebeu, um forasteiro? E pernambucano, ainda por cima! O que São Paulo tem a ver com isso?

– Um cangaceiro da Coluna Prestes, pode-se dizer, não é?

– Ruim com ele, pior se fosse o falecido Siqueira Campos.

– Esse pelo menos era paulista. Ia doer menos.

– E botaram o nome desse traidor no nosso Parque Trianon Paulista! Pode uma coisa dessas? É rir para não chorar. Mas para minha família e descendentes, será sempre Trianon!

– Discordo, doutor, dessa observação regionalista indigna e desmentida pela história política de São Paulo. Foram inúmeros os filhos de outros estados que presidiram seus destinos...

---

2. Lauro, faz não importa o quê, não importa onde, não importa quando.

64 • MIGUEL ANGEL

– Ou é o velho separatismo paulista que refloresce?

– Refloresce? O que me diz do "reflorescimento" do separatismo gaúcho ou pernambucano ou mineiro...

– A cabeçudice desses separatistas! É preciso combatê-los. O Brasil não carece dessas bestas vaidosistas. Pátria é coisa mais importante que essa mesquinhez de alguns...

– Temos uma arte nossa, tão grande e tão pura quanto as das outras nações européias...

– É verdade. Nós fomos discípulos e emancipamo-nos. Do que nos ensinou a velha Europa só guardamos o abecedário e a tabuada. O resto é brasileiro.

– ... Eles, os "tenentes", agora têm um jornal, meu Deus. *O Tempo*. Alguém já leu?

– *O Tempo*? Eufemismo, meu caro, devia levar o mesmo nome do jornal que o inspirou: *Avanti*!

Lauro parou à frente do balcão e ofereceu o envelope que trazia para Vieira, que logo o abriu e depois de breve exame nos papéis que continha, concluiu:

– Está faltando a última parte.

– Entrego na semana que vem.

– Está bem. Ah! Olha aqui, correspondência pra você. Do Fausto Queiroz, o dândi *millionnaire*. Paris! Escuta, você não planejava viajar para aquelas bandas? Na atual situação, você dizia, viajar à Europa ainda é uma saída. Ou entrada, dependendo do ponto de vista, dizia eu.

– Com o que ganho nestas traduções, o mais longe que posso ir é até Santos!

Como esperando ouvir aquilo, Vieira separou algumas notas de réis e juntou-as à carta.

– Olha aqui. Pega. É o que falta do total. Adiantado! Não quero que digam que exploro tradutores. – caçoou.

Lauro pegou o dinheiro e a carta de Fausto que Vieira lhe estendia, olhou o velho relógio Jungle na parede e emendou.

– Estou atrasado, preciso ir. Obrigado, amigo, nos veremos na próxima semana. Juro!

Foi saindo aos poucos, pinçando das conversas, mais frases pelo caminho.

– Mais de vinte milhões de sacas de café abarrotando os armazéns. Apodrecendo. Onde vamos parar?

– ... esse tal de Clube Três de Outubro, hem?

– E não é "tênis" que jogam, não. Que eu sei. Aquilo é delegacia de polícia. Secreta!

– Que nem a Legião Revolucionária. Soube que o óleo de rícino corre solto por lá.

– E viva Mussolini! Professor Honoris Causa da universidade da Ditadura...

– ...Cujos esbirros fincaram suas garras na terra de Piratininga!

– Cuidado, Doutor, óleo de rícino não é bom para a digestão.

– Menefrego! Vomitórios araxentos!

– Então Blaise Cendrars respondeu: "Que penso do fascismo? Não penso nunca nisso, porque Mussolini proibiu de pensar".

– ... Pela traição dos tenentes com os paulistas...

– Imundície punga esse governo provisório que já está provisoriando demais! Não lhe parece, doutor?

* * *

Lauro chegou em casa já de noite e, como vinha fazendo há algum tempo, tentaria driblar o tio Honório. O velho andava ranheta por causa da "infâmia sofrida por São Paulo" – o resto do país era só um apêndice que não lhe dizia respeito – e dos desmandos de seus interventores. Suas críticas e broncas pelo fato de ele nunca ter se engajado, nem em 1924, nem agora em 1930, estavam ficando cada dia mais agressivas. E pioravam tomando uns goles a mais, cada dia mais constantes. Inutilizado por uma hérnia, por uma aposentadoria da Força Pública e pela impotência de não participar ativamente na defesa do "grande" Washington Luís aumentavam suas aflições e seus acessos de bronquite aguda, por alergia de origem nunca descoberta. Levaria mais a sério o convite de Fausto para ir à Europa, "que pode ser uma saída ou uma entrada, depende".

Logo que abriu o pequeno portão, confiando na memória, foi pé ante pé atravessando o jardim sombrio e repleto de pedregulhos. Chegando ao alpendre, desviou-se e avançou pelo corredor lateral: entraria pelos fundos. De seu quarto distante, talvez o velho não percebesse sua chegada. Conseguiu abrir a porta desengonçada sem fazer barulho. Entrou no aposento que servia de depósito de cacarecos do tio, "nunca se sabe se um dia vai precisar, melhor guardar", e evitou acender as luzes; ainda assim, de onde se encontrava, Cleópatra o viu e correu a seu encontro. A manhosa vira-lata esfregou-se entre suas pernas, fazendo-o perder o equilíbrio; para não cair, segurou-se em algo, porém esse "algo" não resistiu ao peso e caiu ruidosamente. O velho devia estar esperando por ele, porque ao barulho seguiu-se quase instantâneo acender de luzes no quarto dele. Rápido, entrou na cozinha e ficou imóvel na escuridão. A gata prenhe a seus pés, sem ligar ao cerimonial de despistamento, soltou miados longos. Nem um minuto, e o velho Honório acendia a luz, entrando na cozinha. Estava esperando que ele chegasse, sim, já tomara algumas doses e seus bronquíolos irritados agarrados ao peito, remoendo tosses para expelir a secreção acumulada.

Lauro disfarçou ao máximo o constrangimento de ser pego assim, escondido como rapazola. Colocou sorriso nos lábios. A gata, de um pulo, subiu numa cadeira e lá ficou, como que aguardando o desfecho de sua ação delatora.

De cara amarrada, vestindo o puído pijama de sempre, e um jornal debaixo do braço, o tio sentou-se na cadeira ao lado da gata, sem olhar para ele. Fez uma pausa para alisar o branco bigode e jogou o jornal sobre a mesa. Apoiando os cotovelos sobre ela, de esguelha e voz grave, murmurou:

– Você viu isso?

– De que se trata, tio?

– "De que se trata?" – arremedou o tio, suspirando fundo. Ficando de pé, marchou nervosamente ao redor da mesa. – Filho de meu irmão – assim o chamava quando o mau humor se acrescentava à bebida, com a intenção de provocar certo distanciamento, evitando emoções que pudessem atrapalhar raciocínios sérios, discursos graves e reprimendas. – Me pergunto às vezes se você sabe o que se passa neste Estado. Um homem de tua idade devia saber. – "Lá vem 1924. Ou o cangaço?", pensou Lauro olhando com disfarçado rancor o bocejo da gata, nesta hora desinteressada e começando a dormitar. – Em 24, desinfetamos São Paulo daquela horda amotinada de "tenentes". Para depois empestar o Brasil inteiro com a tal Coluna Prestes sob o comando do traidor Miguel Costa! Bando de vagabundos, cangaceiros assassinos, isso sim! Corri atrás deles até a Serra do Cafezal! Você sabe disso. E então saímos vitoriosos. E por quê? Porque existiam verdadeiros paulistas na Força Pública! Como teu pai, meu velho irmão, que não pôde ver nossa vitória porque o Senhor o levou antes para a glória merecida. Com ele aprendi a coragem e o amor por São Paulo e pela Corporação que eu...

Essa não parecia ser a disposição de sempre, ao discursar sobre sua participação naqueles combates. De repente, a voz engasgou na laringe. Por um instante pareceu desistir de continuar. Honório estava profundamente abalado. Lauro ficou apreensivo: "nessa idade, fortes emoções matam". Precisava ler aquele jornal, descobrir. Mas não se mexeu. O velho aper-

68 • MIGUEL ANGEL

tou com força as mãos e as levou aos bolsos tentando esconder o seu tremor. Lauro percebeu o enorme esforço feito para se conter.

– E hoje este vexame. As patas desses mesmos militares acampados no Palácio dos Campos Elísios, como morcegos fúnebres a degradar os paulistas! Sofro pela humilhação aos paulistas feita por brasileiros de outros estados. A traição dessa intervenção vergonhosa... é o velho ódio do Brasil por São Paulo...

O velho "soldado em repouso numa retaguarda intolerável, porque imposta" – seria o texto do letreiro que Lauro escreveria –, sentou-se novamente.

– Quanta desonra! – agitado, de pé de novo, mais vacilante. Com dois dedos apertou com força entre os olhos, no início do nariz adunco, parecendo fechar a bica do choro. Ficou assim durante longa pausa, lutando contra ondas de emoções que abalavam uma represa feita de orgulho. "Soldado da Força Pública não chora nunca!" De repente, deu meia-volta militar e, antes de sair, quase se desculpando, disse: – Guardei comida pronta na despensa, sobrinho. Boa noite e não esqueça que teu pai... – soluçou, antes de desaparecer, escondendo a opressão, a embriaguez e um acesso de tosse que Lauro ouviria a noite inteira.

De imediato abriu o jornal, correu os olhos nas manchetes, títulos, fotos, até encontrar o que acreditou atiçara a tocha do tio e dilatara seus bronquíolos:

"CONFIRMADAS AS BAIXAS DA CORPORAÇÃO
DA FORÇA PÚBLICA:
Subordinada à 2ª Região Militar morreram em combate: na frente de Itararé, em Morungava, o tenente Francisco Martins; no setor de Iguape, o tenente-coronel Pedro Arbues Rodrigues Xavier, os soldados Jacinto Rodriguez, Roberto Romano..."

Reconheceu o nome de um afilhado do velho que certamente... "com ardor e bravura caíra no campo de batalha para defender São Paulo e a Democracia..." – seria possível ler no letreiro que escreveria.

Da despensa tirou uma travessa de frios; Cleópatra, interessada, foi bisbilhotar. Após compartilhar com a gata bocados de mortadela e de queijo, Lauro fez um sanduíche. Enquanto comiam, leu a carta de Fausto, e ela lambeu as patas, esfregou alternadamente as orelhas e bigodes, antes de ir dormir.

"Sous le ciel" de Nice, 2 de outubro de 1930.

Meu caro cinematografista tupiniquim:

Voltei da Alemanha, e assim que chegamos à França corri a me refugiar em Nice, graças a Deus! Pena você não vir. De certa maneira esperei este ano todo, mas você, o indeciso de sempre, não teve coragem e nem dinheiro suficiente, como escreves na tua última carta lacônica. Este último item não cola. Já falei mil vezes que isso não é problema. Acha outro pretexto para justificar tua covardia.

Bem. Ia deixar para te contar cara a cara, mas não agüento. Como te escrevi na outra, fomos à Alemanha (o cartão-postal anexo é ínfima paisagem), meu petulante priminho Antônio le fou e eu. Ele com a intenção de contatar o velho Sig, que sabíamos estava lá passando uns dias. (Imagina só! O priminho anda tão louco e precisando tanto, que acredita ser o velho o único capaz de fazer alguma coisa por ele. Assim

72 • MIGUEL ANGEL

como acredita que seu dinheiro pode comprar o que quiser, até algumas sessões com o mestre!) Me divirto com sua megalomania... e com seus amiguinhos franceses, italianos, espanhóis...

Mas, voltando. Nunca pensei testemunhar o que vi nos vários dias que permanecemos em Berlim. Tumultos anti-semitas por toda parte, violências até contra crianças e velhos judeus! Na nossa frente! Na porta do hotel. (Antonio disfarçava, mas acho que estava adorando. Às vezes, me assusta o fascínio que essa violência parece exercer sobre ele. La beauté du diable[1], se você me entende.) Enfim, o antigo racismo contra os judeus, cuja sina é ser pièce de résistance dos incompetentes governantes e oportunistas religiosos, sort ses griffes[2] com patranhas moralistas. E os coitados não estão sós, é melhor as "outras raças" se cuidarem. E os outros partidos também.

Finalmente, as últimas notícias de lá confirmam o temor de gente bem informada que passa de vez em quando pela minha "mansarda": o partido daquele anão burlesco acaba de obter vitória esmagadora nas eleições para o Reichstag. O que significa quase o poder.

"O futuro da Europa está escrito na Alemanha, na 'tête d'Adolf Hitler!'" Berram alguns meus convidados, nem tão bêbados assim. Será que o bufo-Mussolini e seus admiradores ainda irão se curvar? Veremos. Seu discurso nacionalista lembra o de muitos no nosso Brasil, n'est-ce pas? Convenhamos, mon ami, você duvidaria das intenções de alguém que escreve algo como (o livro aqui do meu lado é de um italianinho, amigo do primo.): "Quem quer que deseje a vitória da concepção pacifista deve, portanto, devotar-se à conquista do mundo pelos alemães"? E por aí vai no seu livrinho, Mein Kampf (Mi-

---

1. A beleza do diabo.
2. Mostra suas garras.

nha Luta! A dele). E olha, ele escreveu isso há mais de quatro anos! Não vão dizer depois que não sabiam!

Estou cansado, meu caro. Meu pessimismo está mais que nunca palpitante. Antônio e séquito fazem de tudo para levantar minha pauvre tête bercée par l'insomnie[3]. Ainda bem, pelo menos é divertido. Só sei que dos deuses celestes, Eros, "o mais belo entre os deuses imortais" – e meu predileto – deverá esforçar-se muito para vencer Thânatos e seus asseclas na Alemanha.

Enfim, meu querido Lauro, sei que você não é muito chegado à política, nem eu. Mas se manter informado é forte arma defensiva contra os goim, arianos principalmente, como dizia um circuncidado amigo meu, rebolando o tochis[4].

Falaremos sobre tudo isto quando estivermos juntos na capital de Piratininga! C'est la fin du discours!

"Maldito da parreira o néctar que excita,
Maldita a tentação, o amor, a incontinência,
Maldita a Esperança, e a Crença maldita!
Maldita antes de tudo é toda a Paciência."

(Lauro não podia saber que, semanas antes, em Nice, o local onde Fausto se encontrava escrevendo esta carta, estava pouco iluminado. Talvez por isso seu primo, Antônio, não o tivesse visto quando entrou acompanhado pelo italiano, ambos amulatados pelo sol do Mediterrâneo e vestindo roupas de praia. Assim que o italiano fechou a porta, Antônio virou-se imediatamente e amassou os lábios do outro num prolongado e furioso beijo, enquanto as mãos apertavam e acariciavam o volume crescente dentro do maiô. Ainda preso à sua boca, des-

---

3. Pobre cabeça embalada pela insônia.
4. Iídiche: traseiro.

nudou-lhe o membro teso sufocado dentro dele. O italiano retirou a boca como sufocado também. Sem trégua, Antônio ajoelhou-se e abocanhou o pênis; manipulando o seu com uma mão, agarrou o traseiro do outro com a outra, apertando e afagando-o. Fausto, imóvel, com a caneta no ar, observava a performance do fogoso primo, cuja indiscrição e coragem para essas lides sempre o surpreenderam, às vezes o constrangiam. Com destaque, quando de cabeça "limpa"; como era o caso nesse momento. Antônio abaixara por sua vez o maiô e agora expunha ao italiano o branco dorso destacando sua bunda de tanajura. Alguns grãos de areia de praia retidos na roupa espalharam-se pelo chão. O italiano, intensamente excitado, lubrificou com saliva o membro e após rápida esfregada, em segunda tentativa conseguiu enfiá-lo. Premidos pelo desejo, logo gozaram quase simultaneamente. A seguir, o italiano jogou-se no sofá mais perto e Antônio refestelou-se a seu lado. Só nesse instante é que perceberam Fausto no canto do cômodo.

– O silêncio típico de oportunista *voyeur*, né, primo Fausto?

– "Mãos e pés, certamente, e a cabeça e as nádegas são todos teus..."

Mas o alojamento é meu. Tua cabana não fica tão longe daqui.

– Mal deu para agüentar. Certo, caro? Como ia saber que estas praias eram assim... tão excitantes?

– *E um mare tutto fresco d'azzurro. Ragazzi, questo giorno non tornerà mai...*

– "*Um giorno chi non tornerà mai.*" O romano poetinha tem razão. Melhor aproveitar a satisfação dos desejos que a vida oferece, "vero"? "Desejas ver" mais, primo *voyeur*?

– Preciso terminar esta carta.

– Para o Brasil? Vejo que a luta continua. Tua paciência não tem limites. Desiste, primo.

– É *mein kampf*. A tua está aqui, pode pegar – arremessando com raiva o livro que o italiano pega no ar.

A CENA MUDA • **75**

– Eh! Cosa fare! Il libro é mio, fello!

– *Fello, io? Sei tu che sei un segretario fellone!*

Antônio gargalhou alto e deu de leve um tabefe na cara do "secretário traidor".

– *Andiamo via, voluttuoso felpato!* – levantando e pegando-o pelas mãos, saíram, deixando Fausto com a carta e com Lauro, sozinhos na habitação. Antes de levantar e sair, rabiscou a raiva de um outro Fausto: "*Maldito da parreira o néctar que excita,/Maldita a tentação, o amor, a incontinência,/Maldita a Esperança, e a Crença maldita!/Maldita antes de tudo é toda a Paciência*". Lauro não poderia saber nada disso.)

(Segunda-feira, ainda outubro. Você não deve ter entendido aqueles versos, mas não tive coragem de arrancá-los. Deixa eles, Goethe nunca fez mal a ninguém.) Retomando o que abandonei dois dias, na tentativa de ser feliz e sem coragem para terminar.

Minha depressão está em flor.

Fragmento de minha depressão: como você deve saber, estou aqui praticamente fugido de São Paulo, com malas carregadas de esperanças de encontrar a bela Europa de minhas lembranças.

L'année dernière, após o incêndio de Wall Street, pensei que as chamas e seus reflexos internacionais se circunscreveriam às economia do Brasil (isto é: São Paulo), graças à dependência às políticas estrangeiras de nossos "barões" e políticos, cuja miopia folclórica ao que acontece fora das fronteiras de seus estados e fazendas, estou farto de saber. Mas não, meu caro Lauro, o vírus americano se espalhou! A depressão é mundial. E aqui especialmente, um horror de misérias. A alegria da libertação, a arte, a música, o café do Dôme, Les Deux Magots! Lugares que freqüentei e amei. Tudo acabando, por causa da incompetência e despautério da gentalha que está no poder... C'est la fin du grand monde? (Olha eu de novo!)

76 • MIGUEL ANGEL

Ainda bem que meus negócios ficaram nas propriedades que o velho "Axel" me deixou. Junto com aquela irmãzinha pirada e chata. La baleine en colère[5]. Mas nada é perfeito. Em compensação e dando força ao argumento alvissareiro de que é preciso acreditar em algo, eis um evento singular que de certa forma ajudou a esquecer um pouco os pensamentos góticos perambulando na minha alma: uma pétala de esperança. No dia 28 de agosto, aniversário de Goethe (meu amado), a cidade de Frankfurt concedeu o "Prêmio Goethe" a Freud! Um judeu! Étrange hasard[6], não é monumental? Corremos até o lugar da cerimônia, bien sûr, mas foi um pouco decepcionante. A filha dele, Anna, apareceu para receber a honraria em seu nome. Pena. Estou achando que nunca mais veremos o velho, dizem que ele está nas últimas. O Antônio vai ter de se contentar com qualquer outro. Talvez no Brasil mesmo, com sessões em tupi com o doutor Franco da Rocha.

Bom, chega de esperanças. Prefiro meu ceticismo. Ele me protege desses "moldes" de normas de conduta impostos pelos "demais". Garanto minha parcela de liberdade sendo contra muitas delas. Desobedecer é mais divertido, te garanto.

Em todo caso, também estou te escrevendo para confirmar que estarei chegando ao porto de Santos, acredito que antes do fim do ano. Hum... Espero não me arrepender. Como já deves estar sabendo, mandei esta pelo endereço da Livraria Teixeira, porque sei que passas sempre por lá. É mais seguro que na tua casa, onde o teu oncle Honório exerce o hábito bisbilhoteiro do velho aposentado de abrir as cartas dos outros. Ainda vive? Bom, il faut bien que tout le monde meure[7].

---

5. A baleia encolerizada.
6. Estranha casualidade.
7. Todo mundo tem de morrer.

"Dio mio!" Devo estar muito carente para ter escrito carta deste tamanho.

Basta! É. Preciso voltar. E te ver.

Evado-me!

Sempre teu,
"Mefisto"
Nice, França.

Judiação do Cinema Sonoro.
Novidades da Tela *versus* Preço
do Metro de Seda Francesa.
Fogo nos Ânimos Paulistas
e numa Loja Judia.

"AO POVO

O interventor federal, coronel João Alberto Lins de Barros, os Secretários d'Estado, o chefe de polícia e o prefeito municipal, constituindo o governo provisório de São Paulo. Assentaram, em perfeita harmonia de vista, imprimir caráter civil à administração pública.

Embora garanta plena liberdade de pensamento, o governo paulista não consentirá em agitações de caráter comunista ou anarquista, estando firmemente resolvido a reprimir com severidade as tentativas que se façam para perturbar a ordem pública, danificar a propriedade particular ou para ofender as pessoas. As medidas de caráter provisório que o coronel João Alberto tomou para a pacificação do operariado serão mantidas unicamente em relação aos operários que continuarem a trabalhar e durante o prazo já estabelecido. Todos os direitos privados serão respeitados, todas as pessoas protegidas e todas as atividades lícitas amparadas.

Não serão poupados esforços para minorar as dificuldades com que lutam as classes trabalhadoras, procurando-se colocar os desocupados e favorecendo-se, por todos os modos, dentro das normas da mais rigorosa justiça, o desenvolvimento do bem-estar coletivo."

João Alberto Lins de Barros
Plínio Barreto
Vicente Rao
Cardoso de Melo Neto

"Mostra-me tuas unhas que te direi quem és."
Sem duvida são as unhas um magnifico elemento para se conhecer uma pessôa.
Não só o caracter, o espirito, mas até a sua categoria social, pode-se definir pelas unhas.

As **estrellas** e os **Astros do Cinema**, as damas e altas personagens do mundo elegante só usam o Esmalte **Satan...**
este esmalte é o unico usado nos Institutos de Belleza de Hollywood e Nova York.

academia scientifica de belleza
Diretora: Madame Campos
Avenida Rio Branco, 134
As mais luxuosas instalações coiffeurs de dames
Ondulação permanente ou Marcel...
Tratamento de seios, ventre e pellos.
Engordar ou emmagrecer.

Summario
NOVEMBRO de 1930

(Mary Brian, da Paramount)............5
Saudade - (Mady Chritians, Wilhelm Dieterle e Lívio Pavanli).....6
A moda em Hollywood................8

"A moda em..." Essa!... "*Loretta Yung, da First-Nationel, com duas lindas toilettes; 1ª taffetá rosa pallido; 2ª filó branco, com applicações de taffetá perola.*" Sublimes! Para festas, grandes ocasiões, é claro. Bom pra Zezé pavonear seus milhões pela avenida Ana Costa... Ai!

As minhas parecem de cabocla. Ainda bem que o Lauro não liga muito para essas coisas. Mesmo assim... Preciso cruzar com Jandira! É profissional. Com freguesas na alta roda...

A Jandira nem deve saber desse novo esmalte. Falta-lhe tempo, coitada, para se inteirar dos avanços científicos da beleza. Eu não. Tempo é o que sobra nesta loja de merda.

Pobre Jandira! Anda por aí batendo pé co'a maletinha dela... a gente morando juntas e quase nem se vê!... Morreria de inveja se soubesse disto... "seios, ventre e pêlos". Isso não é problema para mim. Meus seios estão onde devem estar – detesto quando o Lauro os aperta! – e o ventre achatadinho também... Pena a bundinha: também achatadinha. Mas de pêlos, só os da cabeça! Que não são pêlos, são cabelos!... Sedosos. Naturalmente sedosos. Sinto pela tal madame Campos, esta criaturinha não precisa gastar nem mil-réis no corpinho que Deus lhe deu.

Grávida? Uma atrasadinha à toa não quer dizer nada. É normal. E não pode ser! Lauro bota para fora naquela hora! Mesmo detestando olhar aquilo saindo dele, dá um pouco de ânsia. Sei lá, parece catarro ou clara de ovo. Não deixa ele saber disso. Mas grávida? Se estiver... eu não quero saber de filhos. Nem o Lauro. Ele quer fazer cinema e eu tornar-me atriz, ainda que suspeite ele não levar a sério essa minha vontade. O que quer dizer "talento não se aprende na escola, se nasce com ele?" Nem dá para me imaginar com bebê no colo! Aborto e pronto. Ninguém vai ficar sabendo, nem a Jandira. Não quero que me aconteça o que aconteceu com ela, coitada, solteira e com filho em Santos. Trabalhando como louca para sustentá-los. Ai, que horas são?... Que tédio. Não entra ninguém na loja. Olha a cara do velho judeu! Furibundo. Com essa crise depois da revolução, essa baderna ainda nas ruas, quem vai pensar em tecidos? Deixa, vai...

HOLLYWOOD

Novidades da Tela

"Os produtores de Hollywood estão arrancando os cabellos, de desespero. E' que alem da Associação de Actores continuar a aborrecel-os com pedidos e ameaças, o governo da Hungria resolveu prohibir a entrada de films norte-americanos em todo o paiz, apezar da recente nota do governo de Washington. E como se isso ainda fosse pouco, a revista ecclesiastica The Churchman ameaça a industria com uma severa censura, caso os films não sejam feitos mais de accordo com as normas que as egrejas christãs têm a missão de propalar."

Deus e essas igrejas não podem entender pessoas como eu. Aborto não é pecado tão grande como... assassinato ou outros crimes bárbaros que a gente sabe que existem por aí. Como aquele da mala encontrada em Santos. A igreja não pode entender de aborto e gravidez. Os padres são todos solteiros e as freiras, virgens. Não sabem o que é o amor entre homem e mulher, as carícias, os beijos, não dá para agüentar, é mais forte que as... as "normas que as igrejas têm a missão de propalar". Pecado é o sofrimento da Jandira, sempre suspirando com saudade do filho que não pode trazer para São Paulo. E ia botar onde? Com a gente no quartinho da casa da tia Filomena? Aliás, se a galega soubesse que ela é "mãe solteira", expulsava na hora. Pra rua. As duas! Velha ultrapassada. Não tenho nada a ver com isso, eu só vim de Santos com ela, moro com ela. Mas sou independente, pago minha parte, não é de graça. Elas são parentes, que se entendam. Essa sociedade de merda castiga as mulheres por terem relação sexual sem casar. Homem pode, mulher não. Na ocasião de me entregar ao Lauro, foi por amor, não por causa dum papel. Está certa aquela escritora, a Ercília Nogueira. Os homens colocam a honra das mulheres entre as pernas, não adianta se ela é mulher inteligente ou artista. Nos condenam como a Jandira. Prostituta, porque ama? Palavrão, prostituta. Como se elas gostassem de ir para a cama com qualquer nojento, sem poder dizer "não". Chamam os livros de Ercília de pornográficos. Nós, mulheres mais esclarecidas, compreendemos muito bem o que ela escreve em *Virgindade Anti-higiênica*. Está certa ela dizer que as regras de conduta foram feitas pelos homens sem consultar nenhuma mulher, igual a essa história sobre virgindade. Ficam castas esperando um príncipe! E se não aparecer, morre virgem, doida? "Virgindade idiota", devia-se chamar. Decorar a parte que ela escreve sobre o ânus. Algo como "colocam-lhe a honra perto do ânus... que é até delicioso para certas coisas, mas que nunca pode ser a sede da inteligência"... coisa assim. Vou dizer para o Lauro que a frase é minha. "Inteligente", ele vai pensar, e acreditará que estou falando a sério quando digo que pretendo ser artista de cinema. Pensando sério mesmo em colocá-lo contra a parede. Morar juntos. Por que não? Alugar uma casa só para nós. Mamãe e papai acreditariam que estávamos casados de papel e tudo. Pelo menos no começo. Pronto! Preciso fazer uma visitinha aos velhos. Desta vez Lauro não me escapa. Vou levá-lo para o Guarujá mesmo tendo de amarrá-lo! Eles precisam conhecê-lo, vão gostar dele, do jeito meio caladão. "Fica mais fácil convencer um homem a casar se a família está envolvida", já dizia aquela revista... Lauro fala tão pouco, é tão fechado, não fala sobre nós. Se ele não consegue se comunicar, dizer que me ama, pelo menos poderia manifestar com olhares, gestos, carinhos. Nada, ele é muito sério. Em público, então! Eu não, eu sou extrovertida, digo o que penso e sinto... Se mamãe souber da gravidez? Calminha, Brasil! Que gravidez? Uma atrasadinha comum? E se estiver? Lívio é quase médico, não é? Ou terminando a faculdade, dá na mesma. Deve entender ou saber de alguém... Por que lembrar do crime da mala toda vez que se fala de aborto? Aconteceu há mais de dois anos, poxa! Saiu nos jornais, "A mala trágica", descobriram no pátio do armazém do cais... Meu Deus! Tão conhecido da gente, passeando por ali aos domingos... Dentro dela, uma moça esquartejada, da minha altura e cabelos cortados *à la garçonne*, Maria Fea, nome que nunca esqueci. O ciúme do marido a matou. A autópsia descobriu o aborto feito. Depois de morta! O feto de seis meses estava lá. Uma menina... Santos também me lembra disso... Basta, chega de Santos! Lívio, isso mesmo. Ele pode ajudar a gente. Sinto que posso confiar nele, e sinto além disso que as olhadas que me dirige têm intenções outras que a de simples amigo. Daquela vez os três no cinema, meu decote atraía mais sua atenção que o filme que passava. E a perna no meu joelho? Agora essa, mulher! Vai lendo a revista que é melhor...

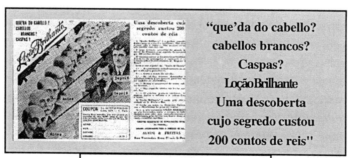

"que'da do cabello?
cabellos brancos?
Caspas?
Loção Brilhante
Uma descoberta
cujo segredo custou
200 contos de reis"

COUPON
Srs. Alvim & Freitas
Caixa 1378-São Paulo

junto lhes remetto um vale postal quantia de réis 8$000, afim de que me seja enviado pelo correio um frasco de

LOUÇÃO BRILHANTE

NOME..(*Lauro, o presente é para ele!*)......
RUA..(*e o número da casa dele?*)...............
ESTADO..(*São Paulo!*).........................
CIDADE..(*São Paulo? ...É!*).........(S.M.)

Ah! Lauro precisa! Diz que não, mas tem caspa, sim! Se passar para mim, mato ele!... Graças a Deus, queda de cabelo não... nem brancos. Pelo menos por enquanto... Quantos anos mesmo ele faz? 30? É, está na hora... Vai ter uma surpresa e tanto! Vai adorar.... Vai, sim, é presente. Todo mundo gosta de presentes.

Até os cinematografistas. Bom...

..."*Os films de argumento russo são, actualmente, a praga dos studios de Hollywood. E' o caso de sempre: quando um studio emprega um assumpto novo, todos os outros fazem o mesmo. Billie Dove e Antonio Moreno, estão filmando nos studios da First National,* O Dia 30 de Outubro. *Trata-se dos dias trágicos, que succederam á abdicação do Tzar. O argumento, segundo o titulo, parece interessante e logico; brevemente nós o publicaremos.*" Lauro adora esses filmes de histórias russas. O último a que assistimos, no Rosário? *Redempção*, com John Gilbert e a Renée sei lá das quantas que Lauro gama. Ao contrário de Lívio, que parece mais atento a brasileiras, de Santos... filme da Metro, mas tirado de uma novela russa!... Parece praga mesmo. "*Lita Grey Chaplin foi contractada para tomar parte em uma serie de films desde que termine seus compromissos com os theatros por onde anda em tournée.*" "*John Gilbert, o até bem pouco tempo ídolo dos fans e que foi completamente desprezado com o apparecimento do cinema sonoro, acaba de ser contractado por Charles Chaplin (Carlitos) para fazer films mudos! Será que o elegantissimo John abandonará todo seu capricho no vestir, para adoptar sapatos enormes e cambados, calças rotas e sujas? Será triste!*" "Triste"? Grotesco! E mudo! Estamos no início de uma nova década; ainda assim, parece que certas pessoas não acreditam no moderno, no futuro, na ciência. John Gilbert, com aquele minúsculo bigodinho ridículo? Como pode? "*D.W. Griffith, annunciou que seu proximo film fallado será 'Lincoln'*

A CENA MUDA • **87**

e que, em seguida, fará a versão sonora de 'Intolerancia'." Está vendo? Olha um exemplo de modernidade. Carlitos devia fazer isso! Será que não entendem que a sonorização é mais divertida? Por acaso as pessoas na vida real se comunicam por letreiros? Ai! Que Lauro não me ouça! É o ganhapão dele. E daí? Por acaso os atores de teatro não falam e cantam também? Eu, por exemplo, tenho voz aveludada... *"Filmando scenas para A Dama Escarlate, drama sobre a revolução russa, Lya de Putti teve que escalar 5 vezes uma muralha de doze pés de altura e saltar outras tantas vezes do alto para o solo. A cada subida feria mais e mais as mãos e pernas e sempre que saltava mais se contundia. Teve que repeti-la, até que o ensaiador ficou satisfeito. A vida cinematographica não é tão suave como julgam os que não a conhecem."* Revolução russa! Russo de novo. Que coisa! Essa sim deve ter sido uma guerra de verdade, para dar tantas histórias. E não como essas daqui. *"Dorothy Marlowe vai trabalhar ao lado de seu marido, Art Goebel, um film sobre aviação na guerra. Dorothy se emociona lembrando que naquela guerra ella foi voluntária do exército servindo como enfermeira de ambulancia da Cruz Vermelha. Depois de tanta tragedia real, quem diria que Dorothy chegaria ao écran?"*

Enfermeira de ambulância! Conhecer tantas pessoas! Necessitada e amada por todos! Famosa. Heroína. Fotos nos jornais. Nos cinejornais! Aí, um produtor americano vê... "Quem é essa enfermeira corajosa, tão parecida com Marian Nixon? Ela deveria ter ganho o concurso de Miss Brasil, e não aquela magrela..." Quem vai se interessar por vendedora de loja? Bom, o Lauro se interessa. Acho. Mas é diferente. Apodrecendo nesta loja até aparecer uma chance, até quando? Enquanto isso, lendo sobre técnicas de interpretação, estudando, preparandose , como Lauro indicou. Para quê? Para depois um ensaiador te mandar pular cinco vezes de cima dum muro? Como heroína

as chances são maiores. É mais importante que ser miss de qualquer troço. Existe guerra neste país? Não. Bom, teve essa baderna aí. Mas a revolução terminou. Que idéias, Ana! Esses pensamentos o Lauro não pode saber. Me acharia louca rematada. Ou medíocre, que é pior para ele. Será que aquelas artistas pensam assim... assim, bobagens, Ana?

"Os Que Vivem No Écran!"
Marian Nixon! A melhor! *O veneno do jazz! Diz isso cantando!* Que filme aquele! Deixa ver aqui, foto colorida dela e o John Barrymore: *General Crack!* Essa vou botar na parede do quarto... junto com a de Carlos Modesto e as outras de cinema que alegram um pouco o quartinho pobre... Já vai se emocionar? E daí? Quase sempre choro no cinema. É a tristeza de não estar lá. Eles se vão ao terminar o filme para serem felizes para sempre. Depois de acenderem as luzes é a loja, é o quartinho, a vidinha voltando... Você ainda pode contar com o Lauro. E a Jandira, coitada? Sozinha e... deixa, vai. Não sou tão estúpida para não saber que aqueles filmes são

histórias emprestadas, onde a gente vive apenas naquele momento, e eles têm seus problemas na vida real... Mediocridade tem limite, Ana. Pára com isso. *Limite*, filme brasileiro e ainda mudo, meu Deus! Lauro me levou para assistir. Não fui a única a não entender patavina e isso não significa mediocridade... Tá bom, tá bom.

Mas sou parecida mesmo com a Marian Nixon. A Jandira também acha, Lauro diz que só um pouquinho. E Fausto... Fausto? E ele pode entender de mulher? Alguma vez percebi algum olhar dirigido a minhas pernas, a meus decotes, assim como Lívio faz? E olha que sou mulher de virar a cabeça... Ana, se o Lauro souber dessas idéias voando pela tua cabeça em vez de estudar interpretação... Chega! Marian é parecida comigo porque... *"ella é uma moreninha pequenina, muito subtil, muito vaporosa. Sobre sua vida, seus hábitos, seus costumes, ella costuma dizer a todos que a interrogam, que tem os mesmos hábitos, a mesma vida e os mesmos costumes que todo o mundo; não é pelo facto de ser artista de cinema, que é differente de todos os mortaes. Se gosta de laranjas ou se aprecia doce de pecego, ella acha que isso é tão banal que pede por favor que não publiquem essas preferencias de caracter todo pessoal. Agora sobre sua vida publica, ella gosta que digam que sabe guiar o seu Buick, sabe dansar muito bem e que o sport de sua paixão é – imaginem o que! – é cozinhar..."* Cozinhar? É mesmo?... sabia não. Eu detesto, é tão, tão pobre, quer dizer, não. Mamãe, coitada e explorada, além de camareira também cozinha naquele hotel... hotel... Porque é pobre! Não é isso, mamãe, eu pretendo fazer outras coisas na minha vida, por isso estou aqui e não no Guarujá. Eu amo vocês, mamãe. Lá é lindo, chique. Mas... servindo os outros... camareira, mãe? Se aparece a Zezé Leone no "five o'clock tea" eu teria um ataque, mãe! Ou um amigo de Lauro, Lívio, Fausto!, e me vê servindo ou limpando o chão do restaurante! Não basta uma na família fazendo isso? Quais as chances de uma moça metida no... naquele interior? Nenhuma. Aqui é São Paulo, mãe! Além do mais, me dá aflição mexer em comida crua, frango, ovo, peixe, cadáveres! Argh! Bom, mas... Aprender a cozinhar? Enfim, preciso fazer alguns sacrifícios para chegar ao *écran*. Pular muros talvez seja pior. Será? *"Ficou definiti-*

vamente installado em Los Angeles, no mez de novembro últi-
mo, o 'Clube Latino de Artistas Cinematographicos', com mais
de trezentos socios." Desse clube queria fazer parte, e não...
Olha aí, entrando alguém. Enquanto o cinema não vem, deixa
ver o qu'essa bruxa procura... Bom dia, madame! Às suas ordens... Sim, é seda pura, madame. Não, madame, é importada! De onde? De Paris, na França. Quanto o metro? Quanto?...
só um instantinho, vou consultar o gerente. Não vai demorar
nada, madame... pode olhar os outros cortes, são lindos também... volto já... Ai! minha Santa Marta, não vai chegar nunca
a hora de fechar esta loja de merda?... O Lauro me esperando
naquele bar... por que com Fausto? "Porque chegou da Europa
faz alguns dias e quer nos ver." Fausto, o burguês esnobe, cheio
de piadinhas venenosas pelo menos as que entendo, porque não
sou venenosa, sou mais simples, como a Marian, só não sei
cozinhar... nem dirigir Buick... nem bicicleta, nem nadar... Ai,
mamãe, por que você me fez tão simples? E tão pobre?... assim que fechar, vou pedir a Lauro para irmos para a casa dele.
"Fazer sexo"... Desculpe, senhor Isaac, não tinha visto o senhor! Machucou? Ah, sim. Aquela seda, lá, a importada... a
francesa... sei, já me disse o preço cem vezes... mas a freguesa está esperando, senhor Isaac... depois o senhor me insulta...
senhor Isaac, eu não sou burra, é o senhor que não manda colocar etiquetas de preço como todo mundo! Burro? Por acaso
eu disse "burro"? Eu, senhor Isaac?... Avoada, eu? Lendo o dia
inteiro revistas de cinema? Pegar minhas coisas? Mas a loja
ainda não fechou, senhor Isaac... a freguesa, não posso deixá-
la... O senhor mesmo vai atendê-la. Entendi. Entendi que vou
embora. Entendi que sou burra. O senhor também é. E sovina
e corcunda, e estúpido e... Não vou chorar, velho de merda!
Vou é rezar para a loja pegar fogo!

Encouraçado São Paulo.
Miss Brasil.
Revolução Russa versus Outubrista.
Tietê, Mãe dos Rios, Vai Inundar São Paulo. De Novo.

Na Rua 24 de Maio, Lauro entrou no bar e escolheu a mesa de onde se podia ver a Praça da República através da ampla janela de vidro; era o mesmo local já freqüentado muitas vezes no passado, antigo ponto de encontro de amigos que deixara de ver pelas mais diversas razões, uma delas falta de tempo necessário para a boêmia de encontros inconseqüentes. Ali conhecera Ana, sua virgindade e as veleidades de atriz. E Fausto. Depois Laura e sua doença crônica. E "Axel".

Mesmo bar, alguns colegas, muitos conhaques, muitas palavras e alguns discursos naquela mesa onde conhecera Fausto. Alguém chegara e apresentou:

— Este é Fausto, acaba de chegar de mais uma viagem à Europa. E de uma festa!

Conversou-se sobre quase tudo naquela noite. Fausto parecia especialmente agressivo, foi o primeiro a lhe chamar a atenção, atribuiu isso ao estado de embriaguez a que chegara. Pouco a pouco o grupo foi se esvaziando, até sobrarem os dois. Ao resolver saírem do bar, o estado de Fausto parecia pior que o dele próprio. Fausto oscilou ao ficar de pé e avaliu:

— Acho que preciso de ajuda para sair daqui.

— Te acompanho.

— Táxi!

Depois de entrarem no carro, o motorista partiu sem perguntar nada, como se soubesse o destino dos passageiros. No meio do caminho, Fausto, de repente confuso, olhou para Lauro:

— Você... você parece índio. Quem é você, afinal?

— Não importa. Devo ser o último dos imbecis que ampara um cara bêbado perdido no meio da noite. Alguém deve ter feito isso comigo um dia. Estou devolvendo um favor para o "imbecil desconhecido"...

— Lembrei! É o cinematografista frustrado... menos imbecil que aqueles teus amigos, *bien sûr*...

— Eles não são meus amigos, apenas amiguetes. Como você diz.

— *Encouraçado São Paulo*! Teu projeto cinematográfico. Eu disse: "Quando não se tem um *Potemkin*, navega-se com um *São Paulo*"!

Depois de Fausto gargalhar e vomitar em São Paulo pela janela, o táxi parou na frente da mansão.

— Esta é minha choça, aborígene. Vem cá, conhecer a tribo. Chofer, até amanhã.

— Pois não, senhor Fausto.

— O homem te conhece.

— Quem não conhece um membro da tribo Queiroz? *Si São Paulo m'était conté*[1]. Vem comigo conhecer o "bruxo" da tri-

---

1. Se São Paulo pudesse falar.

bo. Talvez passemos *une saison en enfer*[2]. Ou no Paraíso! Vai depender de você. E cuidado com a *baleine en colère*.

Antes que pudesse lhe perguntar que baleia era aquela, sem precisar de chave, Fausto empurrou a porta sem tranca; saindo do interior da casa ouviram música de valsa.

– Noite de Strauss! Vamos entrando. Sem barulho. Vamos surpreender os pombinhos.

Um casal rodopiava numa vasta sala, enlevado nos acordes da valsa. Fausto, no vestíbulo quase às escuras, sentou na primeira cadeira encontrada. Pareceu dormitar imediatamente. Aproveitando-se disso, Lauro fez meia volta para ir embora, mas antes, daria uma olhada mais demorada no casal: de lábios quase colados, dançavam ignorantes de tudo. O homem: surradas e estreitas calças, destacando o corpanzil, jaqueta como as da corte, pouco mais de sessenta anos, longa e embranquecida cabeleira. Ela, vestido comprido, vermelho como as pesadas cortinas de veludo que cobriam as janelas. Pela harmonia dos movimentos, elegância e sensualidade, pareciam ter dançado juntos toda uma vida. As sombras produzidas pela luz de dezenas de candelabros, espalhados pelos cantos da sala e patamares da longa e ampla escadaria, sugeriam cena de algum filme gótico. Em seguida, com cuidado – não queria interromper tomada de cena tão perfeita –, deu um passo em direção à porta de saída. Um puxão na perna da calça o deteve. Fausto, reanimado de súbito, segurava-o com força. Voz impetrante.

– Não me deixa só.

– ... Mas esta é tua casa, não? Palácio.

– Sim. É onde moro... "Um Nabucodonosor norueguês mandou construir as escadarias."

– Quem são aquelas pessoas?

---

2. Uma temporada no inferno.

– Meu pai e minha irmãzinha. *La baleine en colère*. Lindos? "Du sublime au ridicule il n'y a qu'un pas."

– ... Meu caro, preciso ir agora.

Numa reação súbita, Fausto levantou; deu alguns passos inseguros e clamou:

– "Conde Axel de Auersburg"! Digo, de São Paulo! Teus súditos te saúdam!

A valsa continuou, o casal não, surpreendido pela intromissão.

– É você, Fausto? – indagou o homem.

– E este é meu amigo... silvícola!

– Venham até aqui... os dois.

O pai de Fausto curvou-se, estendendo as mãos em sinal de boa acolhida.

– *"Entrez' s'il vous plaît."*

A irmã de Fausto estendeu também suas mãos gorduchas.

– Amigo novo de Fausto, que bom.

– Fausto, o que você tem? *Mon Dieu*, bêbado de novo. Obrigado, jovem, por amparar meu filho. Das outras vezes, sujeitos de estranho quilate arrastaram-no até aqui.

– Este parece "normal", não é, papai? E qual o nome?

– Lauro, acho.

– Também bêbado?

– Fausto, vou chamar o camareiro para te levar ao quarto.

– Não, o silvícola vai fazer isso. Não é... Lauro?

– Fez demais te trazendo para casa – intrometeu-se Laura.

– Quem mandou você se meter? – brigou Fausto.

– Tudo bem, eu levo ele... para onde? – apartou Lauro.

– Me siga, jovem. Volto já, papai.

Laura na frente, Lauro cambaleante e quase arrastando Fausto, atrás. Após escada e corredores, Laura abriu a porta do dormitório. Na cama, Fausto caiu sobre ela e rolando os olhos procurou e encontrou, sobre o criado-mudo, mal disfarçados papelotes de cocaína. Tentando apanhar um, descuidado, derramou o pó, que se espalhou pelo peito e sobre a cama. Exausto, parecendo desistir, tentando localizar Lauro parado ao lado da cama, apenas murmurou:

– Pó, ao pó voltarás... – estendendo a mão conseguiu segurar o paletó de Lauro, e de um puxão o fez cair a seu lado. O pó grudou nas roupas dos dois. – Amigo, não vai embora também. Fica aqui comigo, a meu lado, *un petit peu.*

– O moço está querendo ir. Larga ele, Fausto. – Laura ajudando "o moço" a se levantar.

– Quem está aí? Voz de sepulcro no meu quarto? É a morte me chamando?

– Fausto, carente e alcoolizado, fica patético.

– A baleia? Como entrou aqui? Vai para a valsa do velho, para a cama dele... Índio? Você está aí?

– Preciso ir, já é tarde... – desculpou-se Lauro, tentando se livrar do embaraço.

– ... Demais para certas pessoas, posso dizer. Sugiro ficar aqui esta noite. Não deve existir maneira de voltar para casa, seja onde for. Vem comigo. Temos quarto de hóspede.

– Ela vai te comer, como as baleias fazem com os peixinhos do mar! Fica aqui...

– Vamos... Lauro. Ele dormirá assim que sairmos.

Antes de desligar a luz e saírem, Lauro fez a última tomada daquela cena: Fausto tentando abrir outro envelope de cocaína. No corredor, ouviu-se atrás deles o último brado da noite de Fausto:

– Maldita baleia antropófaga! Quero meu amigo de volta! *Où es-tu maintenant?*

Porta fechada e luz de corredor. E de novo escada. Parecendo mais comprida e perigosamente ziguezagueante descendo por ela e no fim, a sala inundada de vermelhos e candelabros. Sobre a mesa enorme num canto do compartimento, que

Lauro via pela primeira vez, iluminado por grande castiçal de muitas ramificações e largas velas, se encontrava o pai. Com um grande livro na frente, interrompeu a leitura ao vê-los passar. Lauro estancou ao ouvir:

– Para alguns, a embriaguez do álcool é o mais nobre protesto contra a vida sórdida obrigados a levar.

– Voltarei logo, papai. Assim que instalar este moço no quarto de hóspedes.

– Talvez ele queira beber mais. Traga ele até aqui, minha filha.

Era a maior mesa que já tinha visto na vida ou em qualquer filme. Sentou-se na cadeira situada numa das pontas; Laura foi até o bar próximo e voltou com um cálice cheio de bebida, colocando-o na frente de Lauro. Sem tirar os olhos dele, ficou de pé a seu lado, como aguardando que bebesse. Enquanto Lauro, obediente, o fazia de um só trago, o homem fechou o livro pausadamente, olhou para o cálice vazio e em seguida para ele.

Laura convidou: – Mais um? – e foi em direção ao bar, mas parou a meio-caminho, indecisa, aguardando resposta. As pausas naquele lugar e nessas pessoas lhe pareceram longas demais. E a bebedeira também. Precisava dizer algo. Tentando esconder o constrangimento, balbuciou:

– Obrigado, já bebi demais esta noite. Desculpem.

Percebendo a situação, o homem discursou.

– Nada tenho contra o álcool ou as outras drogas. Afinal, os homens de todos os tempos, quaisquer que sejam sua moral, sua religião ou seu grau de civilização, sempre usaram o que hoje chamam de tóxicos. Desde os curandeiros das tribos primitivas, as ervas dos incas, o *peyote* do México, o ópio chinês... até os mais recentes nossos conhecidos. Éter, tabaco, morfina, heroína, cocaína e outros, e o mais universal de todos, o álcool. Veja, meu jovem, na Índia e na Indochina o consumo de ópio é recomendado... E a mitologia grega conta que

Hipnos, deus do sono, distribuiu papoulas e outras ervas... tanto aos deuses quanto aos homens, num esforço... para provê-los de tran-qüi-li-da-de, sossego e...

Depois de vacilar e procurar o olhar de Laura, repentinamente emudeceu. A cabeça foi se inclinando para frente, onde ficou imóvel com o queixo apoiado no colarinho. A vasta cabeleira descerrou como cortina sobre seu rosto. Após longo e desconfortável silêncio, Lauro engoliu um bocejo. Habituada a dar esse tipo de explicações, Laura explicou:

— Não é falta de educação. É narcolepsia. Um dos sintomas é esse. Papai adormece de repente em qualquer lugar. Essa coisa não escolhe hora nem lugar. Tem horror a esses ataques inesperados. Em lugares públicos, então! Vem, vamos embora.

Lauro demorou algum tempo tentando se levantar, quando o homem acordou subitamente, olhou ao redor, embaraçado. Após muxoxo, como litania longamente repetida, pareceu querer desculpar-se, recitando em voz grave: "O sono que deslinda a trama enredada das preocupações,/A morte da vida de cada dia,/banho reparador do/trabalho doloroso,/Bálsamo das almas feridas, segundo prato na mesa/da grande natureza,/Principal alimento do festim da vida". Eis meu tributo ao sono, emprestado de Shakespeare. Minha gentil e constrangida filha deve ter lhe explicado esta minha atitude.

— Papai, vou levar este jovem ao quarto, parece que ele não tem problemas de sono, como você. Vem comigo... Lauro — seguindo-a, ele ouviu como despedida:

— Bons sonhos, meu jovem!

Corredores acarpetados, várias portas parecendo todas iguais. Laura rebolando na sua frente. Até parar diante de uma delas e entrar.

— Aqui — cheiro de umidade no ar, assepsia de quarto pouco usado. — Ficará confortável nessa cama, eu... a conheço. O banheiro lá... aquela porta.

Lauro, atordoado, estava imobilizado no meio do quarto. O último gole que bebera parecia tratar-se daquele último trago que abarrota porões de um navio pronto a soçobrar. Oscilou para um lado, uma das pernas parecia não estar em seu lugar. A expressão estúpida no semblante denotava o medo de desabar, e denunciavam seu estado. Laura reparou:

— Posso ajudá-lo? Permita.

Procurando como segurar-se no quarto girador, nem se deu conta de que estavam lhe tirando o paletó. Num fechar de olhos, a camisa sobre uma cadeira, a calça caída e enrolada nos pés. Num empurrãozinho, sentado na cama. Num abrir de olho, sapatos e meias pelo chão. Os seus. Outra piscadela e, de repente, caindo sobre eles, as roupas. Dela. Num nada, lençóis frios cobrindo-o. Corpo inquietante, generoso e nu grudado no seu, mão no membro, mordidinha no mamilo, respiração quente na orelha, língua dentro dela. Desfrute na voz que pergunta:

— Vai dormir agora? — e um beijo longo e úmido impediu qualquer resposta. Se tivesse uma. Mas batidas de leve na porta e a voz noturnal, chamando por ela, também abreviou o que prometia ser longa semeadora de excitantes perspectivas. Era o que devia estar achando o fornido coletador entre suas pernas.

— Já vou, papai!... A insônia é a segunda perturbação de papai. — afastou o lençol e, nua, andou até a porta. Sem qualquer discrição abriu a porta.

— Laura. Queres vir? — olhando por sobre o ombro nu. — O jovem pode te acompanhar, se quiser — e sumiu.

— Papai está nos convidando. O que é um privilégio para você. E recusar é desfeita para o papai. Vem comigo.

Nu, igual a ela.

— Assim? Ir aonde?

— Num quarto especial que poucos conhecem. Pode vir como está, papai é cego para certos assuntos — arrancando o lençol. – Como eu – pegando o pênis, afagou-o com mimo, após dar um rápido chupão, acolheu-o na boca e um instante depois, afastando-se, ordenou:

– Vamos. Não deixemos papai esperando. Me segue. Logo mais poderemos voltar para flertar mais com esse suculento amigo. Venham os dois! – disse, rindo e puxando o lençol.

Trôpego, tentando se cobrir, ele saiu do quarto segurando o lençol amassado. Ela, segurando numa das pontas, escondia risadinha, divertindo-se com o cabresto improvisado que o arrastava, guiando-o através de confusos e escuros corredores. Na frente dele, no extremo do lençol, o traseiro de Laura saracoteava parecendo rir de seu assombro. Voltando-se de vez em quando para observar seu "carregamento", ela balançava nos rodopios os grandes seios.

– Aqui – afastando pesada cortina de veludo, descobriu uma porta cujo alto batente chegava quase até o teto, abriu-a e entraram imediatamente. Num sofá de imensas proporções, o pai de Laura não parecia estar aguardando visitas, mas assim mesmo, ao perceber a chegada do casal e sem olhá-los, fez amplo sinal apontando qualquer lugar. A nudez de Laura e o lençol cobrindo parte do corpo de Lauro não pareceram chamar em absoluto sua atenção. Se é que via algo além do que manipulava entre as mãos. Laura parecia saber o que fazer: conduziu-o até um dos cantos do grande recinto e o fez sentar-se a seu lado numa velha e macia poltrona. Como dois obedientes colegiais, ficaram quietos e prestaram atenção às palavras que ressoavam; assim como a de um espetáculo de arte mágica, elas não pareciam sair de sua boca, mas de algum desconhecido instrumento de som, oculto nalgum dos cantos do cenário, que fazia Lauro lembrar incerto filme de pesado expressionismo alemão.

– "No princípio, então, era o Caos; depois a Terra de largas ancas, base segura oferecida para sempre a todos os seres vivos, e Eros, o mais belo entre os deuses imortais, aquele que desequilibra os membros e subjuga, no peito de todos os deuses e de todos os homens, o coração e a sábia vontade."

Aqui, Lauro sentiu a mão de Laura apertar sua coxa e murmurar dentro de sua orelha:

— Isso é Hesíodo, contando o nascimento dos deuses. Teogonia é o que papai mais gosta quando está tomando *peyote*. Talvez ele não nos esteja vendo, mas sabe que estamos aqui. Ele adora ser ouvido. Se por pessoas ou deuses, tanto faz. Ele consegue dormir muito pouco, então esta é sua maneira de sonhar. Silêncio, não vamos "acordá-lo". Ele está ingerindo a droga. Você pode experimentar, se quiser. Eu não preciso, Fausto diz que já tenho mescalina no cérebro – riu baixinho de si mesma. Lauro continuava azonzado e fascinado.

A cada vez que introduzia na boca um pó esverdeado, bebia do cálice que segurava como troféu um gole do que parecia vinho. E a voz retumbava nele e fluía no ambiente:

— "Do Caos nasceram o Erebos e a negra Noite. E da Noite, por sua vez, saíram o Éter e a Luz do Dia. A Terra, primeiramente, engendrou um ser igual a si mesma, capaz de cobri-la por inteiro: o Céu Estrelado. Ela colocou no mundo também as altas Montanhas; as Ninfas, habitantes dos montes e vales. Engendrou também o mar infecundo das furiosas ondas, sem ajuda do terno amor."

Aqui, por debaixo do lençol, Laura levou a mão entre as pernas de Lauro e percebeu que o antes brioso, estava dormindo.

— "Porém, em seguida, ela engendrou o Oceano de torvelinos profundos, e a Ceo, Crios, Hiperion, Tea, Mnemósine. Atrás deles veio ao mundo Cronos, o mais jovem de todos, deus de malignos pensamentos, o mais temido de todos os seus filhos. E Cronos encheu-se de ódio contra seu pai. Ela pôs no mundo também os Ciclopes de coração violento... Outros filhos nasceram ainda do Céu e da Terra, três filhos, grandes e fortes, que apenas se ousa nomear: Coto, Briareu, Gias, criaturas cheias de orgulho..."

Ela deslizou até o chão e ficou de joelhos na frente de Lauro que, – extasiado, não afastava os olhos do homem. Inesperadamente mergulhou debaixo do lençol. Capaz de encher por inteiro a boca, sugou o que encontrou entre as pernas dele e ficou a bochechar e lamber lenta, pacientemente. "A Noite engendrou a odiosa Morte e a negra Ker – a Calamidade. E engendrou o Sonho e também toda a raça dos sonhos – e os engendrou sozinha, sem dormir com ninguém –, a Noite, a tenebrosa. Depois ela engendrou o Sarcasmo e a Aflição, a dolorosa, e as Hespérides que guardam, além do ilustre Oceano, as belas maçãs de ouro e as árvores que carregam tais frutos."

Os frutos de Lauro dentro da boca de Laura arrepiaram, o unicorne adormecido erguendo-se pouco a pouco, com altivez, foi tomando conta do exíguo espaço. Ela isolou Coto, o orgulhoso, e tomou conta apenas dele; sugando, aconchegou-o na garganta e com a língua obsequiosa cumpriu os ditames do deus imortal, aquele que desequilibra os membros e subjuga, no peito de todos os deuses e de todos os homens, o coração e a sábia vontade. A vontade conseguida: Lauro olhou para as largas ancas assomando fora do lençol, oferecida a todos os seres vivos. E ele estava vivo. Febril e súbita excitação lhe provocaram o mais temido dos pensamentos em tais circunstâncias. Não importam conseqüências: apenas a obediência ao transbordante ditador que derrotara todo o seu sistema de inibições. Por sobre o lençol, tomou a cabeça dela entre as mãos e, num imperioso entra e sai de sua boca, gozou quase com aflição. Laura, entre suas pernas, coroou com silêncio gentil a culminância aguardada.

– "Trágico é também Cronos, por seu destino sem esperança e com os muitos trabalhos que o futuro do mundo lhe reserva. Porque é o deus do Tempo. Que tudo regula, tudo comanda. Revolucionar constantemente a natureza. Alterar o cenário da vida, tirando dele seu próprio pai. Cronos é insaciável. O tempo devora tudo. Seres, monumentos, destinos. Sem dó. Sem apego ao passado. O que importa é construir o futuro."

Procurou Laura entre suas pernas. Desaparecera. Ei-la perto do pai, manipulando o cálice. Em breve, voltou-se vindo na sua direção, revolvendo com um dedo o líquido dentro dele. Chegando perto, com olhar incisivo, ofereceu-lhe a bebida. Gentil, Laura o ajudou a ingerir. A consistência e o sabor acre da bebida, sobrepondo-se ao do vinho, comprimiram-lhe o peito, dificultando a sua ingestão; provocou estertor de vômito por alguns segundos. Laura se afastou e, como uma criança, aconchegou-se no colo do pai, observando-o de lá. Ele acariciou seus seios como os pais acariciam a testa de suas filhas, sem ardor, assexuado. Logo, suas bocas se uniram em prolongado beijo. Lauro duvidou se se encontrava na platéia de um teatro, assistindo a uma peça secreta e exclusiva.

Após o beijo, ambos olharam na sua direção e acreditaram ver nos olhos deles pequenas faíscas, chispando como fogo de carvão ao vento. Ficaram de pé, como aguardando salva de palmas. O homem dirigiu-se a ele: "Sinto que eu também participo da grande pulsação sideral. O topo de minha cabeça dilata-se como este cálice, oscila no caule do corpo". Lauro foi adormecendo no acalanto da voz profunda. "Do alto vêm afrescos rosados de deuses imortais, dos quais recebo minha parte, pertencendo a eles. Mas não há nenhum eclipse de consciência. A consciência, até então contida nos limites do cérebro, espalha-se neste instante no ar que respiro, zune nos insetos, canta nas criaturas noturnas." Lauro sonhou ver aquele homem deslocar-se na sua direção com a cadência semelhante à que vira, quando dançavam. Seus traços salientes, cabelos pincelados de branco, iguais à bandeira paulista desfraldada, com suas listras brancas e pretas, expressão de extremo contentamento. A seu lado, sombras semelhantes a mãos de cera pareciam aplaudir em silêncio de fantasma... Outras mãos percorriam seus olhos até penetrarem dentro de sua boca, cócegas no céu da boca! Dedos arrancavam uma a uma as estrelas de sua constelação. "Constelação?" – perguntou. E o cérebro respondeu burlesco: "E quantas estrelas e apetites eu quiser. Porque você é meu, 'homem'". E a circulação do sangue, o pulso, a respiração, a secreção, ficaram livres, anarquia solta em constante modificação provocando "apetites novos que prometem o bem e o mal, nunca o desdém". Escuridão. De súbito, silêncio e nova vontade de vomitar.

O fim daquela noite terminaria com a ilusão ou o sonho; ou Laura teria levantado e silenciosamente sentara entre suas pernas e ele a teria penetrado com doce sensação? Em seguida, ela encostara a língua no seu ouvido e murmurara, com a voz do pai: "Nem a papoula, nem a mandrágora, nem todos os xaropes modorrentos do mundo poderão jamais te medicar para o doce sono que tiveste ontem".

Morreu em silêncio até ressuscitar, "para construir futuros", quando o amanhecer foi saudado por milhares de estridentes e nervosos passarinhos nas árvores do jardim... À medida que os órgãos retomavam as tarefas vitais, foi despertando. E a primeira tarefa foi arrastar-se até o banheiro, onde mijou eternidade, em seguida molhou cabelo e rosto até quase se afogar na pia. Pensou se vomitaria agora ou depois. Depois de quê? "Nem todos os xaropes modorrentos do mundo poderão jamais te medicar para o doce sono que tiveste ontem?" A casa de Fausto, a irmã, o pai e o *peyote*! Os corredores, aquele quarto secreto, a boca de Laura nua, ele nu! As palavras que repicaram no seu ouvido no momento de penetração tão... como se... "E quantas estrelas e apetites eu quiser. Porque você é meu, 'homem.'" Como chegara até aí? Mistério que fazia questão de ignorar por enquanto. De repente, detrás da porta, o chamado: "Lauro! É Fausto. Desce para comer algo. O desjejum ou coisa assim, espera lá embaixo. Estou na varanda". Primeiro vomitou, depois se vestiu e depois de degraus atapetados de uma escada, "que um Nabucodonosor norueguês mandou construir", a varanda – cinqüenta metros quadrados e Fausto sentado em mesa redonda coberta de copos coloridos, pratos, travessas, pães, frutas... "Meu caro! Senta aí. Olha que suco *incroyable*. Bebe *que te fa bene*. Ou mando vir umas cervejinhas?"

– Nada de cerveja. Que horas são?

– Meio-dia. Ou perto.

– Fausto, ontem...

– Os passados nesta casa são proibidos de comentar. *Le silence est d'or.*

– Isso aí, é café? E teu pai?

– "Axel?" No seu castelo encantado, casulo impenetrável abarrotado de sonhos e poesia. Confundindo a realidade com os sonhos e às vezes estes com aquela. Laura conhece alguns desses "poemas". Papai é um poeta maravilhoso.

– Ele não vai vir?

– Com este sol? Muito difícil. Durante o dia, ele abaixa as cortinas do quarto para o sol não "digladiar" com o brilho de suas reflexões. Cortina nas paredes e cortinas abaixadas, para exercitar sua sensibilidade numa noite eterna, *le monde sans soleil*, assim como Proust.

– Ou *Nosferatu*?

– Eu sei, eu sei. Mas neste caso papai não precisa do sangue dos outros, o seu lhe basta, repleto de bichos e drogas como está, é suficiente para se manter funcionando. Além do mais, esses "outros" com suas recalcitrantes vulgaridades e sangue morno infectado de estupidez, nem o conde de Bram Stoker toleraria sujar neles suas presas aristocráticas. Não, meu amigo, Axel é um altivo poeta de *fin de siècle*, as glórias e as conquistas não o seduzem. *Tant qu'on a la santé*[3]. O mundo não passa dum triste hospital, e o Brasil, monótona e imerecida Pátria.

– E ela? Tua irmã.

– Você conheceu Laura? Quero dizer, *in profundis*?

– Bom, ela... não sei. Ontem foi... peculiar ou algo assim...

– Posso imaginar. Aquela baleia faminta! Sempre assim com meus amigos... Ela teve algum ataque?

– Ataque?

– Mesmo que a discrição e a educação "social" não permita, devo te inteirar, meu caro, que minha irmã sofre de doença cerebral crônica, perturbações cerebrais que provocam nela crises convulsivas. Ataques, que o vulgo chama de epilepsia. Sofre disso desde que tenho memória. Mamãe deve ter-lhe passado os genes. A coitada acabou morrendo disso num ataque que durou o dia inteiro. Morreu de exaustão, disse o médico, indignado por ninguém tê-la socorrido. O marido devia andar por aí, caindo de bêbado nalgum canto, *bien sûr*. Por essa e outras que o velho não suporta álcool. Culpado! Mas depois de ela tê-lo golpeado e arranhado durante tanto tempo, que se poderia esperar dele? Você não sabe como esses epilépticos são imprevisíveis. Podem matar, incendiar e acontecimentos desse tipo. É o que diz esse povo. *Ah, vraiment c'est trop bête*. Me mataria se sofresse coisa dessa. Mas graças à clemência de algum deus celeste eu não herdei isso. Mas *la baleine*, sim. Que há de se fazer? *C'est la vie*. Toda família possui segredos guardados no baú da vovó. *Voyons*... e o "conde Axel", conheceu também?

– Ontem bebi demais. Mas acho que sim.

– Houve alguma sessão? "Especial", se é que estou me fazendo entender.

---

3. Enquanto houver saúde.

106 • MIGUEL ANGEL

– Pelo pouco que posso lembrar. Inédito..

– Quarto secreto, coisas assim?... Heroína? Morfina? *Peyote*!

– É o nome daquela coisa...

– Esse "Axel". *La musique reprend!* Sabia! Com a cumplicidade da filha, tenta envolver todo mundo nesses *jeux interdits*[4], nessas fantasias de deuses e catervagem. Alguns amigos nunca mais voltaram após uma sessão daquelas. Falei mil vezes para não... não se meterem com meus negócios. Mas você parece que gostou, hem?

– Sem passados, lembra? Mas por que "Axel"?

– *Touché*! Axel, de Villiers de L'Isle-Adam, é um poema em prosa, meio para o gótico, que você precisa ler, meu cinematografista iletrado. "O Fausto do final do século dezenove", alguém o apelidou... A história é sobre um conde. O próprio. Ele é de "admirável beleza viril" – como você, Lauro –, e habita um velho castelo, isolado no meio da Floresta Negra; naquele lugar guarda seu próprio grande segredo. Hum... Bem, resolve...

– Você termina de me contar outro dia.... preciso ir andando.

– *Maintenant*? Não vais comer alguma coisa?

– O café já foi suficiente. Você... fica?

– Preciso dar uns telefonemas. Eu encontro você.

– Então...

– Conhece a saída?

– Me viro. Adeus.

Quando soube da morte do pai dele, achou tão "natural" como Fausto parecia estar achando quando lhe contou:

– Como já sabes, "Axel é morto!" Mas antes, moribundo, semanas. Essa coisa de insônia crônica mata, *mon ami*. Foi o

---

4. Jogos proibidos.

que o médico disse. Mas ele pouco sabe... Na verdade, papai passou quase toda a vida acordado. Sempre tentando abastecer com vida a pobre mesa deste jantar mortal e mesquinho. Piorou quando morreu mamãe. Então escolheu preencher com drogas esse vazio enorme. Atingiu a simplicidade depois, o burlesco, o silêncio, a loucura e a morte, nessa ordem. Laura ajudou muito para acelerar seu fim, com doentias exigências, algumas inconfessáveis, se quer saber. Hum. Para aquela maníaca não bastava a vigília a que foi condenado o velho pelo horror de acontecer à "filhinha" o mesmo que a esposa, sozinha e morta entre convulsões que não aconselho você testemunhar um dia, viu, Lauro? Papai poderia ter feito um pacto de morte. Com Laura! Afinal, só a morte pode acabar com essa doença. E além do mais, ficaria livre por fim daquele embaraço! Enfim, *les héros sont fatigués*. Ainda assim, foi digno. Veremos quem será o próximo a cair naquela casa de Usher.

* * *

Sem dizer nada, o garçom chega com cara de "*vai querer o quê?*"

– Cerveja. Bem gelada. Antarctica?

Anotando com rapidez de autógrafo, "*Brahma*", o garçom se afasta.

Olhando o local quase vazio, pode reconhecer até manchas antigas que a umidade desenhara nalguns cantos das altas paredes, familiares "mapas" de países inexistentes que sua fantasia vislumbrava, mas sempre paraísos sensuais e pacíficos. Refugiava-se neles quando as conversas na mesa tomavam rumos desinteressantes. Essa indiferença, aumentando paulatinamente, provocou o distanciamento definitivo do antigo grupo de amigos. Lembrou do banheiro onde já havia mijado rios de cervejas, dos palavrões escritos nas paredes e detrás da porta, com as acusações mais pérfidas feitas por desconhecidos referindo-se a outros desconhecidos e suas taras sexuais, a política e sua marcha cotidiana registrada em frases irreverentes, debochadas ou infantis. Era a vingança que só o anonimato e o isolamento permite aos covardes.

O garçom chega de bandeja e cerveja, serve no copo, vai fazer comentário sobre a temperatura polar da cerveja, mas percebe que o freguês está atento, observando a porta de entrada, sorrindo e ignorando-o. Antes de se afastar, engolindo a piadinha que sempre dava certo, também ele observa, mas com indiferença, um táxi parado na porta do bar. Lauro podia ver Fausto descer dele, tirar do bolso o *porte-monnaie* e pagar a corrida. Num gesto, recusar o troco que o motorista lhe estendia. Fausto, sempre impecavelmente elegante, com seu magnetismo pessoal e um bom humor um pouco cínico, outro tanto pedante, insolente até, mas inteligente de sempre, entrou no bar. Sentia-se bem com Fausto, que o divertia e informava. A amizade e o afeto entre eles provocavam ciúmes em Ana, desconfiança no tio Honório, e nele uma perturbação indefinida. Entretanto, o interesse e a confiança que apostava no seu talento o lisonjeava a ponto de temer desapontá-lo. Talvez por isso tinha negado sistematicamente, ou melhor, omitido, considerando mais uma zombaria dele, a proposta de investimento oferecido mais de uma vez para produzir seu roteiro ("vendo alguns casebres, falo com fulano e beltrano para desembolsarem mais alguns contos, e o capital para o teu *Encouraçado* sai do ancoradouro onde mofa!"). O máximo que consentira fora mostrar parte do roteiro, que depois de lido, Fausto pouco comentara. – "Não entendo muito de roteiro, é técnico demais, me parece bom, mas entendo mais de poesia..." –, tão pouco, que ficou com esse desassossego, sempre hesitante em perguntar, intimá-lo a uma clara e – por que não? – profunda análise de seu trabalho. Para seu alívio covarde,

Fausto não tocara mais no assunto. Mas foi um consolo incômodo. E frustrante... Hoje era o primeiro encontro com ele após quase um ano na Europa, de lá sempre se lembrando dele. A recíproca não era tanta.

Fausto entra de vez no bar e na primeira olhada o descobre perto da janela. Sorri. "Um país jovem e já com bares decadentes." Precisava analisar por que escolhera esse lugar para o encontro. Escrevera o nome do bar no bilhete que deixara na Teixeira sem pensar, instintivamente. Foi onde conhecera Lauro e seus olhos negros, sua conversa lacônica, sorriso econômico e por isso *charmant*. Saudades do cheiro de tabaco barato que fumava, do desleixo em se vestir, do cabelo preto-índio sempre por cortar e da descuidada mecha caindo na fronte alta e franzida, formando sulcos de falsa maturidade. Viril. Artista. "É o amigo nem ardente nem fraco." Mas querido.

Fausto: – Meu *grand ami*! Eis você aqui, sentado na mesa deste bar, com'antigamente, tal qual esperava. Mas espero não sair dele como de uma certa vez, faz centenas de anos atrás. *Rappele-toi?*[5]. Espero que não! Receava não tivessem te dado meu recado... Não sei que me deu marcar aqui. Talvez saudades de outros tempos que prometeram ser... melhores, *chi lo sa*? Vamos. Me dá um abraço!

Lauro ficou de pé, um pouco constrangido, abraçou o amigo. Sentiu o aroma de loção, de certo francesa, exalando das roupas italianas, talvez. Cinco segundos de perturbação nos corpos apertados. Alívio de Lauro ao se desprender, que o outro percebe sentindo breve beliscão de mágoa. Lauro escondeu embaraço momentâneo atrás da fumaça do cigarro recém-aceso sem perceber Fausto observar discretamente um outro cigarro esquecido no cinzeiro, consumindo-se quase inteiro.

---

5. Lembra?

110 • MIGUEL ANGEL

Lauro: – Senta aí. E então? Como foram os primeiros dias nas terras aborígines da Paulicéia?

Fausto: – Mais desvairada que nunca e ainda colorida com os confetes... hum, de uma revolução! Washington Luís apeado do cavalo do Catete e exilado. Tudo isso já sei. Mas somente agora. Durante *la traversée* por mares bravios, a pior jornada que a Europa cobra para ser amada – não pronuncia a palavra daquela coisa que voa que me brota sarampo nervoso quando a ouço! – eu dizia, não sabia se encontraria empossado o Júlio ou aquele governador gaúcho, Getúlio Parcas, Vargas... líder de um partido ao qual, para meu espanto, *mon oncle* Ricardo aparentemente também pertence. Mas tinha esquecido de que estamos no Brasil, com suas maneiras tumultuadas de fazer política. Falemos de outro assunto, que de mares bravios e política brasileira estou enjoado.

Lauro: – Que mistérios te esconderam desde tua chegada? Já faz quase uma semana!

Fausto: – Pois é. Mas é tão vulgar, *la vérité*. Meu administrador fez umas barganhas com umas propriedades, bastante lucrativas. Mas sem minha última palavra e assinatura, não saía nada. Foi transação bem-vinda e, que ninguém nos ouça, um pretexto, na verdade. Estava com saudades de alguns amigos, de você, e de São Paulo *malgré lui*... Falando nisso, ontem, me esquivando de certas manifestações desordeiras, fui à Livraria Teixeira fazer uma visitinha. "Tomara que encontre o Lauro lá", torci. Ao saber pelo Zé que passaria por lá, deixei o recado que acabaram te dando, assim matei duas crianças com uma só cajadada. Pedi a ele: "Zé, preciso estar informado. Esta alienação me derruba". Em poucos minutos, o *connaisseur* me pôs a par de quase tudo. Foi um choque saber da hecatombe política que toma conta da cidade. Que prostrante! Pobre São Paulo. Mas, graças a algum feitiço, é um conforto saber que o Anhangabaú ainda está lá, e melhorado, para o meu espanto.

Vejo-o da janela do Esplanada. Um belo espaço florido trabalhado com uma arte – como direi? – européia... (*depois de breve pausa reflexiva*). Meu Deus, como estou verborrágico! Me manda parar!

Lauro (*com sinceridade prestimosa*): – Gosto assim. Mas, hospedado no Esplanada? Que houve com tua casa? Era essa a transação?

Fausto (*já esquecendo a mágoa do abraço quase repelido na chegada.*): – Pudera, *mon ami*, pudera. É Laura, a *baleine en colère* que na minha ausência, possivelmente em convulsões epilépticas, pôs tudo de cabeça para cima ou para baixo, como seu espírito distorcido. Se não botasse tudo como estava e não devolvesse meu Picasso que fez sumir, só Deus sabe como, não voltaria a pôr os pés lá.

Lauro: – Você não parece muito preocupado.

Fausto: – E não estou. Ele aparecerá, *bon-gré, mal-gré*. Ela disse que perdeu a consciência e não se lembra de nada. É para me castigar, sinais que a loucura faz quando demoro a voltar. A solidão em que vive, depois da morte de papai, ativa suas carências afetivas e a demente apela para qualquer motivo. Estorvo de minha vida! Poderia considerar o suicídio, *n'est-ce pas*? Mas se ela não repuser meu Picasso... Existe alguma lei proibindo assassinato de "baleias epilépticas"?

O garçom instalou-se na frente deles, ouviu a última frase e, divertindo-se, pensou: *"Epilépticos, pode; baleias, não".* Mas fez cara de: *"Cheguei, pois não?"* Lauro olha para Fausto.

Lauro: – Estou tomando cerveja.

Fausto: – Cerveja não, entope. Garçom, me traga Cherry Brand.

Garçom: – Não tem "isso".

Fausto: – Precisamos freqüentar lugares mais *chics*, Lauro... Esqueci que em certos lugares... *Mea culpa*, a idéia foi minha. Está bem. Conhaque, então. Fundador? (O garçom anota o pedido com cara de *"não gostei do comentário, 'messiê chique'"*). Ainda é cedo, e preciso controlar a bebida. Esta noite haverá reunião no solar de Fábio Prado, provavelmente será chatérrima, cheia de políticos e, nessas ocasiões, só drogado para agüentar. E misturar com bebida provoca montes de confusão. Festejos pela derrocada do Washington, creio. Aqueles hipócritas! Você poderia vir comigo, Lauro. Depois iríamos para casa... Mas falemos de amenidades. Como anda a *innamorata*? Ainda perambula pela tua vida?

Lauro *(percebe um pouco de impertinência no tom, nada de novo.)*: – Marquei encontro com ela aqui mesmo.

Fausto: – Ainda pretendendo ser... atriz?

Lauro: – Confusa, como sempre. Mas não será fácil como ela pensa.

Fausto *(como se não tivesse sua própria respostada)*: – O que querem as mulheres? Até Sig desistiu.

Lauro: – E aquele teu primo? Ainda atrás do velho Sig?

Fausto: – Antônio? Desceu alguns degraus de sua megalomania e desistiu de perseguir o mestre pelo mundo. Intoxicado de culpa e drogas, voltou comigo ao Brasil, ou melhor, ao nascedouro: saudades da *mamma* e de sua placenta hospitaleira. Aceitando os conselhos dela, decerto deve andar por aí, seguindo as bulas que recomendam nossos ultrapassados psiquiatras tupiniquins, como sempre *d'une oreille distraite*[6]. Ouvindo falar daquele gozado Durval, que dizem responsável pela *avant-première* da "nova ciência de Viena" como muitos caboclos por aqui ainda chamam a psicanálise, eu disse: "Vai com ele!", *a ffato niente, meglio largare da mamma*. Mais para me livrar de sua sombra incômoda do que por acreditar que alguém possa fazer alguma coisa por ele. Assim como a gralha de minha irmã, só o sepulcro pode curar aqueles intestinos

6. Com uma orelha distraída.

da cavidade craniana. Enfim, deve estar grudado no estuque do sapé do tal Durval até agora... *(Lauro ri, divertindo-se)* *Ridere, monello* de minhas graçolas. Então, voltando à namoradinha. Candidata a atriz *malagrazia*. Tem chance?

Lauro: – Quem sabe ela responda? Olha ela chegando!

Fausto *(virando-se, mais para esconder a expressão incômoda e constatar)*: – Pela *facceta*, parece ter escapado de um incêndio!

"Especialmente importante é o ângulo da tomada. O olhar humano normal pode alcançar pouco menos de 180 graus do espaço que o circunda, quer dizer, o homem vê quase a metade de seu horizonte" (*Lauro citando em pensamento Pudovkin, preparando-se para tentar não se envolver no entrevero que adivinha e que podia evitar. Nada de novo*). Por entre as mesas, Ana procura com o olhar. Acha. Avança na direção deles. Ao constatar a presença de Fausto, desvia o olhar e faz caretas que só Lauro vê e entende. Ao chegar, com suspiro longo, dá um beijo em Fausto; outro, roça os lábios de Lauro. Senta-se a seu lado, abanando-se com a revista cujo título tenta esconder; mas, aborrecida e desafiadora, resolve jogá-la sobre a mesa com desdém.

Fausto *(folheando a revista):* – A *Scena Muda*! Anita, *ma chérie*, preciso lembrar de trazer algumas publicações da Europa. Você amaria! A diferença, quero dizer. Monumental! O nível internacional, cultural, se você me entende. *(Observando a carranca dela que parece não ter ouvido.)* Disse alguma coisa...

Ana *(forçando sorriso):* – Desculpa, Fausto... Não estou bem. Me desculpem.

O garçom se posta ao lado da mesa. Pausa. Impaciente, olha o teto com cara de *"vai demorar muito?"*

Lauro *(inquieto. O clima ficando tenso, rápido demais):* – Pede alguma coisa, Ana.

Ana *(boca torta de fastio)*: – Não quero nada... *(caprichosa)* Quero, sim, suco de pêssego.

Garçom *(sacode a cabeça como dizendo: "Mais frescuras chiques? De onde tirou essa de suco de pêssego?")*: – Só laranja, limão...

Ana: – Tá, tá. De laranja, então.

O garçom anota o pedido com cara de *"a culpa não é minha se não estamos na Europa, 'madmuasel chique'"*. Girando nos calcanhares, antes de se afastar grita bem alto, para aborrecer:

Garçom: – Zé! Sai um suco de laranja... paulista!

Lauro *(curioso e divertido)*: – Pêssego? De onde saiu isso? *(impaciente agora)* Mas que cara é essa, menina?

Ana *(por fim a pergunta esperada)*: – Cara de desocupada. Aquele judeu sovina me despediu da loja.

Lauro: – E por quê?

Ana: – Por causa de Marian Nixon.

Fausto: – Quem?

Ana: – Você não entenderia, Fausto *(agressiva)*. Não é do nível da tua Greta Garbo!

Lauro *(censurando)*: – Ana, não precisa.

Ana *(com raiva por sentir as lágrimas querendo assomar, pela voz estrangulada)*: – Me desculpem. Estou nervosa e cheia de raiva. Não sei cozinhar, não sei dirigir, não sei andar de bicicleta, nem nadar eu sei! Como vou guardar na minha cabeça o preço do metro de seda francesa? Eu sou burra!

Lauro: – Você está chorando, Ana.

Ana: – Não estou! É essa fumaça das ruas. Essa gente toda que não pára de correr, gritar! Os guardas em cima dos cavalos gritam comigo. O judeu grita comigo, o condutor do bonde grita comigo, você grita comigo.

Lauro: – Eu não estou gritando com você... Toma, usa meu lenço. Ana, é apenas um emprego...

A CENA MUDA • **115**

Fausto *(inevitável a comparação com a atriz de* Joana d'Arc. *Despertando o "Mefisto" sempre dormitando nele. Lauro o absolveria):* – Sôfrega Falconetti.

Ana *(fungando):* – Quem?

"Mefisto": – Não importa. Não é do nível da tal de Nixon.

Ana *(recuando):* – Já vai passar. Me ignorem, por favor.

Fausto *(sem pestanejar):* – Mas me conta, meu amigo. Tirando esta mixórdia que assola as ruas da urbe, como anda o cineminha caboclo nessa cabecinha paulista? Ainda acreditando no cinema nacional? Hein? Falando nisso, ia me esquecendo... Lauro, "Renoir" dos trópicos! Ouve o que tenho para contar sobre os últimos filmes que vi em Paris, sempre me lembrando de você, evidente. O primeiro deles, *Un Chien Andalou!*[7]. Curtíssimo, nem vinte minutos. Mudo. Um *shock* marginal! Poema bizarro, surrealista. Todas as regras, as pieguices dessas historietas de Hollywood foram aniquiladas. Nunca nada igual. Você precisa assistir. É do Dalí e de um tal Buñuel, que conheço pouco. Mo-nu-men-tal!

Ana *(não gosta da referência a Hollywood, vingativa):* – Mudo? Que antigo. Até Griffith vai botar som em seus antigos filmes.

Fausto *(ignorando-a):* – E o projeto do teu *Potemkin* tupiniquim, *O Encouraçado São Paulo?* Sulcando no papel, ou ainda dentro dessa cabecinha voluptuosa de idéias pretensiosas?

Lauro: – Meu encouraçado afundou, torpedeado e abandonado por adaptações e traduções de letreiros. Com alguns colegas colaborei no roteiro de um projeto que estão realizando

Ana: – Tudo mudo. Ou em disco. Um atraso.

Lauro *(sem lhe notar o tom hostil):* – Dependendo da verba, esse será sonoro.

---

7. Um cão andaluz.

Fausto: – Se você quiser, posso dar um *mot* no Menotti. Ai! Lembro anos atrás, na época do Washington ser o presidente desta aldeia, e ele seu porta-voz, *rappelle-toi*? As verbas de suas produções eram bastante gordas. Faziam aqueles "filmões". Aliás, hoje, com o Washington fora do páreo, não sei como anda o balanço nesse *derby* do cinema.

Lauro: – Longe dos patrioteiros da Liga de Defesa Nacional ou do grupo Medina-Rossi, o resto é tudo marginal. Teve aí, *Limite,* do Peixoto. Uma obra-prima que praticamente ninguém viu. "Artesanal demais!"

Fausto: – Candidatos a artistas marginalizados, como você, Lauro, sempre existiram, a história está cheia deles. Mas sem eles não haveria nem cinema nem história. Apenas monte de barulho certinho e enfadonho. Desalentador. Mas e aí? Algum produtor chegou a se interessar pelo teu "barco"?

Lauro: – Mostrei alguns: "O povo não está preparado para cinema politizado". "O semidocumentário é coisa ultrapassada." O de sempre... *(mais entusiasmado do que gostaria, aborrecido com a expressão de fastio no rosto de Ana, com o bar, o garçom e com o cinema.)* Te jogam na cara dados mostrando que as produções de baixo nível têm mais aceitação. E para não deixar passar nada que possa "confundir" o público, o trabalho é mandado para ser "revistado" por bando de bastardos, sob as ordens de produtores que preferem copiar ou adaptar temas conhecidos do público...

Fausto: – E você, vai abaixar o nível?

Lauro *(rancor consigo mesmo por não acreditar com verdadeira convicção)*: – Nem pensar. A idéia é tentar mudar o público até compreender que esses filmes fazem referência à mediocridade de suas vidas só para atraí-los, ensinando-lhes a gostar só do que lhes parece mais familiar e, por isso, mais fácil de entender.

Fausto: – Mas é claro, Lauro. Afinal, os néscios estão no poder, *mon ami*! Os traficantes da mediocridade. Teriam queimado na Praça da República as cópias de *Un Chien Andalou*, com certeza. E esse tal de Peixoto, coitado, como tu, seriam os primeiros da fila. *(divertindo-se com a raiva dele, talvez vingando o abraço indigente da chegada. E da presença de Ana).*

Lauro *(diminuindo o ímpeto, cansado e arrependido por entrar nesse tema aborrecido, repetindo frases inteiras de companheiros de estúdio):* – Um dia aproveitaremos a incompetência desses produtores e voltaremos nossas armas contra seus intelectuais burocratas...

Fausto *(emendando):* – ... e traidores censores da inteligência! "Uh, lá-lá!" Maquiavel puro, meu raivoso e subversivo cinematografista. Mas a luta será cruenta, *mon ami*. Por que não mandar à merda esses "vendilhões" e sumir dessa quitanda da arte? Vem comigo, Lauro, já falei. Voltarei à Europa no próximo ano. Lá parece não ser tão doloroso ser artista...

Ana *(aborrecida, entredentes):* – Eu estou aqui.

Fausto agradece em silêncio a chegada oportuna do garçom trazendo o pedido. Excedera-se um pouco. O garçom distribui os copos na mesa. Cobre a barriga com a bandeja e sorri para eles com cara de *"Satisfeitos?"* Ana toma um golinho de suco, Fausto gira o cálice entre os dedos, indiferente. Lauro serve-se de mais cerveja, morna. Pausa. Fausto lança olhada ao garçom. Este percebe e se afasta, mastigando: *"Já entendi"*.

* * *

No mesmo bar, quase na mesma hora, dois anos antes, tinha conhecido Lauro. Naquele dia não havia Fausto, em compensação havia receio. Chegara de Santos com Jandira, sonhando com São Paulo, e secretamente acreditando que de certa maneira Hollywood estaria mais perto dali. Jandira fugira

118 • MIGUEL ANGEL

do homem que prometera casar com ela assim que nascesse o filho. Desapareceu sem dizer adeus no quarto mês de gravidez. Foi um bálsamo, e Jandira agradeceu a Deus. E explicou: o relacionamento sexual fora sempre desagradável e em muitas ocasiões, até doloroso; o membro descomunal a teria machucado por dentro, mas continuara com o relacionamento, mais para segurá-lo e garantir um pai à criança. Alguns meses após o nascimento de Paulo. "– O nome não era pelo santo, mas pela grande cidade!"–, o safado reapareceu, mas não para casar; vinha com outras intenções, que com certeza redundariam em irmãozinho para o Paulinho e mais dores no útero para ela. Então escondeu-se por um tempo na casa da mãe. Deixando o filho com ela, as duas partiram para São Paulo, instalando-se na casa da tia de Jandira. Nos primeiros dias, vingaram-se das mágoas e, como duas turistas, percorreram quase a cidade toda, extasiadas com o tamanho dos prédios, dos viadutos, das largas avenidas e das casas elegantes orladas de jardins, o Teatro Municipal, o Museu do Ipiranga, o Vale do Anhangabaú, o Jardim da Luz, A Avenida Paulista, e principalmente com a sua nova liberdade, também larga. Como era curta e sufocante em Santos, pois lá sua única perspectiva era trabalhar de servente, camareira, ajudante de cozinha, argh! junto com os pais no hotel *De La Plage* no Guarujá. Pior esconder da mãe que essa idéia nunca esteve em seus planos, ouvir as pressões do pai, achando-a com idade suficiente para se definir de vez, resolver sua vida, e além disso, o dinheiro sempre contado no fim do mês. Precisavam de sua cooperação. Arranjaram com o gerente do hotel vaga de ajudante de qualquer coisa, só para começar; subiria aos poucos de cargo e de salário. "Pai! O senhor entenderia se lhe dissesse que já tinha me definido sim, seria artista de cinema?" "Isso é coisa de adolescente, depois passa. Aninha, precisas crescer, minha filha. Estamos no Brasil, não na América! Acorda!" – teria dito o velho, com pena dela. "Por acaso a Zezé Leone, de Santos, pai, de Santos! não era atriz?"

"Da alta sociedade, filha, com mansão na Avenida Ana Costa!" - teria argumentado o velho. "E miss Brasil!" – gritaria a mãe da cozinha, dando força e cutucando a humilhação de ter se candidatado ao concurso que escolheria aquela que representaria Santos no primeiro concurso de Miss Brasil no Rio de Janeiro e terminaria por sagrar "aquela sirigóia de pinças vermelhas!" Ao saber que "aquela" fora escolhida "a mais linda mulher do Brasil!", a decisão de não trabalhar no "La Plage-nem-morta" tornara-se definitiva. Imaginar-se servindo a mesa onde Zezé poderia estar se esbaldando rodeada pelo *grand monde*, mostrando o resultado do concurso para todo mundo e rindo, rindo enquanto assinava contrato para fazer filmes, era outro motivo que fazia de Santos um pesadelo insuportável, até seu mar lhe parecia imenso prato de sopa e as pessoas, excrementos flutuando na superfície! Cansara de vagar do Gonzaga ao Boqueirão e José Menino, fingindo "esperar uma amiga" na porta do Jóquei Clube a quem lhe perguntasse. Longe do mar e da odiada Avenida Ana Costa, longe de Zezé, dos pais, de Deus e de Nossa Senhora de Monte Serrat, surdos às preces e cegos para suas velas acesas nos altares de quase todas as igrejas de Santos! Deus se tornara réu inafiançável! E São Paulo, um prêmio de consolação?

Nesse mesmo bar, quase na mesma hora, em São Paulo, havia conhecido Lauro.

Fausto: – Lauro, meu anjo. Enquanto teu muito revoltoso *Encouraçado* não vem, *que hacer?*

Lauro: – Estou fazendo também um "extra" para o Teixeira, umas traduções.

Fausto: – De que se trata?

Lauro: – Dostoiévski. De uma edição francesa da *Casa dos Mortos*. Pagamento moribundo.

Ana *(Acordando das lembranças, com medo de ser ignora-da, impõe participação)*: – Quanta obsessão pelos russos existe neste país! É soviete para lá, proletariado russo para cá. Contra ou a favor, tanto faz: Rússia! Rússia! Stálin, Dostoiévski. Coisa! Até Hollywood faz filmes da história da Rússia! Não entendo o que existe por lá ...

Lauro: – Ana, acorda. Não tem nada a ver uma coisa com a outra. Dostoiévski...

Fausto: – Tirante Fiodor, Ana acertou. *(ela abre a boca, fazendo careta exagerada de surpresa)* – É, sim. Veja na Europa, todo mundo sabe dos expurgos stalinistas após a morte de Lenin. O recente suicídio de Maiakóvski, por exemplo, por razões amorosas ou "mentais", como andam espalhando os stalinistas franceses – mas eu tenho minhas dúvidas se não foram razões políticas –, deixando Aragon arrasado. Afinal, quando se conheceram, dois anos atrás, nasceu uma relação – como direi? – "profunda" entre eles e o ópio, num *ménage à trois* que fez tremer as bases e as camas dos amigos. Mesmo assim, esse mesmo Aragon, junto com Picasso e outros intelectuais, continua de namoro firme com o comunismo russo. Não é de hoje, não. Até nos salões de Olívia Penteado e Veridiana Prado, "semanistas" se diziam "bolchevistas", dois deles que conheço bem. O "rei das armas", Guilherme de Almeida, o heráldico predileto dos nobres poderosos, e Oswald de Andrade, também apadrinhado do hoje decaído Washington Luís, não saíam da "corte". Singular, *n'est-ce pas*?

* * *

Estava com Jandira. Ambas exaustas de andar pela cidade, subir e descer de mais de cem bondes! Parecendo duas crianças, e caipiras. Na Praça Ramos de Azevedo sentaram para descansar; à sua frente, o majestoso Hotel Esplanada as provocava. Inventaram de entrar nele, fingindo-se de hóspedes, para conhecer – e invejar – o grande salão de entrada e o ambiente do American bar. Como Cinderelas, subiram a grande escadaria do andar nobre. E, como Cinderela à meia-noite, um circunspecto servente as acordou e, respeitoso, indicou-lhes a porta de saída, sem acreditar em uma palavra das mentiras das "hóspedes" santistas. Riram da aventura, mas lá bem dentro delas, sonhavam que algum dia um príncipe procuraria a dona do sapato de cristal esquecido naquela escada e, ao encontrá-la, a levaria ao American bar do hotel tomar champanhe e em seguida jantar no Grill Room, o maior e mais gostoso filé da cidade de São Paulo. Dançariam valsa na "suíte" de salões ao longo da larga galeria, e a "sala-de-visitas de São Paulo", o Vale do Anhangabaú, ficaria todo iluminado em homenagem a eles, que seriam vistos através das janelas, rodopiando por todas elas, e o povo lá embaixo na praça se maravilharia, vendo-os tão felizes, e se iluminariam as lojas... a loja do judeu ainda não existia. Jandira já começara a fazer os primeiros serviços de manicure que tia Filomena lhe arrumara. A velha perderia a gentileza de viúva solitária, agradecida pela presença delas na casa, se soubesse do caso de Jandira. Pobre Jandira, escondendo a verdade de seu choro ao ser surpreendida pela tia com lágrimas nos olhos: "Saudade do mar, da praia, da pesca de fim de semana". Nunca "do meu filho Paulinho, que ainda aprenderá a chamar minha mãe de 'mãe'".

Entraram nesse mesmo bar, sentaram "naquela mesa, lá" e pediram guaraná, beberam e riram por qualquer bobagem durante horas. Ao entardecer, preparando-se para sair, entrou no bar um grupo de pessoas, algumas discutindo alto, outras rindo, mas, entre todas elas brilharam, os olhos negros de Lauro. Primeiro detiveram-se em Jandira: "Ana, aquele tipo está me olhando. Que que eu faço?" "Nada. Deixa ele." "Mas eu fico nervosa, Ana, não estou querendo saber de homem nenhum, eles me apavoram, se vier para cá..." Mas os olhos saltaram para ela e, depois de percorrer todo seu corpo, ficaram.

Fausto: – Como essa turba de "dadaístas" em Paris, cujas demonstrações começaram também em 22!, e agora estão sendo chamandos de "surrealistas". Ai, ai, Europa, *mamma* terra! Lá pelo menos não consideram o nacionalismo a pedra fundamental da salvação do futuro de uma nação! Lá eles se divertem, se é que estou me fazendo entender. Ah! Este Brasil capenga de iniciativas, quando toma uma se confunde de maneira monumental. Para contestar aquelas influências primeiro "ardorosas" e seis meses depois, "decadentes" do velho mundo, surgiram essas iniciativas ultranacionalistas, o outro lado da embriaguez autóctone.

Ana (*"Cinderela Santista", "Bela Adormecida", príncipes salvadores por toda parte, quantos contos de fadas. Mas volta a participar, inoportunamente estridente*): – Europa! Brasil! Prefiro Norte-América. (*Novo "príncipe? Não basta Lauro montado no seu cinema branco?*)

Fausto (*"Mefisto", segurando a chama da irritação. Mas pelo menos "uma gota só, vinda do purgatório", não pôde impedir de rolar*): – América! América! Onde não possuir muito dinheiro é sinal de fracasso mortal. Câncer e pobreza matam por igual lá. Não sobreviverias uma semana, meu anjo. Desocupada, então, é fuzilada no meio da rua. Ou mais sutilmente, para um país moderno, esterilizada como os negros, retardados e outros "imperfeitos"... A nossa Primeira República ficou fascinada com a mesma idéia...

Lauro (*Enfocando a mirada na porta de entrada, interrompe agradecendo o inesperado*): – Olha quem está entrando lá, Ana. Não é o Lívio? É, sim. (*faz sinais com o braço em direção à entrada. Lívio e o companheiro ao lado percebem, vão até a mesa. Ao chegarem, Lívio beija Ana na face, meneia a*

cabeça para Fausto, aperta a mão de Lauro e chama o gar-
çom com um gesto.) Mas o que você está fazendo por aqui?

Lívio: – O Centro Acadêmico resolveu fazer uma "reunião" na Praça da República, bem pertinho do clube dos tenentes, para encher o saco deles. E como ainda é cedo...

Lauro: – Senta aí, "Doutor."

Lívio olha o companheiro, aponta cadeiras vazias. Ambos sentam no momento do garçom chegar de mão na cintura e expressão de *"Que nova frescura vai ser agora?"*

Lívio *(lembrando de apresentar o colega à mesa):* – Este é o Formiguinha, amigo da faculdade. Este é Lauro... *(o garçom interrompe, com entusiasmo.)*

Garçom: – Formiguinha? O campeão do Corinthians?

Lívio *(Sorri de leve, acostumado com a confusão)*: – O craque corinthiano é o Afrodísio. Este aqui é Herminio, o irmão. Craque noutras coisas, mas isso não vem ao caso. Temos damas presentes *(Herminio e Lívio se entreolham, cúmplices. O garçom fica com cara de "irmão não é a mesma coisa").* Ana, minha amiga! Linda, sempre. Como anda essa vida? *(beija-a novamente na face. Antes de ela conseguir dizer algo contra o judeu da loja, ou Vargas, ou Fausto e sua arrogância; ou dizer não saber e detestar cozinhar, ou que acreditava estar grávida, e só ele poderia ajudá-la)* Garçom, me traga cerveja, estou seco por dentro. Estamos, não é "craque"?

Garçom: – Antarctica ou Brahma?

Lívio: – Tanto faz. A mais geladinha. *(o garçom pensa: "então Brahma" e se afasta. Lívio olha Ana e a acha mais linda que da última vez, só um pouco aborrecida. Torce para o motivo dessa cara fechada ser Lauro. Ou tédio dele. Melhor. Sorri achando-se astuto por ninguém perceber o quanto Ana o excita, o quanto espera um dia trepar com ela. Prepara-se para impressioná-la).* – Meus amigos. A coisa está ficando intolerável. Esses tenentes estão cada dia mais assanhados. Pa-

124 • MIGUEL ANGEL

recem conquistadores de terra inimiga. Por essas e outras, estamos organizando uma greve no Centro Acadêmico. Uma forma de protesto. Entende?

Fausto (*adivinhando discursos e percebendo a intenção do tal Lívio querer impressionar Ana. A ela, podia*): – E na Europa não está melhor. Na Alemanha, por exemplo, os "paulistas", entre outros, são os judeus, se comunistas, pior. Se vale o exagero.

Lauro: – Este é Fausto, acaba de chegar de lá. E este é Lívio, estudante de Medicina...

Lívio: – Conheço. (*um dândi viciado*) Esteve onde?

Fausto: – Roma, Paris e... Berlim! Aquele Nacional-socialismo. Nem me fale.

Lívio: – Nacional-Socialismo? Fascismo puro.

Fausto (*A frase feita do desconhecido o irrita de leve*): – Estava tentando dizer antes de vocês chegarem. Todo nacionalismo radical é burro e sempre incompetente. Manda limpar seus vômitos botando a culpa no bode do vizinho, seu Expiatório. Conhece? (*Lívio faz sinal afirmativo com a cabeça*) E tão socialista como meu tio Ricardo. Esse você não deve conhecer...

O garçom chega, deposita a garrafa sobre a mesa, abre-a. Lívio serve os copos. Bebem. O garçom faz cara de *"E aí? Tá boa? Mais alguma coisa?"* Mas ninguém comenta nada. Se afasta meio emburrado.

* * *

Jandira, nervosa: "Já está ficando tarde. A velha Filomena vai ficar preocupada, Ana. E ainda temos de pegar o bonde... vamos embora?" O garçom mostrou os dentes num sorriso profissional e colocou sobre a mesa delas um pedaço de papel mais branco que eles. "Da mesa lá na frente" e ficou esperando. Antes de Ana pegar o papel, olhou na direção do grupo e dos olhos negros. Mas quem acenava, piscando, não era o dono deles. Os olhos negros olhavam o companheiro lhes fazendo sinais. Estaria testando-as? Esperando o resultado da abordagem do amigo para saber se elas eram "garotas fáceis"? E desprezá-las depois de se divertirem com duas caipiras? Duas turistas, meu jovem!

Quantas manias devia superar! Já com raiva dela mesma lendo o bilhete convidando-as à mesa deles, ou, em palavras primorosas, se podiam vir sentar com elas.

Nesse ínterim, o desconhecido levantou-se e veio até elas. "Boa tarde, belas donzelas. Antes de me convidarem a sentar, devo preveni-las. Meu amigo lá também está interessado em nos fazer companhia. Deixamos ele vir? Posso chamá-lo à nossa mesa?" A insolência do desconhecido as deixou atarantadas. No que ele aproveitou para acenar, chamando o amigo. De copo na mão, os olhos negros vieram. Ao chegar, apenas disse. "Meu nome é Lauro. Presumo." Os dois haviam bebido demais, era evidente. Depois soube: se não fosse pelo descaramento do amigo e pelos conhaques, nunca teria tido coragem de atracá-las. Não era seu estilo. No segundo encontro, no mesmo bar, sentou junto com o grupo, sem Jandira e perdendo seus temores. O peso de sua solidão de vinte anos fortaleciam a coragem. E soube ele andar metido em cinema, a outra metade da laranja procurada! A virgindade, velha inimiga, começou a incomodar mais que nunca, estragando com sombra enfadonha toda iniciativa mais íntima entre eles. Virgindade. Inimiga dos longos beijos, das mãos exploradoras, sujando com sua presença laivos de ternura, transformando um carinho espontâneo em suspeita invasão imoral. Virgem. Inimiga de sua paixão, de seu desejo, imiscuindo-se no meio deles, na cama, no carro, na mata. Grave, suja e ridícula. Seu tormento acabou quando mandou-a à merda junto com os temores que Jandira lhe tinha passado com sua experiência desagradável. Sem dor.

Lívio: – Falam de revolução como se fosse "A" grande e definitiva, mas isso aqui não passa de insurreição política que deu certo, por enquanto. Esses militares fascistas, atualmente no poder, fizeram apenas a substituição da forma estatal de dominação burguesa, a democracia burguesa, por outra, pela ditadura terrorista aberta. Estão querendo enganar quem? Não foi o acontecido na Rússia, claro. Lá, sim, tratou-se de uma verdadeira revolução do povo, para o povo... Entende?

Fausto (*devia ficar calado, esses discursos já conhece* ad nauseam, *mas não vai deixar o "Doutor" impressionar os outros de graça. Atrito, se fosse necessário. Mas com classe*): – Comparar a revolução de outubro dos russos com a nossa cabocla "outubrista" é pedir demais.

Lívio (*boa chance estava-lhe dando o janota*): – É onde quero chegar. A proposta da revolta russa esteve sempre bem clara. Instaurar o comunismo, entende? E isso equivalia a acabar primeiro com a tirania czarista, aquele bando de aristocratas decadentes e viciados que, assim como muitos de nossos burgueses, se comunicavam também em francês (*gostou dessa, almofadinha?*), vivendo a maior parte do ano na Europa, graças aos milhões de rublos produzidos pelos camponeses e operários... E desde a Revolução Industrial, na Europa toda. Entendem?

"*O homem e o cidadão desaparecem para sempre no tirano, e então fica impossível a volta à dignidade humana, ao arrependimento, à ressurreição moral. Além disso, a possibilidade de exercer tamanho poder influi perniciosamente sobre a sociedade, porque é avassaladoramente sedutor. A sociedade que contempla estas coisas com indiferença está já infeccionada até a medula... Essas revoluções são difíceis de realizar.*" (*Essa é hora de lembrar* Memórias da Casa dos Mortos, *Lauro?*)

Descendentes desses operários estão por aí, nas ruas de São Paulo, com suas experiências históricas de lutas de classe, e começaram a criar problemas, exigindo respeito aos direitos mais elementares. Isso pôs medo na cabeça dos nossos poderosos, ainda acreditando que estamos no tempo da Revolução Industrial na Inglaterra. Com sua maneira sangrenta, característica do capitalismo, de acumular capital. Já dizia Marx: "O capital aparece no mundo, pintado da cabeça aos pés, por todos os poros, de sangue e lama."

Fausto: – Stalin não utiliza, digamos, flores com seus camponeses para "acumular socialismo" na Rússia, *bien sûr*. Coletivização da lama com sangue e bala de fuzis bolcheviques.

Lívio *(Sem ouvir, surdo na sua própria empolgação)*: – Esse governo não está ameaçando dificultar a imigração dos europeus? "Brasil para os brasileiros!", berram eles *(Ana não parece estar interessada no seu discurso, ia aumentar a voz, mudar o tom. Pode até dar um soco na mesa.)*

Fausto *(imitando o grito discursivo)*: – "Para os mazombos!" seria mais correto. É bom lembrar, antes de Cabral esbarrar nestas terras e em seguida seus seguidores invadirem-na de europeus, pregadores ignorantes, sífilis e escravos negros, só havia índio por aqui. Esses sim, brasileiros de "pura cepa".

Ana *(acordando)*: – Nunca vi um. Alguém já viu? Pessoalmente, quero dizer.

Fausto: – Índio? Só se embrenhando nas matas, "carina". Onde se escondem aqueles que sobraram após as visitinhas dos brancos descendentes de europeus. Aqueles bravos pioneiros desbravadores, com a Cruz de Cristo, içada em acha de armas e machado em punho...

Lívio *(perdendo espaço, aumenta e muda o tom da voz. Sempre fora bom em discursos! Que tal dar um soco na mesa?)*: – ... E então fizeram essa arruaça de merda que está aí. Hoje os cúmplices da burguesia paulista estão percebendo que a ambição dos militares extrapolou o pacto. Esses "tenentes" não estão se contentando com pouco, querem tudo. E muitos acreditam que aqueles que derrubaram Washington Luís vão permitir eleições livres. Se depender deles, essas eleições de 30 serão as últimas, entende?

Fausto *(enfadonho discurso, daria xeque-mate nele)*: – Você sabe, Lauro, na área econômica não sou o que se pode chamar de *expert*, só sei gastar o que o velho me deixou, que "em vida rude e estreita eu não terei prazer", mas abolir por decreto a propriedade privada está me parecendo um pouco romântico, se me permitem o palavrão. Afinal, a mola mestra da sociedade capitalista foi o "particular" e suas iniciativas privadas!... Tirando os suicidas de 29, ainda existe muito "particular" proprietário no mundo!

Lívio *(engraçadinho!)*: – Não seriam muitos, se houvesse uma rebelião como a da Rússia no mundo todo. Esses capitalistas "proprietários" que acham natural queimar excessos de produção agrícola, como o café, a fim de manter os preços elevados para garantir lucros, lá, na Rússia, seriam queimados juntos ou fuzilados. Sem decretos.

Fausto: – Essa rebelião universal vai dar um trabalho e tanto. Juntar a "turma", para se entenderem entre si. "Entende?"

Lívio *(empolgado, não alcança o sarcasmo que fica pairando no ar)*: – Como deu mesmo na Rússia! Mas, apesar do sangue derramado pelos pioneiros bolchevistas, eles alcançaram a justiça social. Se outros países seguirem o exemplo, não será necessária a mesma violência, e a perspectiva duma paz mundial se torna possível! *(essa foi boa. Podia "selar" com um tapa na mesa! Ana se impressionaria mais.)*

Fausto *("Mefisto": o bom-moço, bancando furor humanista? Basta!)*: – Internacional Comunista. Aguerrido, e, ao que parece, stalinista "Doutor". Pelo que me consta, meu insurgente educando da anatomia humana, aquele partido nacional-socialista alemão ou a Itália fascista não está ameaçando a propriedade privada de ninguém nos seus programas. Mas as guerras haverão de continuar, "e a perspectiva de uma paz mundial" vai para os cadernos escolares. Junto com as outras utopias.

Ana *(Enfastiada de não entender palavreado levado tão a sério. Olha através do copo para Lívio. Lauro perceberia?):* – Utopias como o amor? A criação de uma família, filhos?...

"Mefisto"*(Dinamitando a impertinência de interrompê-lo só para provocar.):* – Estou avistando *sur les épaules de Ana charmants visages de petits enfants de bon sourire...*[8] "A criação de uma família." Anita, minha maternal criatura. Em geral, o cepo que parelha os membros de uma família se fortalece se tiver pessoas de fora a quem odiar. Precisa de fronteiras, minha cara, serve até o muro do fundo da casa. Entende, "mamãe"? O "Rei da Criação". "Ele mais me parece um gafanhoto vil de grande magnitude, que no chão permanece exposto molemente e na lama chafurda", galhofa Mefistófeles do fundo do inferno. E são os mesmos "gafanhotos" que neste Natal acenderão velas nos templos de Deus. Nessa singela data, distribuirão presentes às criancinhas pobres e esses etcéteras ecumênicos já sabidos dessa farsa...*(ainda com fôlego para a indignação? Agora inoportuna e gasta, vamos acabar com isso)* É prostrante, como toda verdade que não se quer ver. "Entendem"?

Chega o garçom com cara de *"Não vão pedir mais nada?"*

Lívio *(não gostou muito do "distinto". Ana não olhara mais para ele depois do "discurso" do burguês. Devia ter dado um soco na mesa, cacete! Perdera pontos, mas os recuperaria na primeira oportunidade):* – Garçom, a conta. Precisamos ir,

---

8. Sobre os ombros de Ana encantadores rostos de criancinhas de bondoso sorriso.

estou vendo daqui, já tem gente nos esperando na praça. Vamos, Hermínio? Cerveja morna, francês e discursos "psicologizantes" empanturram.

Fausto *(xeque!):* – Deixem a conta comigo. Podem ir.

Lívio *(querendo escarnecer, "Lorde"?):* – De jeito nenhum *(o soco que ficou devendo, devia era dar agora, no nariz do sarcástico janota}.* Quanto é, garçom?

Garçom *(barulho de trovão vindo de fora o ensurdece):* – O quê?

Fausto (*"Mefisto"):* – Não complique, "Doutor". Vá logo, antes da enxurrada levar a praça, a greve e o Clube dos Tenentes.

Hermínio *(panos quentes e pouco dinheiro. Pediria ao Formiguinha no domingo, depois do jogo do Corinthians. Sem falta. E de novo):* – Tem razão, Lívio, Vem chuva aí. Vamos logo.

Após se despedirem friamente, os dois saíram do bar, sendo recebidos por tumulto de trovões anunciando temporal. Talvez isso fizesse o marulhoso Rio Tietê, "o mesmo que muitos anos atrás conduzira a língua portuguesa até perto dos Andes", invadir novamente São Paulo, espantando bandeirantes, caipiras e sertanistas. E afogando muitos "gafanhotos", como no ano passado. Paulificante perspectiva.

Ricardo Alvarenga, Jantar *Je ne Sais Quoi* e Gorjeta Inesquecível Esperam Magda e Jandira se Conhecerem Melhor.

Magda saiu do banheiro, nua e ainda molhada, andou até a cama e se esparramou sobre ela. Os músculos das pernas deram um puxão, acomodando-se ao conforto. Ainda ardendo a vagina e o ânus, relaxou com prazer. Aquela fora uma tarde memorável. Seu "escravo" quase a matara de gozo, como sempre. "Escravo fendedor/de minha concha!" Não podiam mesmo desperdiçar esses momentos, aproveitava-os como se fossem os últimos. Durante a revolução, ficara um pouco mais complicado ir até o "casebre". Mas aquela praga terminara. *La guerre est finie*! São Paulo ficava cada dia mais calma. Antes, para ir vê-lo, fazia verdadeiros malabarismos que às vezes a atrasavam, deixando-a com medo da chatice indizível de não encontrá-lo na casa, esperando-a. Ou se por acaso Ricardo solicitava sua presença em alguma reunião "estratégica", como a que aconteceria essa noite. Em geral, ocupadíssimo, não via o marido por dias, metido em conchavos e conspirações dessa politiquice tramada com aquela gente. Mas alguma outra coisa pairava sobre a cabeça de Ricardo, e deveria deixá-la mais alerta que de costume. Era apenas intuição. Devia investigar. Mais tarde. Só se preocuparia com o "Caipirão Rubiácea", se valesse a pena. Após a ceia daquela noite, depois do Natal, do Réveillon, no próximo ano. Acariciou o ventre com as duas mãos, massageou os seios e sorriu prazerosa com as dores pelo corpo todo. Beneficiada por elas, sua memória permaneceria fincada naqueles instantes gloriosos, repetindo, repetindo... Batidas de leve na porta a trouxeram de volta.

– *Qui que ce soit...* – começou a gritar, aborrecida.

– A manicura está aqui, madame – interrompeu a voz de Ezequiel, o mordomo. *"Merde!* Agora não, me deixem." pensou. Tão confortável e nua. Mas logo depois, disse:

– Mande-a entrar! – esticou o braço para pegar o roupão, porém, desistindo a meio caminho, virou-se de costas para a porta e ficou quieta. Ouviu a porta abrindo devagar e depois a voz tímida da manicura.

– Dona Magda... sou eu, Jandira – podia adivinhar a cara da tonta, vendo-a assim, nua, jogada na cama. Passariam "idéias" pela cabeça dela? Que "idéias", Magda? A coitada é... pobre. Mas bonitinha. Bem, teria idéias por ela. "Gozemos; somente os dias que damos ao prazer são nossos; brevemente não serás mais que cinza, sombra, fábula." Sempre obediente ao lema que Fausto lhe cantara tantas vezes, retumbou entrepernas e a secreção interna dos hormônios entrou na circulação sanguínea, infiltrando-se nas cavidades de seu corpo, aprontando-o para eventuais satisfações.

– Dona Magda... posso voltar noutra hora – ela virou-se e encarou-a de repente. A outra assustou-se ao ser surpreendida contemplando admirada o corpo nu e ainda molhado. Parecia constrangida, no entanto apreciando o que via. Magda gostou disso.

– Pode começar com os pés. *Les ongles* devem estar em pedaços.

– Claro, pode deixar – Jandira, escondendo o embaraço, abriu a maleta nervosamente, evitando olhar na direção da outra. Acomodou-se na banqueta ao pé da cama e concentrou-se no trabalho. Tentou. Perturbada descuidou-se e arranhou de leve a cutícula do dedão.

– Desculpe! Foi sem querer... – ao dizer aquilo, teve de levantar a cabeça e olhar para ela, ver as mãos de dedos longos se emaranharem na saliência tufosa dos pêlos do púbis, acariciando-os. Jandira abaixou os olhos, um calor subiu de repente, colorindo-lhe o rosto; a mão segurando o alicate tremeu perigosamente. Ficou quieta. Esperando. Que parasse com aquilo, por exemplo. Ela também brincando assim às vezes sentia essa vontade pecaminosa, mas o fazia quando sozinha, nem comentava sequer com Ana. Mas aquela mulher tão linda, perfumada, bem cuidada, precisava daquilo? Tinha marido. Com esses magnatas, quem pode saber?... Ela era tão... boa para ela. Sempre pagava a mais pelo serviço, gorjetas gordas. Graças a elas, podia mandar mais alguns réis à mãe, que cuidava do Paulinho. Magda suspirou profundamente.

– Pena não seres massagista, Jandira. Estou precisando tanto de *massage*.

Ela sabia um pouco, sim. Sabia massagear pés, por exemplo. Era fácil. Largou o alicate e segurou um deles, apertando de leve a planta, dobrou os dedos no sentido contrário, para cima, apertando-os em movimentos circulares. Langorosa, Magda murmurou:

– Delícia... Se soubesse antes dessas tuas qualidades... Não pára. Continua. Assim...

Passou ao outro pé, raspou suavemente com as unhas a

134 • MIGUEL ANGEL

planta dele. Fazia isso para divertir Paulinho após o banho. Ele dava risadinha. Magda, não.

– Aperta mais forte...

Cravou as unhas com mais força. Com a boca bem perto, franziu os lábios e assoprou. Sem perceber, a língua escapuliu e lambeu a planta do pé. Como fazia com Paulinho. Também chupava o dedinho dele. Colocou o dedão dentro da boca e chupou. Do seu lugar podia ver a pele das coxas de Magda arrepiar-se, devia gostar daquilo.

– Morde um pouquinho, Jandira. Morde. *Ça c'est bon*. Ela mordeu a parte macia da planta. Paulinho dava gritinhos assustados. Esta dona também.

– Vem cá. Nas costas *aussi bien* – e virou-se de bruços. Jandira olhou o corpo, as coxas, o cabelo molhado largado nas costas, o traseiro redondo e branco – mais branco que o de Paulinho – e, rodeando a cama, foi até a cabeceira. Os braços abertos, um deles balançando na borda da cama, o corpo relaxado; as pernas abertas de Magda aguardavam. Impacientes.

– Vai, mulher, que estás esperando? – obedecendo imediatamente, colocou as mãos sobre as costas da outra e lá as deixou, quietas, patetas. Sentindo. Pelas palmas abertas, por todos os dedos, o calor daquele corpo penetrou por eles formigando e subindo à face, lá se alojou anuviando seu olhar. Incômoda de pé, ajoelhou-se na borda da cama. Então, obedecendo o impulso, acariciou a pele branca, mas sem jeito, de maneira brusca.

– Esse frasco rosa é creme – maquinal, pegou o frasco e o abriu, derramou abundantemente, sem conseguir evitar parte dele cair também no dorso de Magda. Esta se arrepiou ao sentir o líquido cremoso e frio sobre si, contraiu as nádegas em lenta fricção.

– Gostoso. Trepa na cama, em cima de mim, *avec plaisir* – com dificuldade, ela obedeceu, mantendo as mãos afastadas e

A CENA MUDA • 135

levantadas, semelhante a cirurgião preparado para operação. De joelhos, tinha entre as pernas o corpo de Magda se aquietando, aguardando. Jandira se inclinou e, com as mãos espalmadas nos ombros, apertou, massageou. Do pescoço desceu até o fim da espinha. Saia enrolada na cintura, calcinha exposta, roçou o traseiro arrebitado de Magda, que rebolou ao ritmo da massagem, esfregando-se para provocar deliberadamente o contato dos corpos. Isso ela nunca fizera com Paulinho. E o que sentiu nunca sentiu nem com ele, nem com o pai dele. Novo, diferente. E o que estava sendo bom subitamente a assustou. Magda virou-se de repente, ficando cara a cara com ela. Jandira parou com as mãos levantadas e lambuzadas, sem saber o que fazer. Magda sabia. Segurou-a primeiro pelos braços e, sem lhe oferecer resistência, deixou conduzir suas mãos até serem colocadas sobre os seios. Fragrância de creme e do corpo, o olhar, a intimidade brusca surgindo entre elas, e em seguida o massagear natural nos seios redondos, grandes e tão brancos, confundiram Jandira; não sabia mais se aquilo era massagem ou carícia. Ouvira falar dessas safadezas, de mulheres se acariciarem, contudo nunca imaginara que ela mesma... Acarinhar uma mulher, as curvas do corpo, as nádegas, a pele, os seios... A sensação dos dedos dela entrando pela sua calcinha foi um assombro grato que lhe acelerou a respiração, aumentou as batidas cardíacas e lhe fez morder o lábio. Aquela mulher sempre fora boa. Alguém colocara os dedos dentro dela desse jeito? Quem a acariciara desse modo? Alguém a puxara de leve pelos braços até chegar tão perto de seu rosto que a união de suas bocas foi inevitável? Quem mordiscara seus lábios molhados e pusera daquela maneira a língua dentro dela? Arrancara blusa, sutiã e sugara seus seios assim, sem machucar, como um bebê safado? Santo Deus, ninguém! Dona Magda era tão gostosa, tão perfumada, as mãos não paravam quietas, o corpo molhado apertava e esfregava com tanto ar-

136 • MIGUEL ANGEL

dor... macio. Macio como seus lábios grossos de língua rósea.
Dona Magda! Ela sempre fora generosa. Gorjeta por massagem, paga assim, dessa maneira tão... tão diferente... esse rosto lindo e generoso, no momento entre suas pernas, dentes tão
brancos mordiscando coxas, língua entrando, saindo e lambendo. Que preço cabia nessa gorjeta?

— Magda, posso entrar? Preciso te falar — irrompeu a voz
abafada do marido do outro lado da porta.

Jandira não compreendeu na hora, atordoada ouviu a voz
tranqüila de Magda, vinda do meio de suas pernas:

— Vai para o banheiro, Jandira. Leva tuas coisas. Fica lá e
espera te chamar. Vou me livrar daquele marido inoportuno
logo. Jandira, calma, não precisa correr! Não esquece das roupas — obedeceu. Entrando no banheiro com as roupas amassa-
das numa trouxa apertada contra o colo, ouviu Magda:

— Pode entrar.

Jandira trancou a porta e ficou quieta. Acordando só agora. Latejava entre as pernas, ambas lambuzadas de creme,
como se tivesse corrido quilômetros. Da culpa.

Escutou o marido dela entrando no quarto, dizendo:

— *Voyons, voyons.* Banho de creme? Nova terapia de beleza? Mas, Magda, precisa disso?

*(Também acho que não. Dona Magda é a mulher mais lin-
da de São Paulo. A mais elegante. A mais generosa...)*

— Me poupa desse tipo de elogio hipócrita. De que se trata?

— Pensei que a manicura estivesse aqui. Ezequiel me disse...

*(E agora? Vai fazer perguntas, vai querer saber das unhas,
e nem toquei nelas...)*

— E está. No banheiro, passando mal, o estômago ou algo
assim... Então, a que devo esta rara visita?

(Como é esperta! Está certo! Que tem ela fazer as unhas...
— *Unhas? Ai, Jandira, aquilo é safadeza. Você sabe disso, é
pecado.* — *Que espécie de pecado? Mortal? Nunca ouvi falar.*

– E o que você fazia com o Agenor, sem casar, não era peca-
do, não? – É diferente. – Por isso mesmo! Tão diferente, sem
precisar botar aquele troço duro e grande dentro da gente,
mexendo nas entranhas, dilatando e sangrando, doendo du-
rante dias. Não, com dona Magda é assim... assim, distinto.
Uma doidice que nem deve constar na lista do proibido pela
Igreja. E ela é assim, assim, com o monsenhor. Ele até visita
esta casa, que eu já vi.)

– Estive te procurando o dia todo. Ninguém sabia onde es-
tavas, daí... Já tem gente chegando. Você não esqueceu a ceia
desta noite, esqueceu? É muito importante para mim... para
nós, Magda. Politicamente, quero dizer.

(Natal vem aí! Será que Ana iria comigo para Santos? O
que vou comprar para o Paulinho? E para a minha mãe? A
gorjeta deste dia não dá pra dividir com eles... – Como você
está engraçadinha, Jandira!)

– *Calme-toi... Plus tard...!*[1] A manicura ainda não terminou o serviço. Não se preocupa, estarei lá.

(Não terminei o serviço? Que serviço? Vai começar tudo
de novo? Vai! Pois ele devia falar logo e sair. Nós vamos ter-
minar o serviço.)

– Sei, sei que isto te aborrece. Mas tua presença se torna
vital, *chérie*. Como sabes, prometeram vir o Francisco Morato, teu amigo Vicente Rao e outros membros do partido, e sobretudo o flamante ministro do recém-criado Ministério do
Trabalho, o tal de Lindolfo Collor. O "grande" interventor João
Alberto anda muito nervoso com sua presença em São Paulo.
Precisamos saber das pretensões desse Collor com os tenentes
do Clube Três de Outubro que conspiram para derrubá-lo.
Quem sabe Magda descobre, com aquele *je ne sais quoi*? E
nada melhor do que o palco de vésperas de Natal, onde os âni-

1. Calma... mais tarde.

mos ficam mais "ternos" e as tensões, desarmadas. Naturalmente, precisaria te dar mais detalhes...

– Farei isso pelo Vicente, não *pour te plaire*. Mas "detalhes", depois. Está bem?

– Excelente, minha querida, vou descer e terminar os preparativos. E, Magda, *s'il vous plaît, rien* de sarcasmos e críticas cáusticas sobre o Getúlio. Promete?

– Me deixa agora, do contrário não ficarei pronta a tempo.

– *Si Dieu le permet* sairá tudo bem. Te deixo. *Au revoir*! E, Magda, *que tout ceci ne sorte pas d'ici*[2].

(Foi embora! Finalmente. Será que ela se importaria se tomasse banho? Essa banheira tão grande. Esses sabonetes, os perfumes...)

– "Jandira! Toma banho, minha carina. E depois volta aqui!"

(Ela é tão gentil, dona Magda. Parece até adivinhar pensamentos! Tão generosa e educada. Tão... boa! Natal, Jandira, não vai esquecer de comprar presente para o teu filho, sua... sua. Feliz! Feliz Natal... Magda!)

---

2. Que tudo isto não saia daqui.

Cinco Gatinhos Úmidos e Gravidez Indesejada. Honório Ataca Russos e Paulistas Comunistas. Pior para Pudovkin e Lauro.

Lauro e Ana saíram do bar. Como chovia muito, correram até o ponto onde o bonde já estava saindo, fizeram sinais e ele esperou. Subiram arfantes e sentaram no único assento desocupado, que tinha a janela quebrada, por onde entravam algumas gotas de água. Lá fora, alguns cartazes se descolavam das paredes pela força da chuva: "Viva o operariado"; "Miguel Costa tem coração paulista".

Ana ignorara os insistentes convites de Fausto para lhes dar carona no táxi, ainda que tivessem recusado o convite para irem à festa no solar de Fábio Prado. Devia estar bêbado, com todos aqueles conhaques, para insistir tanto. Farta dele. De seu cinismo, sua elegância e modos finos, e da amizade com Lauro. Preferia se molhar nessa chuva maldita. Sabia que este não gostara de suas recusas, mas queria ficar sozinha com Lauro por mais tempo. Será que podia? Um homem e uma mulher, sozinhos, sem segura-velas. Muito extravagante? E se quisesse trepar com o "namorado", podia? Porque Lauro tinha uma namorada, algo que nunca soubera Fausto ter. Além disso, fora demitida da loja, isso deixava qualquer um sensível e sentindo-se um lixo. Nessas horas os amigos, e em especial os "na-mo-ra-dos", deviam ajudar com apoio e carinho. Ainda assim, Lauro parecia mais interessado na conversa do outro do que nela e em seus dramas pessoais. Ia querer ver a cara dele quando lhe contasse que estava grávida! Dividiria seu drama, gostasse ou não. Ligaria mais para ela depois disso? Iria levá-la finalmente a Campinas conhecer a mãe, depois de saber? Quanta criancice! Ela não queria ter filho, não. Pretendia ser atriz, então por que tudo isso? Vingança? Ciúme? De amigo de namorado? De qualquer maneira, de conhecer a mãe não abriria mão. Se cama não funcionasse, sogra cúmplice podia servir. Para ser atriz também? Sei lá, cacete! Fizeram todo o percurso sem se falar. A chuva não amainara, e o bonde deixou-os a um quarteirão da casa. Mesmo tendo corrido, chegaram na porta inteiramente encharcados. No alpendre se repuseram.

— Olha meus sapatos novinhos, nem terminei de pagar no Mappin. Toda molhada, agora também desocupada. Só me faltava aturar mau humor dos outros.

— Não estou de mau humor e nem a fim de discussões.

— Devia ter ido com esta cara de palhaça ao solar dos Prados para ser humilhada, como teu amiguinho devia estar querendo. Ou me largar em casa. No táxi de Fausto, naturalmente...

— Eu também não queria ir à reunião de Prado nenhum. Vamos para dentro secar essa roupa. Entra.

Na sala, molharam o piso.

— Tio Honório não está?

— Deve estar discursando e enchendo a cara no boteco.

Mas Cleópatra estava, e apareceu curiosa vinda do quarto de Lauro. Ao reconhecê-lo, sacudiu e depois sentou-se sobre o próprio rabo, orelhas girando sem tirar os olhos de Ana.

– Olha quem está aqui. Mamãe Cléo!

A gata mexeu as orelhas ao passarem a seu lado. Ficou na sala, parecendo esperar acontecimento. Os dois entraram no quarto, e ao tentar fechar a porta, a gata que fora atrás deles botou a cabeça atravancando-a, e lá ficou. Indecisa.

– Entra ou sai, gata. Resolve logo.

Resolveu: entrou e sentou, apoiando-se nas patas traseiras depois de meneio de rabo. Lauro fechou a porta.

– Parece que teu tio não tá mesmo.

– Tira esses sapatos, Ana.

– Minhas meias. Olha só, ensopadas. Que miséria!

– Pega minha toalha.

– Meu Deus! Que é isto? Lauro, vem cá ver! Levanta o cobertor.

– Mas olha só isso. Gata maldita!

– Filhotes dela?

– Claro que são! E ela os trouxe para cá.

– Gracinhas. É a tua caminha aconchegante, Lauro. Eu sei. Entendo a gata.

A gata subiu na cama e observou mais de perto os movimentos.

– Coitadinhos. Vai ver essa chuva molhou a caminha deles.

– Não interessa. Aqui não podem ficar.

– Por que não? É tão quentinho. Mais seguro também.

– Vai, me ajuda aqui.

Seguidos muito de perto pela gata nervosa de olhos cravados neles todos, cinco gatinhos distribuídos nos braços do casal saíram do quarto até chegarem no fundo da casa, no quartinho cheio de trastes "que um dia poderiam servir..."

— Está vendo? Todo úmido, molhado. Vão pegar pneumonia, os coitadinhos. A mãe sabe disso. É o instinto de proteção.

— Segura aqui, vou trocar os trapos molhados. Por que não se mudou para o quarto de teu dono, gata manhosa?

— É que você não está nunca em casa. Por isso. Um quarto sequinho e gostoso só para ela. Aproveitou que está vazio e quase abandonado pelo "tio" Laurinho, que não pára em casa, desaparece por dias, ficando em casa de amigos, porque pode se perder saindo pelas ruas, bêbado, a altas horas da noite...

— Ana, não enche.

Cleópatra subiu num caixote a fim de ficar mais perto dos filhotes aconchegados nos braços de Ana. As duas observavam o trabalho de Lauro, removendo trapos e trocando uma caixa de papelão por outra.

— Você daria um bom pai, Lauro. Um filho ia gostar de um pai como você.

— Coitado dele. Um pai como eu.

— E uma mãe como eu?

— Coitado duas vezes.

— Imaginou, eu grávida? Toda buchada?

— Essa é uma cena que eliminaria na montagem do meu filme.

— Tão terrível assim? E se eu te dizer que acho... Apenas "acho" que... é provável que...

— Mostrengos, aqui. Agora está bem sequinho. Você, "mamãe" gata, pode vir.

A gata obedeceu, pulando do caixote e fugindo da tentativa de Ana acariciá-la. Entrou na "suíte" recém-arrumada, cheirou cada cria e em seguida se concentrou nos novos panos limpos e secos que os rodeavam. Parecendo aprovar a faxina, deu um giro sobre si mesma e deitou-se lânguida no renovado leito. Os filhotes perceberam a presença e aos pouco foram se achegando à procura das tetas, vermelhas e expostas entre os pêlos brancos da barriga.

A CENA MUDA • **143**

– Vocês estão aí?

– Boa tarde, tio Honório.

– Como anda a moça bonita?

– Sua gata mudou sem avisar, tio. Foi para o quarto do Lauro com filhotes e tudo.

– Gata louca. Isso é por causa dessa chuvarada besta.

– Já levamos de volta. Arrumamos um novo ninho para ela.

– Vamos, Ana.

– Dá licença, tio.

Entraram no quarto e fecharam a porta.

– Não estava brincando quando falei aquilo de estar grávida... Falando sério, Lauro. Tenho quase certeza. Minhas regras nunca atrasaram tanto.

– Ana...

– É sério. Desgraçadamente.

– Está parecendo a gata do velho. Dá umas voltas pelos telhados e já está prenhe de novo. Como foi acontecer isso?

– Lauro, é a primeira vez que... acontece.

– Se fosse a segunda, não estarias falando comigo. Seria com algum outro imbecil.

– Você está sendo agressivo, Lauro. Eu... eu não engravidei sozinha.

– Não vai me querer tomando conta de tuas menstruações, vai?

– Já entendi. Não precisa ficar nervoso. A gente tira e pronto. Não é?

– Está duvidando?

– Deixa comigo. Eu me viro.

– Deixar com você? Não, eu vou ver isso. Falarei com Lívio. Ele conhece. Que foi, está chorando? Ana, você quer essa criança?

– Não. Não é isso. É que... essa gata e os filhotes mexeram comigo. Já vai passar. O instinto maternal fica mais... você

144 • MIGUEL ANGEL

sabe... bobagens assim. As fêmeas se identificam. Devo ter lido nalgum lugar.

–Tá bom. Pega essa toalha e seca os cabelos. Vem cá, deixa te ajudar. Uma graça esse cabelo desarrumado e molhado.

– Fico nada, devo estar parecendo bruxa.

– Mais parece gata molhada.

– Gata molhada e grávida, meu Deus.

– O Lívio vai ajudar a gente.

– Quer que tire o vestido?

– Tira, tira. Está todo molhado.

– E teu tio?

– Ele só entra no quarto se não estou em casa... Não me espantaria saber que ele botou a gata aqui dentro.

– Não acredito, Lauro. Será?

– Você não conhece a figura. Vive revistando minhas coisas, abre minhas cartas, mexe nas minhas gavetas. Mas a casa é dele. E deixa isso bem claro sempre que pode.

– Deve ser solidão de velho. Está aqui o vestido. Pendura na cadeira. Está friozinho, Lauro.

– Deita aí, te cobre.

– Você não vai tirar essas calças molhadas? Tira, vai. E pendura meu sutiã lá. Vem deitar logo para me esquentar. E fecha essa janela. Tranca a porta. Agora vem cá, deixa ver o gatão escondido entre essas pernas. Deixa dar uma lambidela, para abrir o apetite dele. Para crescer e brincar com sua mamãe.

– Não fala de "mamãe", pelo amor de Deus.

Ana sorriu até onde permitia a boca invadida pelo "gato" de Lauro, que foi ficando cada vez mais "assanhado", até lhe pedir para ela se deitar e abrir as pernas.

– Ai, Lauro, será que não faz mal?

– Mal? Para quem?

– A criança... o feto. Sei lá. Faz por trás. Quer?

Queria. Com lentos afagos, Ana lubrificou com saliva o

A CENA MUDA • **145**

"gato assanhado". Deitou-se de bruços arrebitando o traseiro, as mãos ajudaram a facilitar a invasão. Que não demorou. Lauro, agarrado nas nádegas, introduzia com afago e prazer. Ela balançava o corpo para frente e para trás, o quadril para os lados em movimentos circulares, da maneira como sabia Lauro gostava, e ela também. Aprenderam essas habilidades graças à prática constante, antes de jurar-se apaixonada e resolver perder a virgindade. Conhecera o deleite de gozar pelos dois lados. Lauro dissera tratar-se de uma bênção digna da inveja de todas as mulheres. Adorou. O receio de ele achá-la uma putinha desaparecera para virar orgulho. Ele sabia conquistar uma mulher. E ela aprendera também a conquistar um homem. Que pretendia fazer cinema. E um cinematografista precisava de uma artista para ser sua musa. Que bom. Pena essa gravidez de merda. Perdera pontos com Lauro. Os perdera na cama, pois então os recuperaria nela. Ou num *set*, se aparecesse um. Ou em Campinas...

Gozaram quase juntos, reprimindo manifestações barulhentas de prazer. Tio Honório podia estar por perto. E estava. Deitados um ao lado do outro enquanto recuperavam o fôlego, Ana pôde rever mais uma vez a coleção de cartazes de filmes nacionais e internacionais, alguns trazidos da Europa por Fausto, colados e distribuídos por toda a parede à sua frente, cartazes dos quais quase sabia de cor título, elenco... " *O Trem da Morte*. A revolução de 1924 em todo o seu realismo! Direcção de José del Picchia, com Olga Navarro. (Esposa de João Cabanas, tenente revolucionário da coluna Prestes!)" E, ao lado da cama, o amontoado de latas enferrujadas contendo película de testes e tomadas da cidade de São Paulo, que, esperando um dia ele convidá-la a assistir, nunca vira. Provavelmente porque não se importava que ela assistisse!

A seu lado, Lauro olhava o teto sem vê-lo, procurando não encostar em Ana. Algo como rejeição sempre depois de satis-

146 • MIGUEL ANGEL

feito. A história da gravidez – um trambolho com cheiro de ardil – acentuou essa sensação. Repeliu com cigarro aceso rapidamente o que estava mostrando vestígios de repulsa. Preferiu acreditar tratar-se de ressentimento pela trapalhada dela e pelos embaraços que os aguardavam. Ou unicamente o aborrecimento natural de saciedade. Lívio! Pedir favores para um estudante de Medicina não cabia na sinopse de sua história. Se existia alguma que merecesse ser contada.

Restabelecido, o casal saiu do quarto, cuidando não chamar a atenção do tio. Inútil. Lá estava ele, sentado no sofá, livro na mão, bufando cachaça e ansiedade; gata ao lado, sonolenta e irresponsável. Reconheceu o livro na mão dele, o seu: *Lições de Cinematografia,* de Pudovkin. E estranhou. Ia fazer comentário engraçado e adulador a respeito do interesse inesperado do tio pelo cinema. Mas o velho tio aguardava-o por outras razões. Largou o livro como faria com jornal sujo de merda de gato. Cleópatra assustou-se e preferiu voltar aos afazeres maternais. Todos olharam-na sair, pretexto para colocar os olhos tensos, pressentindo o que viria. E veio.

Honório falou quase sem olhá-los. (Mas sem eles a ouvi-lo, de que outra maneira botar para fora o que sentia? O português do bar o expulsara, arrancando-lhe o palanque do balcão. Qualquer pretexto servia, qualquer platéia. Seu ressentimento se contentava com tão pouco. Lauro devia entender isso, o português também. Mas não!)

– E é filho do meu falecido irmão, sabe? Fica aí lendo esses russos comunistas. Como o maldito João Alberto. Um comunista disfarçado a mando do Prestes. O cara-de-pau permite ao próprio irmão montar a sede do Partido Comunista no coração de São Paulo! E depois manda dar porradas nos estudantes, nos trabalhadores, em todo mundo. Eu estive atrás desse cafajeste e da Coluna da Morte, eu e o pelotão da Cavalaria. E botamos eles para correr! Escaparam de minhas mãos por um triz. Foram parar no Mato Grosso, os desgraçados covardes. – Lauro chegou-se perto dele e pegou o livro abandonado no sofá. Ficou esperando o tumulto da indignação passar, depois protestaria contra essa invasão. Paciência. – Sabíamos muito bem o que esse João Alberto, o Prestes e seu bando aprontavam por aqueles sertões, pensa que não sei? Comiam gente, pretos na brasa, e até crianças! Pode ler nos livros, não estou inventando. ("Um velho soldado da Força Pública morre mas não se entrega.")

Ana, incentivando, educada. Ignorando o olhar maligno de Lauro:

– Quem? O interventor de São Paulo estava lá ?

– Claro que estava lá. Conheço muito bem ele. E o tal de Siqueira Campos também! Que o inferno o esteja queimando! Ah! Se a gente tivesse pegado eles, iam ver só. Seria minha última grande vitória, antes de me escorraçarem da luta. Agora eu avisto muitos deles nas ruas de São Paulo! Mostrando pompa de vencedores! Nunca pensei ver algo assim na minha vida. O Miguel Costa trazendo esses animais do Norte e do Sul pra azucrinar e bater nos paulistas. Traição de um polícia militar de São Paulo contra São Paulo! Usando a corporação que é do povo pra aperrear o cidadão... É a última coisa que peço a Deus me dar nesta vida: São Paulo ressurgir da vergonha e terminar todo esse nojo. Na verdade não preciso morrer para pagar meus pecados. Não é verdade? Já estou no inferno...

– Tio, acalme-se. Seus brônquios...

Honório levantou de um pulo. Olhos esbugalhados e vermelhos, raiva por não levarem a sério o ultraje que sentia, tão convicto da verdade que denunciava e poucos pareciam perceber, cuspiu com voz áspera de bronquíolos irritados:

– Que vão pra puta, reputa e triputa que os pariu! Os rubros e os verdes. São Paulo para os paulistas! Eles têm o Brasil inteiro para se divertir, matar, saquear à vontade. Os outros nem ligam para esses troços. Tinha de ser aqui, claro! Esta vanguarda com a garra do trabalho e do progresso! Não a vagabundagem de cabeças chatas, desses mineiros invejosos e nem desses sulistas com sotaque de oriental uruguaio... – Voltou a sentar, boca aberta, bronquíolos e alvéolos malnutridos tiravam-lhe o ar; a pressão do sangue invadindo seus olhos...

Lauro descobriu uma folha solta dentro do livro. Sem se importar com a respiração sibilante e ruidosa, anunciando possível ataque broncoespasmódico. Paciência tinha limites.

– Mexendo onde não devia. Faça-me o favor, tio. O autor deste livro é diretor de cinema...

– E daí? Diretor de cinema russo, tem de ser comunista. Se não, Stalin mata!

– É diferente. Ele é artista. O senhor não...

– Diferente? – sua indignação na rouquidão. – Artista não tem partido político? Não é assassinado, torturado? Não se sente humilhado vendo sua Pátria espezinhada? Não se importa com seu povo? Não? Já entendi. Agora estou entendendo melhor – breve pausa. Dedo em riste assinalando culpado: – Você é um artista comunista!

Os olhos do velho brilharam pela descoberta que clareava muitas perguntas a respeito da indiferença patriótica do sobrinho. O desprezo foi fechando as pálpebras do velho tio até formar máscara de mandarim chinês; antes do brilho da cólera se acender, iluminando o que se tornaria irreconciliável entre eles, Lauro pôs fim à conversa:

– Precisamos ir andando. Não tenho paciência para aturar cachaceiro. Fausto nos espera. Vamos, Ana.

– Vamos, sim. Tio Honório, obrigada por tudo. Se cuide...

Ao sair, Lauro fez questão de bater com força a porta para não ter de ouvir... "Vai atrás daquele dândi afeminado de merda! Artista! Eu tenho minhas cachaças, mas pelo menos tenho a consciência limpa de não ser indiferente até o desprezo pela minha Pátria!"... nem presenciar, a seguir, o ataque broncoespasmódico que durou horas, cuja crise de tosse e barulhentas expectorações chamaram a atenção de Cleópatra; vinda dos fundos, teve de esquivar-se da saraivada de substância esbranquiçada desabando perigosamente perto dela. Assustada e irritada, voltou a seus afazeres maternais sem saber, nem seu dono, serem os alérgenos de seus pêlos os responsáveis pela asma brônquica que, logo depois dela entrar em sua vida, acometera Honório e a causa do enfisema pulmonar crônico aninhando-se nas paredes de seus brônquios. Mas ela não poderia saber. Nem ele.

Finalmente a Terra das Andorinhas, de Sogra e Cunhado. Várias Decobertas Depois, Braços e Pernas Abertos.

Chegaram finalmente a Campinas. Da estação de trem pegaram um táxi que os deixou na porta da casa. Ana carregava vistoso embrulho, cuidando durante toda a viagem para ninguém encostar nele. Conseguiu irritar Lauro no bate-boca que teve com uma passageira cujo filhinho tentara pegar o grande laço vermelho do embrulho.

– Existe gente mal-educada botando filho no mundo só para encher as que não têm.

– Melindrosas tiram os filhos ainda na barriga porque atrapalham suas corridas atrás dos homens. Depois elas dão para os cachorros comerem.

Quando a mulher disse aquilo, teve de segurar Ana e o "Sua filha da..." com um "Chegamos! Vamos!"; mesmo faltando ainda mais dez minutos para o trem entrar na estação. O aborto devia estar ainda gravado na memória, apesar de ela ju-

152 • MIGUEL ANGEL

rar ter superado essas "bobagens de criada de subúrbio", porque aquela expressão parecida com ódio permaneceu, mudando só quando desceram do táxi e ela perguntar:

— Você acha que tua mãe vai me achar melindrosa demais?

— enquanto Lauro, escolhendo no chaveiro, procurava a chave certa da porta. Há mais de quatro meses não visitava a mãe. — O vestido tá curto demais? Talvez o rosa fosse mais condizente, mais... — E antes de poder responder que "Estava bem assim, que não parecia ter abortado", a porta se abriu, sem Lauro descobrir a chave. O rosto do irmão Pedro apareceu por ela, observando-o atentamente, demorando a reconhecê-lo.

— Lauro?

— Quem está aí, filho? — a voz da mãe vinha do interior da casa.

— Oi, Pedro — sorriso aberto de Lauro.

— Pedro! — voz da mãe chamando.

— É o Lauro! — gritou, abrindo de vez porta e sorriso, pendurando-se no pescoço do irmão.

Assim apertados no abraço, a mãe os viu ao chegar no alpendre já de olhos umedecidos, pela idade ou pela emoção, Ana não podia saber. *Ela, pelo menos, estava emocionada.*

— Meu filho! Estava pensando em você neste instante. Pressentimento de mãe. Não é? E brava com você. Tanto tempo sem aparecer. E quem é esta moça tão bonita?

Soltando-se de Pedro:

— É Ana...

— Sou a namorada dele. Como a senhora está? Lauro me falou muito da senhora — *mentira. O estúpido nunca a mencionava, nem ao irmão. A idéia de vir foi dela. Depois de muito custo. Vai ver ele cedeu como "presente", para compensar o sofrimento do aborto. Consciência suja? Que fosse. E daí?*

— Namorada? Nunca me falou. Vamos entrando, gente. Pedro, larga de teu irmão. Lauro, meu querido, me dê um abraço.

Não era pela idade. Era emoção mesmo. *Amor de mãe com saudade do filho. Amar Lauro era bem difícil. Coitada da velha. Coitada dela também.*

Refrescante, a sala (onde deixou o embrulho do presente em qualquer lugar, de repente com medo de parecer ridícula. Ninguém percebeu), o suco de manga servido depois, o quintal cheio de plantas, "Aquela manga saiu desta árvore!" A sombra debaixo dela, água saindo da torneira e molhando a horta "Não compramos verduras faz tempão, não é, Pedrinho? Tiramos muitas delas daqui mesmo. Ele é que cuida. Não é, meu filho? E aqui, o Rex. Velhinho e quase cego."

– Rex! Você está vivo! Meu pulguento vira-lata! Vem cá! – Lauro abraçado àquele cachorro velho, puxando-lhe as orelhas, Lauro dizendo "Rex, Rex" entre dentes, disfarçando meiguice infantil que Ana nunca vira nele, e o cachorro respondendo com a língua, lambendo-o alegremente, com arfar doído de velhice, levaram a mãe para dentro da casa depois de murmurar:

– O coitado está ficando cego. – *esconder-se. E era emoção, não velhice. Onde esconderia ela a sua? Por que Lauro fazia isso com as pessoas... e os cachorros que o amavam?*

Na cozinha, a mãe fazendo café, Ana sentada na cadeira perto, olhando-a: *Cabelos brancos, cinqüenta anos. Óculos e profundas rugas, sessenta anos. Dentadura e encurvada, sessenta e cinco anos?*

– Ao morrer o pai de Lauro, já faz... acho que mais de vinte anos. Lauro devia ter o quê? Dez anos? Se Pedro vai fazer vinte e três. Então é isso. Lauro está com trinta, não é? Meu Deus, como esse tempo passa! Me diga, mocinha, estão namorando firme? Marcaram o casório? Por isso vieram aqui, não é? O Natal vem aí, vocês vão vir passar com a gente, não vão? Seria bom se viessem. Ando precisando mesmo de um pouco de alegria. Como você já percebeu, meu filho Pedro não é moço com muita chance de namorar e muito menos casar. Ele

154 • MIGUEL ANGEL

não é muito bom da cabeça, disseram que foi trauma de gravidez. Já estava em idade avançada quando o tive, lá sei... Foi um parto terrível, mocinha. Quase vou embora. O pai dele já estava mal, sabe? Os pulmões mataram o velho. É o que disseram os médicos. Gripe Espanhola. Mas, cá para mim, não foi pneumonia coisíssima nenhuma. Foi essa Força Pública que o matou. Foi, sim. De tristeza, compreende? Ele sempre dizia que morrer na cama era humilhante para um soldado como ele. Na frente de batalha é que devia morrer. Coisa que se diga? Nunca se conformou de ter sido afastado da Força. Como seu irmão Honório, lá em São Paulo, outro coitado. Vivo da aposentadoria de viúva paga pela Força... Se não fosse pelo Pedro, já estaria com meu velho, lá nos campos do Senhor. O Lauro já está feito homem, forte e inteligente... mas o coitado do outro... Algumas crianças ficam caçoando, as moças fogem dele com medo. Minha pobre criança, incapaz de pensamentos sujos! Apesar de parecer homem feito, dentro de sua alma existe um anjo. Ele sofre muito com isso e eu também... desculpe o choro, mocinha. É lágrima de mãe que ama os filhos. Às vezes penso o que será dele se eu me for. Sozinho neste mundo... – *coração mole, Ana!... E apertado, preparando nó na garganta. Num impulso emocionado, estabanada*:

– E o Lauro? Ele não deixaria o irmão... Nós não permitiríamos...

– Lauro? Cuidando do Pedro? Esse meu filho só pensa em arte, em cinema, essas coisas, até que enfim vai casar, que lindo! Quase nem posso acreditar. Quem sabe tomando conta de um lar esqueça essas idéias de arte e cinema que nunca lhe deram nada. Eu lhe agradeço, mocinha, mas casal novo, com um "coitado da cabeça" morando junto? Onde já se viu?

– Moraria. Com a gente, por que não? Até a senhora... – *santa, sempre! Cuidado, Ana, com essa generosidade santista...*

– Eu? Bem, poderia ajudar a criar os filhos. Por que vocês estão pensando em filhos, não é? Não como esses casais modernos de hoje em dia...

Graças à Nossa Senhora de Monte Serrat, entra Lauro na cozinha!

– Café está pronto, mãe?

– Prontinho, meu filho.

– Pode deixar, eu me sirvo. Ana, vai querer?

– Só um pouquinho.

– Pedro! Vai café?

– Deixa o Pedro, Lauro. Não dá café para ele, meu filho. Fica nervoso.

– Um golinho não vai fazer mal. Sei que ele gosta. Toma, Pedro!

Entra Pedro, traz um fiozinho de baba balançando no lábio inferior, olha fixo a xícara que Lauro lhe estende. Antes de pegá-la, hesita. Desvia o olhar. Fecha os dedos com força.

– A mãe deixa. Não é, mãe?

– Está bom, está bom, mas só um gole.

Pedro segura a xícara como troféu, senta ao lado de Ana. Sorri, mostrando poucos dentes. Sorve ruidosamente. *Se não fosse pela... ele se parece muito com o irmão. Os olhos principalmente. Com outro olhar, claro.* Gotas de café caindo na camisa, se lambuzando todo, rindo com aquela boca aberta, de contentamento... *como uma criança. Será que ia demorar muito para acabar com aquilo?* Terminam de beber o café.

– Estou preparando o almoço. Vai ficar pronto logo.

– Lauro me falou de suas comidas. Água na boca ouvindo ele contar. Faço questão.

Nunca falara das comidas dela, quase nada do irmão e nunca de ele ser assim... assim, "coitado".

Na sala após o almoço. Ana, jogada em sofá roído, cabeceia de sono, comera por dois dias, e dormiria um. A mãe de

Lauro, dona Angelina, lavando louça na cozinha: "De jeito nenhum, mocinha, não preciso de ajuda, vá descansar na sala, vá namorar, deixa as velhas fazendo estas coisas. Para isso que servem". Pedro desapareceu. *Ainda bem! O molho escorrendo pelo queixo dele, os raviólis sendo esmagados dentro da boca aberta, e aquele olhar, aquele olhar...* Lauro, de pé, mexe nos poucos livros de uma prateleira debaixo de moldura com foto de militar bigodudo colorida a mão, onde tempo, fotógrafo e colorista tornaram nebuloso seu semblante. Ana pergunta, langorosa, com voz pastosa de sono, como se não soubesse:

– Teu pai?

Ele se vira, olha para ela e percebe névoa em seus olhos. E as pernas abertas; a saia curta do vestido, arregaçada indolente mostra coxas roliças. Ela percebe seu olhar. E gosta do que adivinha.

– É. Quer tirar uma soneca?

– Só uma cochilada. Se você for junto. Mas aqui?

– Tem um quartinho nos fundos. Ou tinha.

– E tua mãe?

– Não liga para isso, não. Vamos?

– Vamos, sim. O trem e depois "tooodos" aqueles raviólis terminaram de me derrubar. Estou caindo.

Passaram pela cozinha.

– Queríamos dar uma cochilada, mãe. Pode ser? O quartinho nos fundos, ainda existe?

– Claro que sim. Pedro usa algumas vezes, quando entra em... crise. Ele foi para a rua, tem vários amigos. É muito querido no bairro, sabe?... Então podem ir, meus filhos. Está sempre arrumadinho. Descansem bastante. Chamo vocês para jantar.

– Mãe. É só uma horinha.

Andando pela trilha, entre plantas e árvores de diversos tamanhos e espécies, os dois respiram o ar perfumado e o cheiro da terra molhada, e estão contentes por isso e pelo desejo despertando neles.

A porta apenas encostada, entram e com eles todos os perfumes do jardim.

Cama de lençóis limpos e frescos. Uma borboleta foge pela pequena janela que Ana fecha. Penumbra aconchegante toma conta do quarto até quase ocultar o grande e velho guarda-roupa, único móvel além da cama. Ana se inclina sobre ela, arrumando o travesseiro, Lauro aproveita a posição e encosta no traseiro dela, fazendo-a sentir o volume sólido debaixo das calças.

– Traidor oportunista.

Lauro levanta o vestido e, abaixando-lhe a calcinha, desnuda o traseiro que brilha na meia-luz, aperta-o entusiasmado. Ana sacoleja divertida, fingindo estar ocupada com o travesseiro.

– Mas que coisa! Deixa arrumar a cama primeiro...

Lauro livra-se do empecilho da braguilha e com agilidade põe para fora o membro. Apertando-lhe as nádegas o introduz, até sufocá-lo entre as coxas dela.

Ana sente o calor do falo roçando nos lábios da vulva e, como sempre acontece, já está toda úmida. "A atriz deve desenvolver seu caráter; nunca deverá desesperar e nunca renunciar a este objetivo primordial."

– Deixa tirar o vestido. Vai amassar todo... – e, como sempre faz para deixá-lo mais excitado, por entre as pernas segura o pênis com a mão, guiando-o até enfiá-lo, e durante vinte segundos se mexe num vaivém curto, apertando com força os músculos da vagina e das coxas, para se afastar em seguida, deixando-o ardente de excitação.

– Deixa tirar o vestido. Já falei, vai amassar todo.

Ana coquete, sentada na cama, termina de tirar a calcinha emperrada nos joelhos, levanta da cama satisfeita com a tática, sorri disfarçadamente, observando Lauro tirar as roupas.

158 • MIGUEL ANGEL

Sabia ser gostosa e desejada, mas com Lauro nunca tinha certeza. Ele ficara receoso depois da gravidez, utilizando pretextos para fugir dela e da cama. Precisava retomar o terreno perdido, entre outras coisas devia também superar essa rejeição "boba" – como dizia num livro – relacionada ao sêmen. Conseguiria, homens gostam disso, de mulher desprendida, solta na cama, bem puta. *Ma non troppo*. Eles não casam com putas, casam com bobas. Ela não era nem uma nem outra. Se na cozinha era um fracasso, se nas conversas intelectuais bocejava e a perspectiva de virar atriz era cada dia mais incerta, pelo menos na cama fazia bom papel. E nem uma palavra sobre gravidez e aborto!

Com o vestido na mão, procurou onde pendurá-lo. Na maçaneta da porta semi-aberta do grande guarda-roupa estava bem. Foi até ele e o fez. Compenetrada na performance que deslumbraria Lauro, não poderia perceber uma terceira respiração entrecortada e anelante que parou no instante de chegar perto do móvel; menos ainda ao voltar-se na direção de Lauro, tirando o sutiã, conseguiria ver o brilho piscando em olhos escondidos no escuro de seu interior, esbugalhados de terror e ansiedade.

Lauro deitado, impaciente, aguarda Ana agora toda nua. Ela sabe disso e demora a chegar até ele e tomar o pênis entre as mãos. Ele fecha os olhos para sentir melhor os lábios molhados, a boca quente, que com regozijo o faz entrar e sair dela, fazendo "cócegas no céu da boca!, arrancando uma a uma as estrelas de sua constelação". *"Constelação, meu cérebro?"* – *perguntou, e este respondeu burlesco: "E quantas estrelas e apetites eu quiser. Você é meu 'homem'."* comportado em princípio, em crescendo após a língua entrar no trabalho. "Ele é meu! Sente, ele conhece sua casinha, entra e sai sem cerimônia, é seu lugar. Meu lugar. Então, o moleque safado é meu..." Sem soltá-lo, ela se desloca em nova posição, colocando a cabeça de Lauro entre as pernas. Agora é ela fechando os olhos e abrindo as narinas ao sentir a língua e os dentes dele festejando o encontro entre sua cavidade molhada e os pequenos lábios que acobertam o clitóris. Lauro sempre soube encontrá-lo, para alegria intensa de Ana. Mais dois olhos piscam somente quando importunados pelo suor caindo em pequenas gotas sobre eles, enevoando a visão que tem do casal. Treme a cama, Ana em cima de Lauro cavalga voluptuosamente, possuindo-o. No guarda-roupa, atrás do vestido pendurado de Ana, olhos molhados vão se fechando lentos, tremura nos lábios, mãos estreitam membro, únicas amigas de muitos anos de festas solitárias. "Você é meu, Lauro! Estou sentindo aquilo! E você? Espera mais um pouco, espera mais, assim, ai! Isso, Laurinho, mexe, mexe assim, meu... nosso. Nossa Senhora de Monte Serrat! Como é... como é bom, me beija... antes que... Laurinho, meu... maldito... benzinho..."

Ana foi despertando aos poucos. Antes de perceber que estava sozinha na cama, ouviu ao longe latidos e a voz de Lauro brincando com Rex. Ainda molhada de suor no corpo todo e de sêmen entre as pernas, espreguiçou-se lembrando do orgasmo e sorriu. Sem abrir os olhos, passou a mão na vagina e a levou ao nariz, cheirou a mistura de odores e não sentiu repugnância; que bom, estava superando aquela bobaria. E nunca entenderia Jandira e seu pavor ao "monstro" habitando entre as pernas dos homens. Ela não, faria tudo de novo! Mas esperaria voltar a São Paulo, a mãe de Lauro podia pensar que... Abriu olhos e boca para bocejar, e então ficou estática ao ver Pedro de pé na sua frente, olhando-a compenetrado *com aquele olhar*. Instintivamente tentou se cobrir, olhou ao redor, viu o vestido lá longe e a porta escancarada do guarda-roupa, entendeu imediatamente. Pensou em levantar e apanhar o vestido assim mesmo; pensou em chamar Lauro; pensou em gritar para ele sair dali e "por favor" parar de olhá-la daquela maneira; desse jeito pedinte! Ao perceber o vulto debaixo das calças, teve certeza que ele desejava o mesmo que o irmão acabara de fazer. Imaginou se dona Angelina o visse ou soubesse o que se passava, teria um ataque e Lauro morreria de vergonha. Já devia ter, por isso nunca falou dele, de seu desvario, dessa perturbação mental, parecendo criança que nunca cresceu, ficando lá em alguma idade infantil, solitário nessa indefinição entre homem e adolescente. Quem estava na sua frente devia ser o homem, com a coragem e o capricho do adolescente, ambos sofrendo por igual, rejeição e deboche de todos. Ambos implorando... "... atriz. Uma das mais exigentes, das mais cansativas profissões, aquela que exige da mulher o dom de si mesma de uma maneira generosa e por conseguinte custosa." Santa, sempre! Então, com aquela generosidade santista... "que não consegue sepultar a esperança..." abriu os braços e as pernas a ambos. E nunca contou aquilo a ninguém. E nunca mais voltou a Campinas nem comeu raviólis. E nunca mais falou de Pedro, até o dia em que soube da sua morte.

"AO POVO DE S. PAULO

Os jornaes abaixo assignados, solidários com o movimento de protesto da Imprensa do Rio de Janeiro contra o innominavel attentado ao principio de liberdade de opinião que foi o assalto selvagem á redacção e ás officinas do "DIARIO CA-RIOCA", acompanham a attitude assumida pelos jornaes da Capital da Republica, deixando de circular amanhã, 27 de fevereiro.

São Paulo, 26 de fevereiro de 1932.

JULIO DE MESQUITA FILHO, pelo "Estado de S. Paulo".

OTAVIO DE LIMA CASTRO, pelo "Diario Nacional".

OSWALDO CHATEAUBRIAND, pelo "Diarios Associados", de São Paulo.

JOSÉ MARIA LISBOA JUNIOR, pelo "Diario Popular".

EURICO MARTINS, por "A Gazeta".

PEDRO CUNHA, por "Platéa".

OCTAVIANO ALVES DE LIMA, por "Folha da Manhã" e "Folha da Noite".

ALFREDO EGYDIO, por "A Razão".

RIBAS MARINHO, por "Correio da Tarde".

Alvarenga Contrata Corintiano. Oito Milhões de Paulistas, Potenciais Fregueses do "Refinamento do Prazer, Ltda."

O Rolls-Royce de Ricardo Alvarenga parou perto do Campo do São Bento F.C, na Ponte Pequena. Ele, ao volante, desligou o motor. Os homens com quem marcara encontro não estavam à vista. Na calma que se seguiu pôde finalmente se concentrar. A verdadeira viagem feita para chegar até ali o deixara mais perturbado. Os sequazes dos tenentes escaparam ao controle, perturbando o andamento de seus planos e dos amigos que colaboraram com o golpe. Nas reuniões do *entourage* paulista o clima de euforia do começo transformara-se em pesada nuvem e o desapontamento aumentava na mesma proporção que as estripulias dos militares no comando. Obedientes às ordens vindas do Catete, via-se a clara intenção de desmobilizar e até quebrar o combalido brio econômico de São Paulo. Irônicos e debochados, diziam que a atual crise econômica era legado de mais de trinta anos dos políticos remanescentes do PRP. Então que São Paulo se virasse, usasse seu orgulho para pagar a dívida externa, por exemplo. Malditos filhos da puta! Mas nem tudo se perdera. Tinha a constitucionalidade que São Paulo reclamava, cada vez com mais ênfase e coragem. Ele já estava dentro desse movimento, assinara seu programa visando... "propugnar pelos interesses paulistas e reconquistar seus direitos, afastados pelos acontecimentos políticos posteriores à Revolução de Outubro. Enfim, retomar a posse de si mesmo." Essas mudanças enriqueceram seus planos secretos, tornando-se mais viáveis, favorecidos pela participação incauta de membros poderosos, entre os quais se incluíam conhecidos e respeitados cidadãos paulistas e outros liberais, chamados por Vargas de "carpideiras saudosistas das delícias fáceis do poder ou incorrigíveis doutrinários alheios às realidades nacionais". *Lindo. Provocante.* Logo no início, perdera para eles os homens de sua lavra que indicara para cargos estratégicos, como interventoria, chefia de polícia e Guarda Civil. Perdeu. Contudo, os que ganharam a parada também caíram. *Ainda bem.* Isso fertilizava a indignação dos "nativos". Os bárbaros não eram tão espertos como pensavam. Cometiam o erro de vexar os paulistas, unindo-os mais do que nunca num ideal comum: livrar-se dos malditos e retomar a São Paulo perdida. Por uma nova constituinte, eleições livres ou nova revolução, se preciso fosse. Explodiria o vulcão paulista! Se fracassara nas tentativas de seduzir os eunucos de Vargas a partir de outubro, atualmente estava disposto a se ver livre deles através de outra revolução! Por que não? "*A luta é mãe de todas as coisas. Não é com princípios humanitários que o homem vive... mas unicamente por meio de luta mais brutal.*" *Não está esquecendo nada, Riqui?* E havia o separatismo, sim. Antiga reivindicação paulista com a força de milhares de simpatizantes em todos os níveis sociais. Mais elementos para "seu" exército. Esmagariam os hunos a bala. *Aí, chumbo Paulista!* A bandeira não importava muito, o importante era mergulhar nessa idéia.

Detrás de algumas árvores viu os dois sujeitos olhando em redor confabularem entre si e começarem a andar em sua direção. Acontecesse o que fosse aos andamentos da política, precisava resolver o caso de Magda, que deixara pendente por tempo demais, sempre aguardando que ela tomasse alguma atitude depois de suas insinuações, então a puta riu na sua cara, debochara até o escárnio ao resolver ser claro e direto, pedindo para terminar aquela aventura irresponsável de moleca e louca.

"Foi Pierre."

"Não preciso dele para saber o que todo mundo comenta."

"'Todo mundo'. Qual mundo?"

"Tua risada não muda nada, Magda. Sabes a que me refiro."

"O da Betina *peut-être*, cujas orgias regadas a haxixe atravessam madrugadas?... Carlos Hernandes, cujo amante é nada mais nada menos que o chofer?... Já sei! *Voyons*! O mundo a que você se refere é aquele em que teu amigo e médico alcoólatra sangra menores que ele engravida, provavelmente com tua participação. Pode ser o mundo dos políticos traídos sistematicamente por você, para realizar teus sonhos megalomaníacos..."

"Não vamos ficar nervosos, Magda. Parece que você bebeu demais. Precisamos nos manter calmos, a coisa é séria."

"Estou calma, ainda."

"Você parece não saber a dimensão de teu, digamos... capricho. Aquele homem. Quer dizer, ele é... negróide! Sabes o significado? Trata-se de uma questão ética, racial... Até religiosa!: *repelindo os negros, estaremos lutando pela obra de Deus.*"

"'Pela obra de Deus', como a de teus amigos norte-americanos, daquela sociedade assassina de negros, sei."

"Tentarei explicar. Veja, Magda, o Brasil é o único país do mundo convivendo dessa maneira promíscua com essa raça! E esse tipo de relacionamento indiscriminado tem provocado a desconsideração das nações brancas, justificando todo tipo de boicote internacional... De que adiantam os esforços para se livrar desses remanescentes de escravos, se pessoas egoístas como você, só para se divertir... Veja a América do Norte, com o mesmo azar do Brasil, a supremacia branca conserva aquela escória afastada, mantendo-a no seus devidos... cepos! Magda, vê se me entende!"

"Pois é para lá que o 'moço de fino trato' devia ir. Para a América branca!"

"Magda. Você não está me levando a sério."

"A sério? E como poderia? A cor do pau de meu amante! Só me faltava essa!"

"Estou percebendo a influência da corja no teu linguajar. Está bem, Magda, desisto. Mas estou te avisando. Se esse teu... tua 'coisa', aproveitando-se de tua nefasta indiferença, inventar alguma chantagem ou provocar acidente colocando em risco minha carreira..."

"Pode parar com essas piscadelas histéricas. Ameaças sempre me provocaram ânsia de vômito, Ricardo. Agora me deixa, sai daqui... 'Mas estou te avisando.' Se algum poltrão se intrometer na minha vida, arranco-lhe os olhos! Ou os testículos. Vai, politiquete ensandecido. Procura aterrorizar Iracema, onde ela estiver agora, aquela infeliz fornecedora de tuas perversões... ou vai chantagear teus amigos, porque comigo é perda de tempo. *Adieu*, preciso sair. Viver."

Como ela se atrevera a brincar e fazer ameaças numa situação dessas? E parecia saber demais. Sobre Iracema, por exemplo. Teria aberto o bico, aquela índia desgraçada? Se assim fosse, a traidora pagara com a vida por isso; no fundo do rio, ao lado daquela criança estúpida, não poderia mais fazer isso. O sufoco que passara para livrar-se delas! Botá-las no carro, andar pelas ruas com temor de ser detido pela polícia ou congêneres, Iracema no banco de trás e seus uivos que provavelmente levaria tempo para esquecer. Depois a ponte; jogar a garota foi rápido e fácil, mas não com Iracema, ainda viva. Um horror! Prometera jamais voltar a fazer esse tipo de coisa. Não era tarefa para um homem da sua estatura. Existia gentalha para trabalhos dessa espécie, e nesse momento se encontrava ali com a intenção de contratar subservientes especialistas.

E sobre o Carlão – nem ele sabia do amante! E a Ku-Klux-Klan? Também ela teria seus informantes? *E a correspondência do velho Simmons, o "Bruxo de Indiana"? Pierre está de teu lado, mas e o velho Ezequiel, o mordomo?* Aquela múmia preta? Ele não se atreveria. *A peçonhenta seduz qualquer um. Capaz de tudo, meu caro. Te cuida, Riqui.*

Debaixo do porta-luvas, estrategicamente escondido, tirou pequeno envelope, esvaziou o conteúdo na mão e inalou todo o pó branco; foi quando teve a iluminação de prata, fulminante! Cocaína! Mais lucrativa que café, independente dos arroubos das bolsas de investimento, de guerras e revoluções. De direita ou esquerda. Internacional, igual ao maldito café! Alguém do seu talento e da experiências nos mercados internacionais e contatos no mundo todo... poderia fazer até surgir um império! *Riqui, quanto entusiasmo! Já esqueceu a revolução?* Depois! Depois!... São Paulo possuindo mais de oito milhões de habitantes não parava de crescer, imigrantes de todas as partes do mundo continuavam a encher os navios que aportavam em Santos! São Paulo, um dos maiores centros Industriais da América Latina! Se não o maior! Os Lafer, Simonsen, Matarazzo, todos incrementando, produzindo uma classe média cada vez mais numerosa! Mercado nacional de mais de trinta milhões, fornecendo uma geração potencialmente viciada! Toda a *jeunesse dorée* praticava com elegância e refinamento o deleite desses vícios. *Seria sua corte!* Seus "Ciclopes!" Poderia considerar a sociedade e o apadrinhamento de importantes conhecidos, muitos deles sediados no meretrício internacional que era Cuba! *Naquele antro poderia até montar a sede!* Lá era campo neutro, e o presidente Gerardo Machado ficara seu amigo depois das tentativas de negociar com os barões do açúcar de Cuba!... Barões! *Papai iria adorar vingança assim, tão...* magistrale, *que sonho pantagruélico! Ricardo, coração selvagem de leão! Você é brilhante! E diabólico também! Devagar no andor, Riqui. Olha a coitada dessa pálpebra.* De qualquer modo, a nova revolução teria sucesso. Todo mundo ansiava por isso. O poder estava novamente a caminho. "'Refinamento do Prazer, Limitada.' *Limitadíssimo a um só. Ainda assim aquele velhaco* incroyable *do Gerardo não precisaria saber. Refinamiento del placer...*" Em ritmo de mambo! Iria adorar, o cafajeste! *Gênio!*

Agora, Magda e seu jogo sujo. *Não foi o "barão" que disse só existir cura se eliminarmos o mal?* Como em todo jogo, a vantagem de um jogador é o prejuízo do outro. Usaria da sua influência e da maria-farinha do sobrinho dela mais uma vez: Pedro de Toledo estava em pânico depois da nomeação como interventor, e Magda era como afilhada dele ou coisa parecida.

"E tem mais, Magda, precisamos saber o que se passa na cabeça de Pedro de Toledo, seu real envolvimento com Vargas. Com você se abrirá, tenho certeza. E a festa organizada, um *vin d'honneur,* é um bom lugar..."

"Estou farta desses teus jogos. Não conta comigo. Não quero o coitado do velho sendo usado por você e teus comparsas fracassados. Pode parar."

"Magda, as manobras políticas para limpar São Paulo desses tenentes e recuperar sua independência estão tão adiantadas que se tornaram irreversíveis. Nossas desavenças não vão impedir nada. No entanto, se você acha seguro esse traidor posto de mandado do Catete... Um paulista de estirpe, obedecendo a ordens contra sua própria terra e conterrâneos... Enfim, o amigo é teu. E pode estar correndo muito perigo."

"Vindo de você, só pode ser ameaça."

"Mas não sou eu. Todo mundo sabe..."

"Lá vem você com esse 'Todo mundo'! Pelo amor de Deus, larga da minha sombra!"

"Todo mundo sabe, sim! O Catete anda espalhando veladas ameaças, criticando a falta de fundamentos desse argumento de Independência Paulista, no momento de São Paulo entregue – dizem eles – a um paulista como o senhor Pedro de Toledo; até o secretariado foi nomeado acintosamente pela política perrepista-democrática, com atitude clara e intencional de provocar o governo central. Isso não parece ameaçador? Queremos é protegê-lo! Pela segurança do velho é que..."

"Chega! Você me pegou de novo! E será por ele que aceitarei entrar nessa maldita conspiração. Não quero ninguém maltratando o velho. Ele é dos poucos que não merecem tua infecção..."

Dentro do carro, Ricardo Alvarenga virou o espelho retrovisor para poder contemplar o bigode se ampliando sobre o sorriso hierático. Ficaria olhando horas esse embalar capcioso deixando à mostra, sem conseguir empanar o brilho, apenas um fragmento de dentes branquíssimos... mas com o outro olho podia reparar os dois homens chegando mais perto do carro, olhando ao redor cautelosamente.

– O senhor que é o Robledo? – gritou de mais de cinco metros de distância um deles. Um pouco contrariado, Ricardo recolocou o espelho no ângulo certo. *Ao trabalho bruto, Riqui! "Lei Acelerada": então, rapidez com o andor!* e, assomando a mão pela janela, fez sinais para avançarem. Titubeantes, eles obedeceram.

– Entrem aí atrás. Precisamos conversar.

Eles se olharam entre si e o negro gordo empurrou o loiro, ordenando:

– Vai, Corintiano! Entra aí, seu cagão.

M.M.D.C.:
Mata Mineiro, Degola Carioca.
Teu Cabelo e teus
Sapatos Não Negam.
"Fui Nomeado teu
Tenente Interventor"

"*Y sus cabellos mesando,/el cuerpo amado abrazando,/con sus lágrimas suplía /en la herida vacía/la sangre que iba faltando.*" Cantarolava Dona Filomena na cozinha, sentada à mesa na frente de Ana. Entre restos de jantar, o velho rádio sempre ligado, sacodia-se ao ritmo de sambas e marchas-rancho, num programa que divulgava lançamentos. "As palavras, além de serem articuladas claramente por uma atriz ou declamadora, devem ser postas em chamas ou apagadas, banhadas em luz ou submergidas em sombras, colocadas em relevo ou suavizadas, acarinhadas ou aprisionadas com dureza, adiantadas ou retrasadas, envoltas ou expostas na sua nudez, abreviadas ou alongadas. Qualquer coisa que dê vida ao texto ou o anule, qualquer coisa que dê energia, calor, estilo, que lhe empreste elegância ou vulgaridade, toda essa ciência foi objeto constante de meus esforços – afirmou recen-

172 • MIGUEL ANGEL

temente a grande atriz Yvette Guilbert, abrindo nosso capítulo
sobre a voz e a importância da memorização como ferramenta
fundamental para uma interpretação..." Ana, folheando um livro que tratava da arte de Interpretar, olhava, sem ver, as fotos
que o ilustravam, sem disfarçar tédio rabugento, mal ouvia as
músicas, pouco entendia do que lia: "mais célebre das atrizes
dramáticas francesas, a Divina Sarah – cantava Victor Hugo.
Vemo-la aqui na sua passagem pelo Brasil. Sua morte em 1923
durante as filmagens..." O tumulto de seus pensamentos tocava mais alto que as músicas e reduziam até a insignificância
Sarah Bernhardt e sua morte. Pedro. Pedra. Como uma delas
entre as pernas, assim era o peso da lembrança e de sua consciência. E a pergunta agulhando: "Falo ou não falo para o Lauro?" Se contasse, ele entenderia? Ela mesma não estava con-
victa. Por que fizera aquilo? Fora instinto, compaixão, confusão certamente. Só de uma coisa estava certa, sim. Não permitiria ninguém sujar a intenção generosa que a levara abrir
os braços para aquele coitado moleque desesperado... No entanto, sua interferência no despertar sexual na vida de alguém
como Pedro mudara de certa maneira sua visão de mundo, dos
homens e do cinema... Lauro montado no seu pobre cinema
branco! Seriam sintomas de maturidade? A eterna adolescente
que viera de Santos estaria finalmente sendo esquartejada, tal
como Maria Fea dentro da mala? Tia Filomena fez sinais pedindo silêncio e aumentou o volume do rádio; por acaso sua
consciência, traumas e agonias faziam barulho? Velha chata.

*"Interrompemos nossa programação para informar e com-
pletar nossas informações anteriores a respeito da tragédia de
ontem. Como os ouvintes devem lembrar, na noite de ontem,
entrando pela madrugada adentro deste dia 24 de maio, aconteceu grande manifestação. Estudantes universitários, comer-
ciários e profissionais particulares saíram em passeata reclamando a constitucionalização do Brasil e criticando os inter-*

ventores. Aos poucos os ânimos foram se exaltando até os manifestantes resolverem assaltar casas de armas, com a intenção de atacar as redações dos jornais outubristas, A Razão *e* Correio da Tarde! *Pretendendo incendiar também a sede do Partido Popular Paulista e o clube político dos tenentes, a Legião Revolucionária..."* Lauro já devia estar na festa a que Fausto os convidara, aquele cínico devia saber que ela não tinha condições para aceitar. Com que roupa? *"Com que roupa eu vou/Ao samba que você me convidou?"* Qual o penteado? *"O teu cabelo não nega, mulata."* E os sapatos? Aqueles do Mappin? Parecia uma pobre coitada. Pobre e desempregada, mas com orgulho de Sarah Bernhardt, meu lorde Fausto! Daria esse prazer de ser humilhada, e na frente de Lauro? Para sentir vergonha dela? *...na esquina da Rua Barão de Itapetininga com a Praça da República, a reação da Legião Revolucionária não se fez esperar e foi brutal. Balas de metralhadora e revólver contra os manifestantes ocasionaram trágico desfecho, como não podia deixar de ser diante de tanta desordem; mais de quatro mortos e dezenas de feridos...* Ainda assim, Lauro foi, claro, não perderia uma festa dessas em lugar de ficar mofando junto à namorada... ouvindo rádio! *"...Chegaram às nossas mãos, por enquanto, a confirmação dos nomes de quatro mortos; são eles: Euclides Bueno Miragaia, Mário Martins de Almeida, Dráusio Marcondes de Sousa e Antônio Américo de Camargo Andrade..."* Deu vontade de contar o acontecido em Campinas com o irmão! Se deu! Teria sido por ciúmes. E Lauro odiava ciúmes, achava burro, "ninguém é propriedade de ninguém", etcétera, etcétera. Já assistira monte de filmes mostrando o ciúme destruindo o relacionamento entre casais. Por acaso ela inventara o ciúme? Apenas sentia essa emoção misto de mágoa e amor-próprio ferido; desprezo machuca. "O dia que tiver outra mulher na minha vida, você será a primeira a saber. Prometo. Até lá, não adianta sofrer e me encher o saco por algo que não existe. Vá ao cinema quando se sentir sozinha e observa as técnicas dos atores, estuda, lê, vá à Escola de Teatro, aprende a ser atriz!" Foi o que Lauro vomitou. No entanto o que ela sentia não era bem ciúme de outra mulher, era mais da independência descarada dele, de sair por aí sem ela, sem sentir sua falta. Além do mais, solidão num sábado assim valia por duas! E todos os cinemas fechados a essa hora! E nada a ver com aprendizado de atriz! Se Jandira não tivesse viajado, podiam sair, dar umas voltas, pela Avenida Rio Branco, por exemplo, e se passassem perto da mansão de Fausto seria sem querer; isso se alguém as visse... *"A qualquer momento voltamos com mais informações detalhadas, continuem ouvindo o programa..."* Dona Filomena abaixou o som. Fez longa pausa, aguardando algum comentário de Ana, mas esta não parecia ter ouvido a notícia. Isso irritou-a:

– Despierta, mujer! Siempre en la luna, filha mia. Oiste lo que la rádio dijo?

– É. Mataram alguém na Avenida Rio Branco, não é?

– Que Rio Branco, o quê? En la Praça da República, mujer! Está acontecendo una guerra en esta ciudad e... Jandira? Por donde anda essa chica?

– Disse que iria pra Santos neste fim de semana visitar o... a mãe dela.

– Sei. Ni me hables de aquella índia... mãe "santista", que de santa no tiene nada! Pero la hija no és igual, menos mal. Essa chinita anda me preocupando ultimamente, andando por allí e essa violência en las calles. Já no me dice para donde vá, com quien, se vuelve. Anda echo una boba. Notaste lo mismo?

– Deve ser o trabalho. Ainda bem, pelo menos tem emprego, ela está bem, agora eu... *"Não, não era verdade, Jandira tentara várias vezes lhe falar, contar algo que a estava deixando diferente. Parecia um pouco assustada. Poderia apos-*

tar que era paixão, e devia estar com medo de se envolver, se já não estava. Vergonha de contar, talvez, depois de tudo o que disse sobre os homens. Entretanto não esperaria ela resolver se abrir. Afinal tinha seus próprios problemas. Aquela maldita Escola de Teatro era uma. De qualquer modo devia ser muito especial para Jandira superar o pavor de homem que a perturbava tanto. Sumir dias inteiros assim, devia ser bom, uma boa superada."

– Com lo que anda pasando por allí, peligroso de dia, imaginate a la noche! Esa sobrina mia anda muy rara, te lo digo yo. En los primeros dias quando ustedes mudaram para acá, eras tú la que no paraba en casa, e ella me hacia companhia hasta tarde. Pero de unos tiempos para acá. No pára, desaparece por dias, e se fica, anda por la casa tan alienada como tú. Impaciente, se queda mirando el reloj a toda hora... notaste la mudança de su peinado? Las ropas caras que disse ganhar de uma cliente? Hasta la boca se pinta, ella que nunca ligou para eso. No sé, hija mia, pero parece feitiço de hombre. Todo cuidado es poco con ellos, já se fué el tiempo em que existiam hombres como mi fallecido, un hombre rudo pero respetador, incapaz de cualquier violéncia, un verdadero lord! – *"De novo essa história de galegos, Dona Filomena?"* – Cuando nos vinimos de Espanha fué para encontrar paz, luchar por mejores dias. Se lo dije al fallecido, "vamos juntos con los otros para el campo, trabajar en la tierra, allá em Monte Aprazível..." Nó, el muy tonto preferio quedarse em Santos –*"trabalhando no porto, eu sei"–,* trabajando en el puerto junto con su hermano Ignácio, otro gallego cabeza dura, pai de Jandira, que no era bien "pai", por que se metió com aquella índia, con la que nunca quise falar, e não por que ja tinha uma filha en el vientre. Bueno... que no tengo nada con éso. Decia que fué una jornada que acabó por quebrarle el espinazo a mi gallego! Pero no solo de dolor lloraba de dia y de noche, mi viejo era fuerte como un olmo

176 • MIGUEL ANGEL

todavia, pero se habia quedado inútil con aquella desgracia que le quebrara los huesos – *"mas não o orgulho..."*–, pero nó el orgullo y el honor! Si, eran otros tiempos. Los hombres eran diferentes... Hoy el mundo parece loco, degenerado, violento... Um nojo! Bueno, como decia, no soy la madre de Jandira, y además já es mujer echa, deve saber lo que hace, mas...

– Possivelmente esteja namorando mesmo, melhor para ela, é jovem e bonitinha, se diverte – *"e não fica numa noite como esta, metida em casa ouvindo as guerras no rádio e..."* Ligue não, dona Filomena, deixe ela se divertir, trabalhar não é tudo na vida, sabia? E a juventude é curta. Não pode passar a vida toda, "como outras", só pensando em um homem – *"Pior se estiver morto! Como seu marido, o 'ídolo perfeito', que arrebentou a espinha de tanto trabalhar com honor. Deixando muito orgulho de herança! Gostou dessa, galega chata? Vingancinha da velha coitada? Devia estar muito chateada pra fazer coisa dessas. Pelo amor de Deus, 'Sarah Bernhardt', vamos dormir que é melhor"* – E eu estou morta de sono, vou me deitar e ler no quarto...

– Já? Vas deixar-me aqui sola? El programa ni terminó! Esperate mais un pouquito, querida mia. Podemos jugar cartas... Quieres tomar um chá? Lo hago en um instante. Fica aí, escucha la música linda que estan tocando. – dona Filomena aumentou o volume, esperançosa: *"Mulata, mulatinha, meu amor. Fui nomeado teu tenente interventor..."* Até em música de Carnaval tinha interventor! Desligue esse rádio, Dona Filomena, pelo amor de Deus! Não agüento sua solidão".

Boletim distribuído no dia 22 de maio em São Paulo
"Paulistas: mais uma vez o ministro Osvaldo Aranha, como enviado especial do Ditador, vem a São Paulo com o intuito de arrebatar ao povo paulista o sagrado direito de escolher os seus governantes.

Mas o povo paulista, cuja paciência não é ilimitada, não mais suportará tamanha afronta e humilhação. Tendo consciência do seu valor e da sua força, ele repele a indébita e injuriosa intromissão na sua vida política daqueles que estão conduzindo São Paulo e o Brasil à ruína e à desonra.

Para manifestar e impor a sua vontade, na reivindicação dos seus direitos e das suas liberdades, o povo reunir-se-á hoje, às 15 horas, na Praça do Patriarca, para decidir seu destino. Eia, povo de São Paulo! É chegada a hora da libertação e da vitória!"

Festa Politizada em Casa de Fausto. Guilherme de Almeida Mostra seu Charme. Lauro Bêbado de Magda e Uísque. Melhor para Laura.

Campos Elísios, Rua Eduardo Prado, esquina com Avenida Rio Branco. Mansão da família de Fausto Sousa Queiroz. Ou o que sobrara. De ambas.

Enquanto esperava, Lauro passeava sozinho pela sala imensa, "com as dimensões ideais de um cine-clube". ("– Só pedir, Lauro, está a tua disposição.") A eterna generosidade de Fausto. No meio dela, a grande mesa oval de cristal, conhecida numa noite tão distante e confusa, agora quase esquecida.

Pelos cantos, sofás e poltronas de diversas épocas e modelos. Onde teriam ido parar as pesadas cortinas de veludo vermelho? Emoldurado, poema manuscrito de Aragon dedicado a Fausto; gravuras de Picasso; bailarina de Degas, entre outras peças de arte. No entanto, o mais fascinante nessa sala era a grande foto de Isadora Duncan, bem no centro. ("Ao conhecê-

180 • MIGUEL ANGEL

la se apresentando em São Paulo, cumprira meus 17 aninhos e isso transformara minha vida" – comentara Fausto certa vez. Nascera a meta secreta: Nijinsky! que desavisadamente só à sua irmã Laura confessara; e ela, numa ocasião particularmente raivosa e ciumenta, espalhara pelos cantos da cidade, até chegar aos ouvidos invejosos dos colegas na Escola de Balé. O ideal caiu dos píncaros de seus sonhos indo se esborrachar no deboche de apelidos que, destacando apenas o perfil demente de Nijinsky e degradando os dotes do bailarino, aludiam maldosamente a Fausto e sua figura. Então, tomou duas decisões: abandonou o balé, ciente de que levaria pelo resto da vida a frustração, amiga inseparável da eterna desforra; e jamais perdoaria Laura.) Isadora mágica, flagrada no movimento de excepcional passo de dança, parecia inspirada no vento, de maneira que a sorte do fotógrafo e o corpo da bailarina a faziam parecer flutuar no ar. Essa sensação se ampliava graças à iluminação indireta – como altar de fiel devoto – proveniente de fonte de luz instalada detrás de grande vaso de planta. A pedido de Ricardo Alvarenga, Fausto cedera a mansão para o encontro eminentemente político, acontecimento naquela noite, local que não comprometeria nenhum dos convidados, sabida a posição eqüidistante de Fausto na política e sua fama de dândi inconseqüente. Alvarenga e sua esposa Magda chegariam a qualquer hora. Junto com eles, Fausto mencionara entre outros nomes, Guilherme de Almeida, o poeta da Academia Brasileira de Letras; todavia, ainda era cedo e nenhum deles tinha chegado. Fausto se preparava no quarto, dando os retoques finais na "maquiagem", e Laura... Laura estava descendo a grande escada naquele momento, trajando vestido parecido àquele da primeira vez, longo e vermelho, que disfarçava elegantemente os quilinhos sobrando aqui e ali. Terminou de descer e parou, as mãos na cintura esticaram o talhe e desfizeram algumas dobras; pose tirada de algum filme de Joan

Crawford? ou Norma Shearer? Sempre no limite tênue dividindo a inocência do grotesco, andou na direção de Lauro com aquele olhar revelador de algum desvairamento interior, que ele creditou à sua doença. Para justificar certas condutas em público, Mefisto dizia que ela já nascera bêbada, devido ao álcool e à mescalina que a mãe bebera durante a gravidez, fatores biológicos teriam passado metade dos drinques ao feto de sua irmãzinha. "Nem precisa beber muito. Gota de anis a deixa louca e acesa."

Ao chegar perto, ela segurou-lhe as mãos e beijou-o na face propositadamente perto dos lábios.

– Fausto me disse só duas coisas hoje. A primeira, que você viria esta noite, por isso coloquei este vestido, lembra dele? E a segunda, para não te aborrecer. A primeira já vi que se concretizou, e a segunda?

– Primeiro: você está linda. Lembrei da Norma Shearer te vendo descer por aquela escada. E segundo: não liga muito para o palavreado de Fausto. E terceiro, lembro desse vestido, sim.

– Gosto de você, Lauro, porque é gentil e não se parece nada com os amigos dele. Os poucos que o toleram. Talvez seja o cinema, Lauro.

– O cinema?

– Cinema, Lauro. Ao ver você, filmes que já vi surgem nas minhas lembranças. O único acontecimento que posso escolher nesta vida, Lauro. Filmes. Ou então, teu nome, masculino do meu: Lauro. "Lauro e Laura", título de obra dramática. Você quer uma bebida? Champanhe? Licor, uísque? Eu arrumo para você.

– Não sei. Acho cedo ainda.

– Ótimo que você chegou mais cedo! Assim, conversaremos só nós dois. Lauro, por que você me maltrata assim?

– Maltratar? Você acaba de dizer...

182 • MIGUEL ANGEL

— Você nunca vem aqui. Depois da morte de papai, você quase desapareceu. Se não fosse pelo Fausto, não te veria nunca mais. Não é verdade?

— Não, não é bem isso... E onde está ele? O que vai aprontar nesta noite?

— Deve estar retocando "a maquiagem". E não tenho a menor idéia do que prepara... Lauro, você se aborreceu?

— Nada.

— Aborreceu-se, sim. Sempre faço besteiras com as pessoas que quero bem. O homem que mais amei terminou me odiando pelas minhas besteiras. Você me acha louca, Lauro?

— Mas quem falou...

— Fausto. Ele disse que não tenho mais jeito. Se fica muito zangado comigo, me pergunta por que não me mato. Que ele poderia ajudar. Eu lhe respondo que me é indiferente.

— Ele ajudar?

— Morrer ou viver.

— Fausto é um cínico, você já devia saber disso.

— Meu pai...

— Teu pai?

— Ainda moribundo, Fausto me disse que a culpa era minha. Vingou-se castigando-me com o terror de uma herança maldita, que me confina neste mausoléu e... Um dia talvez te conte... Não hoje. Fausto vem aí, olha ele. Pelo brilho do olhar devia ter muito "pó" naquela "maquiagem". Ele é lindo, não? Mais que eu?

— Elegante como sempre...

— Não comenta nada do que te falei, Lauro. Ele seria capaz de...

— Sobre os filmes?

— Amo você. Lauro. Tem classe.

— Irmãzinha querida. Que vestido é esse? Vermelho-menstruação ou vermelho-sangue constitucionalista? Lauro, esse paletó é *pour épater les bourgeois*? Se soubesse, teria te emprestado algum. Ainda dá tempo. (*Mefisto devia estar bem instalado dentro daquele terno talhado como uma pintura sobre o corpo dele*).

– Não sou celebridade como teus convidados, Fausto. Ainda gostaria de saber o motivo pelo que fui convidado a uma reunião...

– *Mon ami*, esta noite será muito especial. Inclusive para você. Um cinematografista deve conhecer pessoas interessantes. Sobretudo se pobre de verbas. Se é que estou me fazendo entender. E quero que conheças Magda. Ademais, meu caro e pugnaz alienígena, está acontecendo o parto de uma das bestas do Apocalipse, a guerra! A esta casa virão alguns parteiros conscienciosos da criatura não sofrer perigo de aborto nenhum. Abri esta maternidade sinistra a pedido de Magda, a quem nada posso negar nem questionar. Como sempre acontece nestas tertúlias, pode acontecer parto quádruplo: os irmãos já batizados e tão conhecidos por muitos: A Peste, a Guerra, a Fome e a matriarca cínica: a Morte! "Eis o tempo dos assassinos!"

– Ai! Fausto, que festa medonha esta. Se soubesse... – interrompeu Laura.

– Não se trata de uma festa comum, minha cara. E você não precisa saber mais nada. Pode ocorrer qualquer espécie de curto-circuito lógico nesse teu ninho de andorinhas espavoridas e aprontar uma crise convulsiva. Contudo, desses quitutes sórdidos estamos fora, só o local nos pertence. O sangue condimentando o festim de nossos convidados não é da nossa cozinha. Pode parecer estapafúrdio a vocês, porém este meu despojamento tão generoso com os biltres conspiradores na minha casa está sendo por amor. "Mas o Vampiro que nos torna gentis ordena que nos divirtamos com o que ele nos deixa ou que então sejamos mais extravagantes", cantaria Rimbaud.

– O amor é que é extravagante e egoísta e...

184 • MIGUEL ANGEL

– Laura! Não desarticula. Fica atenta, os convidados estão chegando. Lauro, *mon ami*, dentre as visitas que aportarão neste meu abandonado solar, Guilherme de Almeida, como já disse, é um deles. Membro da *intelligentsia* paulista e homem de influências, pode ajudar com seu prestígio a emergir qualquer *Encouraçado* afundado, se é que estou me fazendo entender... Lá! A rainha! *Déesse* Magda. Magia, ofuscando como sempre o Caipirão Rubiácea. *La belle et la bête*! Vou recebê-la, voltarei com ela para que a conheças, Lauro. Te falei tanto dela! É só um minuto. Laura, "minha irmãzinha," me ajuda com os outros. Está chegando mais gente. E não vai me aprontar nada. Vem!

Fausto dirigiu-se ao hall de entrada, o salto dos sapatos elegantes reboando com adestrado ademã de insolente *connaisseur*.

– Ele gosta de tia Magda mais que ninguém. Estando juntos só murmuram e em francês. Me sinto feia e burra junto deles.

– Laura. Você está linda.

– Você disse isso só...

– Você está linda.

– Quer uma bebida, Lauro?

– Agora, sim. Quero, sim...

– Uísque? Vou mandar o garçom trazer. Depois vou cumprimentar tia Magda. Apesar de Fausto, também gosto dela. Não sai daí.

E Joan Crawford ou Bette Davis? Depois de cochichar com um garçom, afastou-se em direção ao hall onde Fausto falava com bela mulher. Magda, sua querida, a mais mencionada e – sabia neste instante – a mais bela mulher que já vira nos salões paulistas. O garçom empertigado e o copo de uísque que lhe estendia borraram a visão do cerimonial; ao aceitar o copo, o garçom retirou-se imediatamente. Depois do primeiro gole,

A CENA MUDA • **185**

foi olhar a foto de Isadora Duncan. Com tédio? Por enquanto. De toda maneira, poucos tédios sobrevivem a três doses de uísque escocês (e os conhaques no bar?). De costas para o hall de entrada, Lauro não viu Guilherme de Almeida entrando e, ao vê-la, de imediato beijar a mão de Magda. Nem Pedro de Toledo pouco atrás, repetindo o mesmo gesto; não teria reconhecido nenhum dos outros entrando a seguir, nem o semblante sombrio de Laura esperando ser notada; anfitriã melancólica procurando-o com olhar ansioso, temendo constatar se o vexame estava sendo testemunhado por ele. Com Isadora Duncan na sua frente, Lauro não vira nada disso. Para alívio de Laura.

De repente, como clarim assinalando a hora da batalha, algumas portas dando para o salão se abriram quase ao mesmo instante e começou a invadir o espaço um exército de garçons armados com bandejas de quitutes e bebidas diversas. Essa guerra começara. A outra mencionada por Fausto seria concebida num outro canto do salão.

Se não fosse pelo comentário de Fausto sobre a roupa, talvez não sentisse o velho paletó começar a asfixiá-lo, gravata a enforcá-lo e a bebida subir-lhe velozmente às faces. A qualquer momento Magda chegaria para conhecê-lo, como ameaçara Fausto. Preferia se fixar nos tornozelos áureos de Isadora cujos pés não tinham contato com nada terrestre ou sólido segurando-a ao mundo. Os passos familiares batendo firme no chão, cada vez mais perto e destacando-se dos outros sons, avisaram: Fausto estava chegando; ensaiou expressão inteligente. Em auxílio, pensou em cinema, concentrou-se na tese atualmente pré-histórica sobre a vitalidade dos letreiros de filmes mudos... "Esse tipo de letreiro introduz na ação a língua falada e viva. Há muito a dizer sobre sua importância"... e maldisse por estar nesse lugar, nessa reunião sinistra que não lhe dizia nada, nem seu paletó condizente, e pela primeira vez cogitou a possibilidade de largar tudo o relacionado ao cine-

186 • MIGUEL ANGEL

ma, afundar de vez seu *Encouraçado* junto com os ideais que o jogaram nesse circo de feras e saltimbancos, destacando-se entre todos eles, "Lauro-Piolin". Contudo, antes de dar um passo para a fuga, o garçom se interpôs, estendendo a bandeja com copo de uísque; esvaziou de um gole o resto no seu e trocou-o pelo oferecido. Cúmplice de sua covardia sem o saber, o garçom levou junto com o copo vazio parte de seu ânimo "pugnaz", como diria Fausto. Obedecendo à sua propensão, resolveu esperar até ouvir – "Lauro!" – para voltar-se, munido do sorriso roubado de algum filme. Congelou a boca no ríctus.

– Magda, este é Lauro, o amigo de que te falei.

Esmeraldas, ondas nervosas do mar, folha iluminada de planta exótica, limão ou oliveira? Qual seria o verde escolhido para definir melhor a cor daqueles olhos? Penetrante, profundo, secreto, sensual... perturbado; isso tudo definiria seu olhar? Não, existia algo mais, e o que fosse, era indecifrável esfinge... "O primeiro plano concentra violentamente a atenção do espectador sobre um detalhe que no curso da ação e naquele momento concreto é o mais importante..."

– *Beau jeune homme souriant*. Fausto me falou muito deste amigo. Mas nada disse de seus olhos negros, parecidos aos que vi uma vez em Madri, em Picasso. Outro grande artista.

Veludo, sedução em cada palavra; *délicatesse*, sexualidade no calor animal de gata, nas mãos apertando a sua e onde a deixou por longo minuto aninhada, fazendo todas as defesas se extinguirem, como se extinguiram de sua cabeça Isadora Duncan, sua tese, a reunião, a casa, o cinema falado, Joan Crawford... Só ficou o uísque e "o primeiro plano" daquela bela mulher. O minuto terminou e tudo voltou ruidosamente: as vozes, os barulhos, seu paletó apertado, o sorriso tinindo de orgulho de Fausto, a cor vermelha do vestido de Laura vindo na sua direção, trazendo pelo braço o acadêmico poeta. Voltou também outro uísque, proporcionado pelo desvelo profis-

A CENA MUDA • **187**

sional do atento garçom. Inquieta, Magda fez sinal e de algum lugar apareceu um *maître* ou mordomo com cigarreira e isqueiro. Ela pegou um cigarro e o homem o acendeu, afastando-se imediatamente. Depois de longa tragada, feita de olhos fechados "pela capela" ligeiramente pintada em tons verdes, Magda dirigiu-se calmamente em direção de um dos sofás levando consigo Fausto pelo braço. Ao vê-los afastando-se esquecidos dele, o paletó de Lauro apertou mais. Porém, depois de darem alguns passos ela se deteve, virou-se e num aceno acompanhando esboço de sorriso, chamou Lauro. Obedeceu incontinenti e o paletó desapertou aliviado. Com um homem em cada braço, Magda atravessou o salão até chegar ao sofá escolhido: vermelho-paixão. Laura e o poeta desviaram o rumo, seguindo-os. Magda sentou-se ao lado de um abajur: luz trivial ficando mágica ao iluminar-lhe o rosto, branco nuvem ou neve.

"...Em muitos filmes se vêem partes, por exemplo, o Primeiro Plano, que têm sido rodadas de maneira a seus contornos ficarem imprecisos. Com esse método obtém-se, em cenas de lirismo pronunciado, uma certa doçura e suavidade..."

E o atento e incansável garçom, possivelmente obedecendo a determinações de Laura, não lhe deu trégua; já estava no quarto copo quando foi prestar atenção ao poeta, graças ao puxão sutil no ombro dado por Fausto sentado no braço de seu sofá. Guilherme de Almeida, de terno escuro e charme, não desviava o olhar de Magda e de seu perfil de esfinge aparentando ouvir o poeta monologando algo parecido a um discurso erudito e cujo discernimento Lauro não conseguira captar, em parte por causa de Laura, sentada no outro braço do sofá, cochichando ansiosa tagarelices ininteligíveis, balançando os olhos em olhar bovino de mulher carente. Preferia vê-la aloprada, quando se tornava mais agressiva, mais puta, como na noite em que a conheceu, sem esse autocompadecimento irritante. Tão coitada e tão chata, Laura. Fazia-o lem-

188 • MIGUEL ANGEL

brar Ana reclamando por não lhe dar a merecida atenção! Ana aprendera a controlar-se com essas exigências infantis. depois de muitas discussões lambuzadas a muxoxos e bicos. Como os feitos ao insinuar-lhe que devia parar de escamotear-se com pretextos para evitar as aulas de teatro conseguidas por amigos na Escola Dramática; ou ao dizer que compareceria à festa de Fausto mesmo sem ela. Fastidioso lidar com Ana! Apesar disso, continuava com essa relação. Preguiça? Seu paternalismo ainda lhe provocaria uma úlcera. Mas Laura? Bem, ela não tinha nada a ver com ele. E era somente um festejo ou sarau para alguns, agrupamento político para outros, e a qualquer hora podia sair dali. Enfocou a mirada: à sua frente, o poeta da Academia de Letras desfolhava pétalas de algum epílogo sem disfarçar a quem se dirigia. Porém, a esfinge branca resolvera não ser decifrada; devia guardar segredos bem escondidos no mar verde de seu olhar, aconchegando peixes cegos nas profundezas de sua alma, e não parecia preocupada com a presença desses homens em seus domínios. Eqüidistante, mantinha pincelada de sorriso gentil e educado na comissura dos lábios rubros. Alguém se atreveria a pedir mais? Concluía Guilherme:

– Por isso, a língua é som, cores e perfumes. Ouça:
Quand vous serez bien veille, au soir à la chandelle,
Assise auprès du feu, devidant et filant,
Direz chantant mes vers, en vous esmeurueillant:
Ronsard me celebrâit du temps qui i estois belle[1].

Alguns convidados bateram palmas de pelúcia. Guilherme pareceu despertar e agradeceu fingindo corar. Magda ampliou um milímetro o sorriso, disfarçando olhar esquadrinhador pelo

---

1. Quando fores bem velha, à noite, à luz de vela,/Junto ao fogo, dobando o fio e fiando,/Dirás, ao recitar meus versos e pasmando:/Ronsard me celebrou no tempo em que fui bela.

salão, até fixá-lo num discreto canto do extremo oposto: seu marido Ricardo e alguns indivíduos rodeavam um ancião, atento ao que lhe diziam a meia-voz. Lauro perseguiu o mirar dela até focalizar o destino. Percebeu o marido procurando-a com o olhar. Ao localizá-la, a pálpebra pareceu piscar de maneira especial, como um sinal perturbador. Magda esmagou o cigarro no cinzeiro e levantou-se. Os cavalheiros fizeram o mesmo, menos Lauro, que, por falta de decoro ou por uísque, não se mexeu. Com elegante ademane, indicou as poltronas e todos voltaram a se sentar. Em seguida afastou-se em direção ao grupo onde aguardava a pálpebra tiritante. Um pouco constrangidos, alguns voltaram os olhos para o convidado do lado, parecendo acordar de um feitiço. Sorrisos melífluos, tosses educadas, copos esvaziados, cigarros acendidos, poeta mudo, tudo na tentativa de preencher o vazio jogado por Magda sobre o sofá vermelho, vermelho-sangue. Ao aproximar-se do outro grupo, ao vê-la, o velho ansioso abriu a boca coberta de bigode branco e empertigou-se. Os demais se afastaram, permitindo ao ancião recebê-la com um longo abraço afetuoso. Contudo, não devia estar tão bêbado, porque percebeu o tremor na pálpebra de Ricardo Alvarenga desaparecer no instante em que Magda, afastando-se do grupo, levou de braço dado o tranqüilizado velho.

"Cena 4:
Pelo corredor ao longo das grandes janelas, a mulher elegante ouve com atenção o homem velho falar. Ela deve aproximar o ouvido para ouvir melhor seus murmúrios:
Letreiro:
"Magda, meu anjo, me conheces bem, já nos divertimos bastante em Buenos Aires, Itália, Espanha, ainda embaixador, lembras? Eras garotinha tão bela, não mais que hoje, seguramente, com teu pai, amigo de todas as horas..."

190 • MIGUEL ANGEL

A mulher elegante sorri carinhosamente e aperta com mais força o braço do ancião.

Letreiro:

"Então, querida, estava eu na capital a descansar meus velhos ossos de 73 anos, longe desta Paulicéia querida e sofrida... então o Vargas me exige este cargo de interventor... e neste momento, diante deste impasse, devo tomar posição... São Paulo exige liberdade para escolher seu próprio secretariado, do contrário poderá correr sangue, seria uma guerra fratricida de proporções que... me encontro entre duas paredes, ma petite. *A fidelidade daquele que me nomeou, e a outra, dos frentistas coestaduanos dispostos até a me aclamar governador..."*

A mulher pára de repente, segura as mãos do homem, abraça-o e beija-o nas faces. Depois, com um lenço tirado da manga, limpa as manchas de batom na pele apergaminhada. Primeiro Plano dos lábios dela:

Letreiro:

"To be or not to be"

– Lauro! – neste momento, sentado ao lado do poeta, Fausto acordava o roteirista, chamando-o a participar da conversa acompanhado de discreto gesto das sobrancelhas. Laura não estava mais por perto. Guilherme dizia: um filme desacostumado, ou "yankeemente" falando, *unconventional*, tanto na teoria, isto é, no argumento, na tese que discute, quanto na prática, isto é, na sua realização: direção e interpretação...

Lauro entendeu melhor as pretensões de Fausto, fazê-lo entrosar-se naquele mundo diferente do seu: provinciano e tão pobre de verbas como rico em pretensão. Guilherme parecia pertencer ao rico nos dois itens. "Sem chance, Mefisto", colocaria no letreiro entre as frases do poeta:

– ... Esse tema é executado com grande inteligência. Naturalmente, filme de *thèse* é talvez, e tem de ser dialogado demais...

Fausto pareceu ler o imaginário letreiro; levantou e andou na direção de Lauro, colocou-se a seu lado, a mão apertou o ombro e a mandíbula enrijeceu. O poeta interrompeu-se, aguardando com sorriso sutil. Conhecia Fausto.

– Guilhe, este é meu amigo Lauro, um cinematografista de *these*. Daí termos enveredado a conversa para o cinema, caro poeta. Seus projetos são ambiciosos. As narrativas excessivas e longas demais de algumas de suas propostas parecem ter-lhe tirado a capacidade de dialogar na vida real. Não é, Lauro? Teus letreiros monumentais precisam de mais de cinqüenta metros de película para explicarem o que as imagens mudas não conseguem. No entanto, na vida real tua imagem é explícita demais, dispensa até letreiros, podemos adivinhar até o título da obra: "A Bebida nos seus Excessos Vexativos". Teu próximo projeto?

Puro "Mefisto" destilando insolência e críticas inesperadas a seu trabalho.

O uísque no sangue de Lauro, percorrendo todo o corpo sufocado pelo paletó, deixava fragmentos de álcool no cérebro, impedindo-o de se concentrar e captar a ironia exata e devastadora que responderia à provocação de Fausto. Grosseiro Fausto! O poeta aguardava o desenlace, e, com ele, alguns outros convidados-espectadores; não entendendo as entrelinhas, entretanto, farejavam peleja; muitos também conheciam Fausto e suas lendárias contendas sibilinas e arrasadoras. Palavras saltitantes que não conseguia alinhavar perturbavam Lauro, o calor da iminente vexação pingava em suor na testa e no lábio superior. Atormentado, adivinhava seus olhos vermelhos, rodando à procura de alvo imóvel; na verdade tentando escapar à mirada de Mefisto.

De repente, o primeiro plano de Laura apareceu na frente filtrando e obscurecendo como abençoado íris, Fausto inamistoso e a sedenta platéia de sorriso estúpido... o despenteado, o hálito e o olhar bovino de Laura indicavam que sumira para beber escondida. Sentou ao lado e grudou no seu ouvido:

– Larga esse copo. Vem comigo, Lauro, deixa te mostrar uma coisa.

Então existiam mesmo deuses celestes específicos cuidando dos bêbados, deviam ser eles os mandantes de Laura salvá-lo do vexame! Bom saber disso.

– Isso, leva ele. Pudovkin e a mudez "é morta", viva o estrompido do som! – mordeu Mefisto, dando-lhes as costas e voltando-se para o poeta, imitando-lhe burlesco o sorriso cordial de compreensão ao ver Lauro sendo alçado do sofá sem muita discrição por Laura. Enquanto se afastava, cuidando para não se apoiar demais nela, ainda ouviu Mefisto se dirigindo ao poeta recitar com ódio entre lobo e cão.

– E agora, é melhor "nos mandarmos, açoitados através das águas marulhosas e das bebidas derramadas, rolar sob o ladrido dos cães de guarda". *La séance est terminée!*

– Simplicidade, meu caro Fausto... simplicidade... ser como as rosas, o céu sem fim, a árvore, o rio... Por que não há de ser toda gente também assim? – tentava acalmar a fúria o poeta, levantando-se e acompanhando o anfitrião aspirando exageradamente o ar como se lhe faltasse.

Depois do olhar assassino de Mefisto, o que viu por último antes de sair do salão foi Magda se aproximando. De novo os deuses o ajudaram. Fizeram-na ir em direção aos outros dois. Ao chegarem à cozinha, foram acudidos por alguns serviçais. Laura enxotou-os e, atravessando a imensa cozinha, deram num cômodo, pequeno vestíbulo ou ante-sala; ele jamais saberia. Laura ajudou sua preciosa carga a sentar-se numa cadeira, fazendo o mesmo a seu lado. Segurou-lhe as mãos, levou-as ao colo, suspirou apertando-as contra ele.

– Fausto me disse para não encher teu saco, que você é amigo dele. E vem aqui porque gosta dele e... de mim, você gosta?

Aqui, espalmou uma das mãos dele e a introduziu dentro do decote.

– Meu peito está molhado de suor. Está sentindo meu coração? Lembra a noite quando nos conhecemos?

E então, Lauro sentiu pinçada na virilha. A experiência erótica com ela naquela visita, e o pai e o lençol e... Porém as mensagens de seus neurônios ao cérebro e sua sexualidade abarrotadas de álcool... a ereção infalível em situação semelhante custava a se prontificar. A respiração de Laura ficou acelerada, olhou em volta certificando-se não ter ninguém por perto. Só os barulhos provenientes da movimentação na cozinha ao lado chegavam até eles. Lauro debatia-se com a dificuldade de focalizar Laura, muito mais a mãozinha gorducha mexendo na suas calças. No entanto, ao contrário daquela primeira vez, o excesso de bebida tornara seu pênis refratário ao avanço da mão na braguilha... "A bebida e seus excessos." "Morra, Pudovkin!" Maldito Mefisto! Então existiam críticas escondidas a seu trabalho. Ou teria dito tudo aquilo para se vingar de seu desinteresse pela conversa pomposa do poeta? "Letreiros apelativos, incômodos e "ver-bor-rá-gi-cos" do seu *Encouraçado*. Maléfico Fausto! O que aqueles esnobes entendiam de cinema? O que tinha aquele uísque? Bebera além da conta. "A bebida nos seus excessos vexativos." E Laura? Onde estava ela? Entre suas pernas. Sumiram os deuses dos bêbados? Não enxergavam sua aflição? Os malditos deviam estar rindo e pulando no seu estômago. E Laura aproveitando-se. Pobre Laura, tinha-o à sua mercê, porém o maldito não correspondia. Em cruel compensação, o estômago soçobrou perigosamente de vazio e álcool. Se vomitasse numa hora dessas, no dia seguinte teria tudo preparado para o suicídio, e jamais encontrariam seu corpo. Pensou em Magda, esfinge misteriosa, mulher abrasadora; ela não andava, deslocava-se sobre mágicos trilhos invisíveis em longo *travelling*. Concentrou-se em Ana e sua rebolante bunda branca, seus olhares de sacana caçando marido pelo rabo. Visualizá-la trepando podia ajudar: "Lívio a convidaria ao cinema, no meio do filme – não importa qual! –, levaria o braço até o encosto da poltrona e, como sem querer, deixaria a mão repousar sobre os ombros dela. Percebendo a intenção, ela ficaria excitada, ainda mais pelo perigo de serem vistos. A mão dele escorregaria até o decote acariciando o seio. Cada vez mais excitada, Ana apoiaria a mão na coxa dele e pouco a pouco iria subindo até chegar à braguilha. Aproveitando-se do escuro numa passagem especialmente pouco iluminada do filme, ele desnudaria o seio e o levaria à boca, e ela já teria aberto a braguilha e colocado para fora o pau, masturbando-o excitadíssima. Sem poder se conter, abaixando-se, colocaria o membro dentro da boca, fazendo vaivém que provocaria o gozo prolongado... Poderia se passar naquela cena longa e bem escura de *A Mãe*... 'um filme de Eisenstein é um grito, um filme de Pudovkin evoca um canto'... Não importa qual o filme, seu imbecil!" Laura de joelhos tentando abocanhar o cinéfilo e retirante traidor; a cozinheira olhando para eles de boca e olhos arregalados em mudez de espanto; a comicidade pelo choque moral estampado na sua imobilidade trouxe ameaça de risada e o soluço que teria gostado de mostrar a Fausto, à Academia de Letras e aos amiguinhos burgueses do salão. Desgraçado Fausto! Nesse ínterim, Laura percebeu o que se passava detrás dela e virou-se, desestabilizando a gorda cozinheira, com um grito gutural de *baleine en colère* ou gata apanhada em flagrante na iminência do bote. Apavorada, a cozinheira fugiu fragorosamente. Depois de desaparecer cozinha adentro e amenizar-se o tumulto de panelas atropeladas, Laura voltou a si. "Vem cá, Lauro, preciso te mostrar uma coisa." Devolveu o carrapicho às calças, agarrou suas mãos, puxou para ajudá-lo outra vez a levantar. E a seguiu, puxado pelo cabresto da mão nervosa por corredores (seriam os mesmo daquela vez primeira?), andaram depressa; "O traseiro nu saracoteando parecia rir de sua cara espantada". Pela porta aberta de um sopetão, entraram em um quarto (o mesmo?); de um empurrão deitou num sofá, com um safanão tiraram-lhe as calças, e, minuto depois, boca esperta e insistente endireitou e por fim endureceu o almofadinha rufião. Vigorosa chupada trouxe néctar ao qual Laura abençoou com a alegria esfuziante de troféu reconquistado e há muito tempo almejado. Com vigor preparou-se para continuar a colheita, subindo o vestido e arrancando a calcinha. Iniciando a escalada do monte, abriu as pernas montando em cima da barriga dele... "Ana sentaria no colo de Lívio, já arrancada a calcinha, e, abaixando-se para não ser vista pelas pessoas sentadas atrás, sacana experiente sacudindo a bunda, embocaria o pau, entrando rapidamente. Lívio disfarçaria seu desfrute com cara de safado, perguntando-se se ela esfacelaria seu pau..." Ainda tonto, sentiu o calor dos pêlos molhados esfregando-se na sua virilha. A mãozinha gorducha de Laura agarrou o pênis para conduzi-lo "e ele a teria penetrado e gozado com doce sensação"... Foi nessa culminância que a porta se abriu no mesmo supetão e alguém de pé na porta estancou; Laura deu grito de ódio no seu ouvido. "Quem é o merda que está aí? Fora! Não vou dividir com ninguém!" E o ribombar de resposta: "Por que você não se mata, filha da puta!? E leva junto esse vexame alcoolizado debaixo de você!" O resto foi estrondo confuso de gritos, portas batendo, obscuridade e ataque de epilepsia.

Monumental.

1ª FOLHA DA NOITE Extraordinaria

O sr. Pedro de Toledo será acclamado presidente de S. Paulo ás 15 horas no Palacio da cidade

O MOVIMENTO DE VISITAS E ADHESÕES, TANTO MILITARES QUANTO CIVIS, CONTINUA INTENSO NOS CAMPOS ELYSEOS

Ao povo paulista

CORTADAS AS COMMUNICAÇÕES COM A CAPITAL FEDERAL

As forças de Matto Grosso estão em Baurú

A'S ARMAS, PAULISTAS

A vanguarda revolucionaria attingiu Cruzeiro

SALVO-CONDUCTOS

Aniversário de São Paulo.
Colar de Presente.
Jandira, Champagne e Cocaína
não se Misturam.

Pierre não olhou nenhuma vez pelo espelho retrovisor do Packard de Magda. As mulheres não proferiram nenhuma palavra durante todo o trajeto. Mas ele as sabia de mãos dadas. Só não tinha certeza se madame suspeitava que tinha aberto o bico para o doutor. Perto da mesma casa que ele e agora também Ricardo Alvarenga conheciam muito bem, parou o carro. Desligou o motor e aguardou. Magda foi a primeira a sair, seguida de Jandira, carregando cesto de palha. Magda murmurou: "Até amanhã, Pierre, *de grand matin*". Viu-as se afastando a passos rápidos. Estava claro que não queriam ser vistas entrando na casa localizada na parte mais alta do barranco, que, mesmo quase escondida, ainda era beneficiada pela estratégia que a natureza colocara na sua frente: dois grandes flamboyants, cujas sombras e o lusco-fusco da tarde ajudavam mais a ocultar. Num

198 • MIGUEL ANGEL

instante desapareceram detrás delas. "Até a manicura metida nessa?" Que fariam essas duas com aquele cesto? Bom, não era a primeira vez a madame trazer cestos cheios de garrafas e comidas. Ele entrara só uma vez na casa, por ocasião de ajudar madame a descarregar alguns bagulhos. O lugar era modesto, ainda assim, bem melhor daqueles em que vivera na sua vida. E vira o negro pela terceira vez. A primeira trazendo os dois do Guarujá, a segunda levando bilhete de madame endereçado a ele. O besunto respondeu ao chamado abrindo a porta e, sem dizer nada, pegara o bilhete e fechara a porta na sua cara. Só preto fugido para tanta precaução. Teria mais alguém dentro da casa? Como ela se metera com um "carinegro" desses? Por que ela não aproveitava o chofer? Ele não era preto e nem homem de se jogar fora. Se era pra "botar boné" no marido, podia fazê-lo com o chofer, como muitas outras madames. Se tivesse culhões a agarraria no carro mesmo. *"Pierre, pára com essas besteiras, cê tem mesmo culhões é pra alcaguetar, te manda daqui, dedo duro de merda."* Tá ficando tarde, melhor voltar pra Paulista. Entretanto, a cozinheira Sebastiana o achava bom amante, tirante o olho meio enviesado. *"E essa pança esquisita? Onde já se viu esqueleto com pança? Melhor ter cuidado e não se meter com a patroa. Vai rezando pra ela não descobrir tua traição."* Daria qualquer troço para saber o que se passava lá dentro, daria. *"Dá nada! Como se não soubesse, motorista safado."* Isso. Motorista de praça, teria carro próprio no próximo ano. Não importava a marca, servia mesmo um carrão como esse Packard de madame. Mas preferia o Rolls-Royce do doutor, mais possante, macio... *"Pára com essas besteiras, Severino!"* Ter carro só seu, valia ter contado para o doutor, não? *"Pra Paulista, Pierre! Evitando a manifestação na Praça do Patriarca. E daqui em diante, não abre mais essa boca, olho de bunda, que a Lady nem seu carro é angu pra tua pança!"* Qual pança?

* * *

Jandira sabia muito bem qual a razão de estarem ali, Magda tinha sido bastante clara. Fariam aquilo de brincar juntas, porém, na presença de amigo que gostava de ver e até participar. Magda dissera isso entre um beijo e muitas carícias. Safadeza um pouco estranha, mas nada que inspirasse desconfiança. Afinal, fazendo com ela tantas vezes e cada vez melhor, ganhara experiência e segurança. E seria seu presente de aniversário, mesma data do aniversário da cidade de São Paulo.

Ficara orgulhosa de si mesma. Elogio vindo de mulher assim, dizendo de sua pele, seu corpo, sua boca, era bom... Voltando para casa depois daquelas sessões, restos de excitação a acompanhavam. Assim, um contentamento... enrolava a língua para não contar a Ana. Sentia às vezes vontade de ser penetrada de verdade, mas preferia afastar essas idéias lembrando-se do "monstro" entre as pernas do Agenor e acreditando tratar-se de traição a Magda. No momento em que disse que comemorariam seu aniversário fazendo junto com homem, ficara muito excitada, apesar do receio. E o temor de traí-la em pensamentos perdera o sentido. Entretanto, ela nada disse sobre tratar-se de negro! Homem, sim, estava disposta a experimentar de novo, se livrar desse trauma incômodo. Mas negro? O que ela via num homem assim? Como era possível madame igual a essa ter amigo preto? Na ocasião do convite, pensou tratar-se de algum desses grã-finos amigos dela, da Hípica ou do Automóvel Clube, por exemplo. Conhecia muitos de vista. Nunca lhe passou pela cabeça... Negro bonitão, era verdade, bem vestido, limpo e parecia educado. Contudo, negro era negro. Não pelo racismo, não era nada disso. Vizinhos da mãe em Santos eram quase todos pretos, conhecia muitos, conversava com eles quando visitava Paulinho. Neste caso era diferente.

Ao entrarem na casa, prestimoso ele pegou a cesta que carregava e colocou-a sobre a mesa. Magda parecia excitante, tirou o chapéu e o jogou no sofá, sentando-se de imediato na cadeira ao lado da mesa, observando todos os movimentos. Como ela, Jandira não pôde evitar sorrir ao vê-lo tirando da cesta embrulhos de alimentos e guloseimas. Olhava para as duas a cada pacote retirado, brindava com sorriso que se destacava de sua pele escura, "como se tivesse luz dentro da boca". Difícil tirar os olhos de cima dele. Lembrou Paulinho abrindo seus presentinhos. Magda chamou sua atenção pegando a bolsa e ficando de pé.

— Vou me trocar. Jandira, você vem? — e saiu da sala. Ela a seguiu. Entraram no quarto. Mesmo tendo alguns toques femininos aqui e ali marcando a presença de Magda, percebia-se claramente nesse quarto morar um homem. Limpo e arrumado. E preto! Teria coragem para tocar no assunto?

Magda sentou-se na grande cama, abriu a bolsa e tirou uma calcinha de renda preta. Jandira só vira igual em loja fina e anúncios de revista. E nela. Experiente, em segundos ficou nua e a vestiu, só então olhou-a com ar de estar descobrindo-a nesse instante.

— *Ma chérie*, que você está esperando?

Magda sempre sabia o que ela esperava. E sabia novamente.

— Faz de conta que estamos sozinhas, por enquanto. Ele virá depois, *mon amour*. Nos conhecer melhor — e riu da maneira excitadamente alegre a que estava habituada. Bela mulher. Se Ana a visse, acreditaria tratar-se de artista de cinema, a tonta seria até capaz de pedir autógrafo! Sem saber do amante negro, naturalmente.

Magda apertou os mamilos enquanto vagava seu olhar, ignorando novamente a presença de Jandira, afastando-se para território próprio onde ninguém podia entrar, abandonando quem estivesse necessitando-a. "Perigo amar uma mulher as-

sim. Vivendo em perigo, então? Sim, pensou, perguntou e respondeu Jandira, com leve tremor no lábio inferior. Beicinho, como Paulinho com medo. Magda empertigou-se subitamente:
– O champanhe, *chérie!* Não vamos esquecer. Traz para nós, *s'il vous plaît.* Vamos nos divertir *maintenant.* Vai, aniversariante!

Jandira acordou da melancolia aconchegando-se no peito e, obediente, saiu do quarto, buscar champanhe e alegria.

Preparando lanche, o negro parou ao vê-la entrar. Mas não de mastigar detrás do sorriso. Adivinhando o que desejava, tirou de dentro do cesto duas garrafas de champanhe. Ela segurou-as por alguns segundos sem deixar de encará-lo, procurando entender, descobrir por que ele estava ali, por que Magda o convidara, ela não bastava? Sem descobrir nada, e receosa ao perceber o cisco clandestino da inveja e do ciúme piscar nos seus olhos, voltou ao quarto. À medida que se afastava, sentiu os olhos dele grudados no seu traseiro. Estaria fazendo comparações?

Estava: "Da Sinhá é maior. Os peitos também. Só a boca. Parecida com a dele, carnosa e grande. Maior que a de Sinhá. Pele mais escura. Não devia existir pele mais branca que a de Sinhá. Isso era seguro. Mas essa aí, morena china. Bonitona. Desavergonhada igual Sinhá? Veremos mais tarde".

Jandira no quarto procura Magda, chama-a. Do banheiro, a resposta: "Abre a garrafa, *pour le moment,* estou lavando os copos. Vou em um minuto!", enquanto da bolsa tira colar de pérolas e saquinho de pó branco. Joga parte na mão e aspira profundamente, fazendo-o desaparecer dentro das narinas. Despeja mais numa das taças. "Melhor Jandira saber? *Attendre.* Aos poucos aprenderá." Esconde o colar dentro da calcinha, arruma-o entre os grandes lábios de sua "preciosa". Antes de sair, olha-se no espelho e acha-se mais linda que nunca. Entra no quarto no momento de ver Jandira abrir a garrafa com

202 • MIGUEL ANGEL

esforço. Da sala, Tonho ouve o estouro da rolha. Engole o mastigado, engasga-se um pouco. Do armário tira garrafa de pinga já aberta, bebe no gargalo, faz cara feia. Termina de engolir, fecha os olhos lacrimejando com o ardor no peito e na garganta. Remata queimação com outro trago. Tosse, "coisa de fedelho. Homão deste tamanho, sô".

Magda oferece cálice de champanhe a Jandira, que o pega sem ver, cativada pelos seios nus na sua frente. Depois, sem Jandira perceber, Magda enche a sua, observando o pó branco diluir-se no frisante da bebida, a seguir bebe longo trago e deposita a taça sobre o criado mudo. Depois encosta o corpo por trás de Jandira e no abraço desabotoa-lhe a frente da blusa. Saboreando com lentura o momento, beija-a na nuca, provocando em Jandira arrepios que sempre sentia com duas coisas neste mundo: champanhe e a boca úmida de Magda. Fecha os olhos pressentindo o que vinha em seguida: as mãos dela nos seus peitos, libertando-os carinhosamente do sutiã, apertando e arranhando de leve os mamilos. Sem ver a outra bebericando atrás dela, vira-se preparada para beijar, e, ao fazê-lo, surpreende-se sentindo vir da boca de Magda o líquido agridoce entrando na sua. Engole e mordisca a língua inquieta dentro de sua boca. Os mamilos de ambas estão endurecidos, entretanto, é Jandira lambendo os da outra, brincando de morder, ao sugá-los. Ela ama aqueles seios brancos mais que aos seus.

– *Cet amour. Cet amour qui faisait peur aux autres*[1] – Magda murmura e Jandira gosta, mesmo sem entender direito. Sabe que é amor. E com amor vai descendo pelo corpo, beijando e lambendo até o umbigo perfumado, brinca de penetrá-lo com a língua, Magda gosta disso, lhe faz rir e rindo se joga na cama de pernas abertas, descansando os pés nos ombros de Jandira, que, entre elas, se assusta com o que a boca sente debaixo da

---

1. Este amor. Este amor que dava medo aos outros.

calcinha; olhando Magda e seu sorriso encantador, começa a adivinhar: sem pressa, quase num afago, vai tirando a calcinha preta, beijando o que vai desnudando, até encontrar o colar de pérolas emaranhado nos pêlos; com os dentes, vai resgatando-o pérola a pérola. Ao retirá-lo de vez, ouve a voz profunda, séria, amorosa: "Feliz aniversário, Jandira, *ma petite*". Após colocar o colar no pescoço e de um gole esvaziar a taça de Magda, Jandira acaba de lhe tirar a calcinha. Engasga um emocionado "obrigada, Magda, por mais este presente" e mergulha entre suas pernas, regando com saliva e lágrimas de gratidão aquilo que também é seu.

Na sala, quase pronto, ele espera. Ver no que vai dar essa idéia de Sinhá trazer a outra para eles brincar. Festa de aniversário! "Mulher despachada, Sinhá. *Muito pra um negro só? Tamanhão desses com medo de duas? Crioulo mais abrumado, este!* Duas mulher trepando é troço nunca visto. Sabe sim. Mas ver de ver, nunca. Duas assanhada seria bom de ver juntas." Sente o picaçu acordar com a imagem, retomar seu espaço entre as pernas e levantar-se, pronto para qualquer entrevero. Ele também fica de pé e dá-lhe leve apertão no cabeçote do danado. Satisfação passa pelo corpo todo. Tira as calças que atrapalham e sufocam o andor vertiginoso para frente, para cima, procurando alimento, igual cobra atrás de greta. Cego, quente, duro e surdo não dá trela nem se importa com nada, obsessivo, toma conta dos pensamentos do homem, tenta alcançar a barriga, sem conseguir, fica apontando o caminho do homem. Obediente ao tirano, seguindo-o, vai atrás; juntos dirigem-se à porta do quarto. Duas cabeças, uma intenção. E um verso de Sinhá numa delas: *"África no sangue/e no corpo coberto de pele/acafetada e perfumada".* – Quer mais agrado, negro presunçoso? – *Quer não. Assim tá'bão.* Feliz aniversário para a china, então. *E para São Paulo também!*

Paralizado na soleira da porta, seu picaçu murchou ao ver Jandira jogada no chão se debatendo e de sua boca sair espuma. Na cama, Magda meneava a cabeça repetidamente em sinal de "não".

– Que deu na china, sinhá? – sem esperar por resposta chegou perto de Jandira e ajoelhou-se, olhava ora para ela ora para Magda, na expressão de seu rosto, perguntas. Magda, atordoada, perdida a lucidez, sacudia a cabeça como afugentando insetos e perguntas.

Jandira ficou quieta. Olhos abertos sem mais brilho, da boca, espuma e vômito, a seu lado, a taça vazia de champanhe; ao vê-la, Tonho deduziu causas e efeitos.

Subitamente, Magda sentou na borda da cama e, acariciando os seios inconscientemente, gemeu e murmurou palavras que assustaram Tonho, mesmo sem entender seu significado.

– Apenas um beijo... o tremor de sua boca... era a morte agarrando... saliva e champanhe... pela casa, pela cama.

Mesmo isolado do delírio dela, Tonho sentiu seu desamparo. Sentou-se ao lado e delicadamente deitou-a na cama. A seguir, fez o sabido, cobriu-a por inteiro com seu corpo negro e quente como cobertor em noite fria. E sussurrou.

– Sinhá não tem culpa. Precisa ter medo, não, Sinhá.

Longo tempo se passou até Magda parecer acordar. Agarrou o rosto dele entre suas mãos, procurando seus olhos, e gemeu:

– Me beija? Me come?...

Sem parecer ter ouvido, ele levantou-se, cobriu-a com o lençol e saiu do quarto; voltou pouco depois vestindo as calças.

– Cuidar da china primeiro, Sinhá.

Tristeza, Magda? Sensação nova, essa.

Morrer neste momento seria bênção! No entanto, você não acredita em bênção milagrosa.

Ou é tristeza por não merecer perdão algum? Terias perdão se dissesses não conceber pudesse acontecer isso com alguém.

– Um beijo? – interroga em sussurro.

Impregnado de teu vício!

Você não pode entender por que o faz desde que tem memória.

No entanto, Jandira era diferente.

Jamais os olhos e seu corpo moreno vão desaparecer de tua cabeça, Magda. Morte e amor naqueles olhos cravejados de terror.

– O tremor de sua boca era desejo – murmura Magda.

Era desespero por deixar-te.

– Era de gozo. – assobia a garganta inchada.

Era a morte agarrando a vida que não queria sair.

Você não vai chorar, Magda?

– Era saliva ou champanhe na boca? – procura Magda.

Era o vômito de entranhas envenenadas!

A língua a sufocando não procurava a tua com intenção de beijo, era a atração da morte puxando-a para dentro.

E Jandira, "três vezes ergueu-se, levantando-se e apoiando-se sobre os cotovelos; três vezes caiu no leito e, com olhos vagos, procurou a luz no alto céu, e, encontrando-a, gemeu".

Porque a morte é sombra imóvel escondida entre os órgãos. Ela apenas dorme, esperando a hora de dar a ceifada.

Agarrou-se por dentro de Jandira de igual maneira você o fez na superfície de seu corpo.

E não adianta sacudir e gritar, porque ela é surda e cega. E ela queria sua Jandira: "Dum só golpe todo o calor se dissipa e a vida se perdeu no vento".

– Quem acordou ela? – vai soluçando a infante Magda.

Foi você, Magda! Com teus vícios!

Presta atenção! A morte neste momento anda pelo quarto, pela casa, em silêncio, não quer ninguém vendo a alegria

de estar liberta do corpo que a encerrava como um calabou-
ço, esse mesmo corpo, instrumento, brinquedo e vítima de teus
vícios.

– Pela casa, pela cama? – olhos molhados e amedrontados.

Está acariciando teu corpo. Cuidado, Magda, tua morte
pode acordar também!

– Tem absolvição em algum lugar? – implora inadvertida-
mente.

Absolvição? Que coragem!

Não tem coragem nem para amar o homem que após le-
vantar do chão o corpo frio de Jandira e nos braços levá-lo
para os fundos da casa e – você já sabe, viúva-negra! – seu
poço funesto.

– Então é minha morte! – castiga o desvario.

Não, Magda, você está condenavelmente viva.

No repouso que ficou, sente o vazio da vida emoldurando
teu corpo. Esse homem voltando a teu lado, sem Jandira, disse:

– Dei um jeito. Fica assim não, Sinhá.

Abraça-o, Magda, aperta-o com força e agradece por ele
se encontrar ali, vivo, a teu lado. Desmancha esse olhar de
bicho acuado, olhando para tua loucura.

E agora basta, Magda, esquece tua culpa e tenta novamen-
te ser feliz no mundo! Da maneira que você sabe fazer melhor.
E pode levar teu homem negro.

– Me beija, me come. Me estupra aqui, nesta lama! – lágrimas e temor de perder todas as ações investidas no prazer.

Tonho obedeceu.

Lambedeira, Facão e Morte.
Uma Faca Enterçada
menos Dois Olhos.
Corintiano Expulso de Campo.

Gostava de ficar assim, deitadão, gozando cansaço de trepação, lendo e folheando aquele jornal e pensando nas coisas da vida. Olhar vez por outra para Sinhá ao lado, quietinha e linda. Devia estar sonhando sem-vergonhice, ela era disso. *"Me embebeda de teu café,/dentro de mim derrama/teu elixir. Escravo fendedor/de minha concha!"* Só podia ser verso de quenga branca. Coitada, quase perdeu as estribeiras no caso da china. Pela primeira vez sentiu desamparo nela. Afoita, agarrou-se nele como para não morrer da mesma forma. Ele quis passar-lhe vida naquele momento; consolar o desespero. Pensou que Sinhá iria junto com a china. Muito azar da moça confundir as taças das bebidas; ou então queria mesmo tomar aquilo. Devia ser meio tísica para esse troço de drogas. Quem podia saber? Sinhá tomava aquilo e nada de fracatear. Foi azar. Bem, já passara. Fez o que podia e o aprendido na vida. Desapareceu com o corpo, que mais se podia fazer? Sem morto não tem culpado nem briga. Difícil alguém achar na profundeza daquele poço escondido pelo mato. No entanto, tem o sábio "nunca se sabe". Melhor sempre tomar cuidado.

Pelo acontecido, nascera uma estranheza entre eles. Estavam mudados; Sinhá, um pouco medrosa, não ria como antes. Um novo segredo nascera entre eles, maior que o xodó proibido pela sociedade. Voltou a pensar em escafeder-se antes do caso virar bagunça ou algo pior. Alguém procurar pela china? Descobrirem o corpo? Sinhá disse que cuidaria disso, se acontecesse. E o achava mais caladão depois do acontecido, era verdade, o melhor mesmo era esquecer certas coisas para se proteger, e melhor ainda, não falar mais no assunto. Falar do caso para quê? Para perder o agrado, o gozo de estarem juntos? Ou então pior, para quem? Ademais, não gostava de dar suas opiniões, vez por outra caía nessa asneira e ela ria na chacota. Nem sabia por quê. Até que estava informado mais ou menos sobre o que se passava em São Paulo e no Brasil, mesmo só lendo esse jornal de negros, *O Clarim D'Alvorada*. Também escreviam besteiras que só vendo. Isso nem precisava comentar com Sinhá.

"Hoje em dia", diz Lady Verney, "liga-se quasi inevitavelmente a idéa da educação á idéa de saber ler e escrever. Presentemente dá prova de ignorância crassa ou de estupidez, quem desconhece essas duas artes." Sabia essas duas artes e muitas outras que sua *lady* branca conhecia e a família do Gouveia também. *"O clube 13 de Maio dos homens pretos de São Paulo, constituindo a sua caixa beneficente, assistência medica e o seu bloco político, apanha sem duvida, o sceptro e colloca-se á frente dos demais gremios recreativos; porém essa iniciativa de alta precisão pôde ser ampliada si o 13 de Maio organizar uma confederação, trabalhando de commum accôrdo, entre os nossos grêmios confederados, batalhando sempre*

pelos bons costumes e sã moral, pelo bem estar de nossas famílias, combatendo os bailes rotulados, exterminando a promiscuidade, orientando a nossa mocidade ao rumo do dever, daremos em breve um largo passo á nossa decantada organização collectiva... Com essa visão clara e ampla que o 13 de Maio deve encarar as nossas necessidades." Seu "Diversos" devia ser meio lerdo para tê-lo convidado a freqüentar aquele Clube 13 de Maio. Tinha cara de preto de família? Aqueles eram um bando de crioulos metidos a brancos com todas as frescuras dos brancos, mendigando direitos.

"DUPLAMENTE SACRIFICADA, EIL-A NO SILENCIO DO VELHO SOLAR A EMBALAR O BRASIL PEQUENINO"

"IMPRENSA BRASILEIRA. Esse braço vertiginoso que, em meio ao evoluir crescente deste torrão hospitaleiro; ella, a culta e poderosa classe dos lidadores da penna, á frente de seus grandes orgãos, onde "O CLARIM D'ALVORADA" apparece em sendo o menor dos porta vozes, sustentando a sua alta finalidade de legítimo orgam da Mocidade Negra, a reiterar o seu appello de se fazer, O DIA DA MÃE PRETA." Tudo besteira. Ainda mais com cheiro de pólvora no ar da cidade, e eles vêm com essa de mãe? A dele era uma coitada, isso sim. Com raiva da libertação dos escravos, que lhe arrancara a senzala construída pelos brancos para ela e os filhos. Sempre um pouco criança, esquecia os sofrimentos e só tinha lembrança para as histórias contadas e as canções cantadas à noite para ele e os irmãos dormirem logo: "O quibungo é bicho de cabeça enorme, meio homem, assim meio animal, tem um buraco nas costas onde atira os meninos que persegue pra comer." E como dizia a canção?

"Toma lá curió, meu filho!

210 • MIGUEL ANGEL

Minha mãe sempre me dizia
Que o quibungo me comeria...
– Minha mãezinha
Do meu coração
Quibungo tererê,
Acudi-me depressa,
Quibungo tererê,
Quibungo quer me comer
Eu bem te dizia
Quibungo tererê,
que não andasses de noite."

Coisa de escravo, para meter medo nas crianças. Do mais, pouco ou nada lembrava. Da fome, sim. E das histórias contadas por ela. Da sua boca sem dentes saíam as fuças de demônios, dos bichos da África que só tinha por lá, e também a imagem do pai, sem nunca tê-lo visto. E não se parecia com os crioulos desses jornais e clubes imitando os brancos. "Dia da mãe preta!" Ficavam puxando o saco das autoridades que lhe davam porradas. O criouléu só servia para as revoluções inventadas em nome deles e do trabalhador que nem entendia direito por que as bombas caíam sobre suas casas. Esses almofadinhas do jornal sabiam disso, não? "Dia da mãe preta." Achava uma merda. Bom, tanto fazia como tanto fez. Não era de falar naquilo que não pensava. Conhecia seu lugar, mas se alguém viesse para cima dele, não era negro de se aquietar, não. Dava-lhe um tapacu até sangrar. Levar desaforo de branquelo? "Só tenho para te dá/ a bala do meu rifle;/a ponta do meu punhá." – Não vai acordar Sinhá, nego! – Era assim o canto cangaceiro. Ou parecido. Troço antigo. E hoje, em São Paulo, revolução de novo. Os mesmos militares de 1924, agora no poder em São Paulo, dando porrada nos paulistas contrários. Conseguiram dessa vez, voltaram seis anos depois babando para se vingarem, e até quando? Os paulistas iriam conseguir se livrar dos milicos? Dessa vez, eram eles os legalistas! Joviu? Iriam bombardear São Paulo? E paulista foge para onde? Para o Sul? Para o Norte? Para o Paraguai? Ia querer ver isso? Não. Para ele, essa merda de revolução e guerra, nunca mais. Dia da mãe preta! Negócio de crioulo metido a besta. E ele com isso? Largou o jornal sem fazer barulho para não acordar Sinhá e foi ao banheiro. Mijou aliviado quase um litro. Sacudiu o saliente. Ficou olhando seu orgulho, tão perdido em pensamentos, nem soube quanto tempo ficou assim meio dormitando em pé, apoiando os joelhos na privada, os braços na parede e a cabeça neles, assuntando e bestando como um negrote. Os nomes do seu orgulho Sinhá gostava de ouvir e de chamar, repetia como um cantador repentista: "birimbela, pinguelo, rola, pimba, pomba" e outros nomes bestas. E ele a racha dela: "preciosa, toca, greta". Riam disso. Pois é, "seu" Tonho, de família só Sinhá, e estava bem afamiliado assim. Cansado dessas bestices de mãe preta e clubes de negros e revolução e o caralho do monsenhor. Era assim mesmo. Pensar demais na vida cansa. Voltar para cama era melhor. Sua "família" o esperava. Apagou o sorriso que despontava ao ouvir o barulho característico da porta da rua se fechando. Sacudiu de novo o saliente e, ao virar-se para sair, bateu no nariz o odor catinguento de desconhecido por perto. Retesou os músculos das pernas e braços, pronto para o bote ou para a fuga, como bicho instintivo. Perfilou na porta entreaberta, espiando. Viu dois broncos já entrando no quarto, olhando tudo sem querer fazer barulho. Um preto buchudo e um branco bufento, cochichando entre eles, caçando com atenção. De orelha e olhos acesos, ferrou os dentes e lembrou num estalo da faca enterçada escondida debaixo do colchão. Amiga sempre disposta para um "chega-pra-lá" nos inimigos também dispostos. Ladrões? Ou da lei? Macacos não tinham a catinga destes. Nem a fuça. Escondeu a sua detrás da porta, aguardando oportunidade. Assim, em pêlo, sentia o abafamento do desamparo, boca amargosa aumentava insegurança, mas estava disposto a vender caro lá o que fosse os dois estavam querendo comprar. E, à guisa de pagamento, a lambedeira de palmo e meio de um e o facão do outro garantiam disposição de compra.

— A vaca tá dormindo, cadê o preto sujo?

Assinalou na direção do banheiro, o preto. Cuidadoso, vindo na sua direção, o branco. O outro se apartando, desapareceu da visão. O bafo chegou perto entrando pela fresta da porta semicerrada. Apertou-se detrás dela, segurando respiração, entreabriu os dedos dos pés preparando pulo de gato selvagem, fechou os punhos até afundar as unhas nas palmas, alargou as ventas. A mão do outro segurou a borda da porta, viu as unhas sujas tão perto da cara que arreganhou os dentes disposto a arrancar pedaço. O desconhecido terminou de abrir a porta encostando de leve no corpo, teve de se apertar ainda mais contra a parede.

— Aqui num tá — garantiu ao outro, encostando-se no batente da porta escancarada.

— Se tivesse cê já taria morto, sua besta! Deve ter saído para comprar alguns teréns. Volta logo. Deixar sozinha uma cadela gostosa como esta é que num vai. Nuinha e eu na pindura.

— Que tá aprontando aí, Moitão?

— Quem anda com preto só pode ser puta. A madame aqui gosta de preto. E eu sou um, uai!

— Deixa disso, nego, óia, o crioulo vai aparecê pra já.

— Ué, cê faz o serviço assim que assomá o nariz pela porta. Tição de merda precisa de dois, não. O pato preto, assim que vê a gente, vai se cagar todo. E eu tô ocupado agora. Tá com medo do preto, Corintiano?

— Medo, eu? Já meti faca nas costas... nos peitos de muito preto safado...

A CENA MUDA • **213**

Magda acordou murmurando: – Que está fazendo? É amigo dele? Aonde ele foi? ...

– Nem amigo do chifrudo! Eu como quieto as putas deles, então fecha o bico e abre as coxa, vai vê só o que tô querendo fazê. Vem cá, branquela. Assim, abre bem que minha rola tá queimando. Coisada mais boa... te mexe bem. Tá gostando que é uma lindura, não é puta?... Corintiano, seu merda, tá olhando o quê? Vai ficá de tocaia na porta da rua, infeliz. Pode ir esquentando, depois vai sê tua vez... assim, mulher! Aperta mais. Te mexe, sacode essa bunda!

O chamado Corintiano foi se afastando do banheiro em direção à porta do quarto. Sem deixar de olhar para a cama, arrumou o saco entre as pernas. Tão compenetrado com o espetáculo, nem percebeu alguém saindo de trás, acocorado junto com a sombra, e deslizando nos calcanhares com silêncio de gato e prontidão de pulo, sem contudo deixar de vigiar o outro homem. De relance, enxergou-o em cima de Sinhá, com as calças enroladas prendendo os tornozelos e bunda de fora, saracoteando desvairado. Ela em silêncio, garra cravada nas costas dele, parecia estar gostando: "Que tipa, essa mulher!" Antes do Corintiano chegar à porta, ainda sem tê-lo visto abaixado atrás dele, grudado no chão, desembestou numa corrida relâmpago e em dois pulos chegou até a cama, certeiro meteu a mão debaixo do colchão e retirou-a como raio já empunhando a faca. O chamado Moitão ficou apalermado, sem atinar nada, deu uma olhada no seu membro no instante de alcançar a culminância. Parecia saber ser o último: gozou entre as pernas dela ao mesmo tempo da garganta ser furada de lado a lado. Com movimento brusco fez a faca sair pela frente, rasgando a cartilagem da tiróide. Pendurado por fio de veia, o pomo-de-adão converteu-se em torneira por onde o sangue, saindo em golfadas, espalhava-se sobre a cama, lambuzando o corpo de Sinhá. Horrorizada, sufocando grito, apertou a boca com as mãos; a cabeça do caipora pendeu para um lado, depois para o outro, num sinal inútil de negativa. Procurando com o olhar o autor daquilo, esbugalhou os olhos tentando fixar a figura inquieta e anuviada ao lado; esta desembainhou a faca da garganta e, veloz, voltou a enterrá-la, agora num dos olhos aboticados que o miravam. Tudo tão rápido que o tal Corintiano, apoiado lá na porta, mal pôde limpar o fio de baba pendurado na boca aberta ao ver aquele demônio preto, nu e enfurecido furar o outro olho do companheiro, sempre o vigiando de esguelha. Concordou com sua covardia: aquilo era muita fúria para seu saco nessa hora murcho, e só pensou em sair dali. Para já. E o fez aos trancos, cozinha, portas e barranco abaixo.

O "demônio" viu pelo canto do olho apenas o rasto difuso da fuga desembestada, enquanto arrancava a faca do último olho do inimigo. E Sinhá, imóvel debaixo do corpo ainda convulso do negro já morto, parecia estar dormindo na poça de sangue se espalhando como lençol de seda vermelha, cobrindo o semblante, grudando as grandes pestanas. Ensangüentando o verde de seus olhos.

Lei "Acelerada".
Euclides Figueiredo
e Ricardo Alvarenga
no Primeiro Brado.
Festa na Necrópole.

9 de julho, 23 horas de noite sem lua, fria. Ricardo Alvarenga Marcondes Filho no seu Rolls-Royce avança na calada da noite, seguindo o cortejo revolucionário que daria o primeiro grito da Revolução Constitucionalista Paulista. Finalmente conseguira "sua" revolução! Apesar de Magda e da cagada feita por aqueles dois caipiras covardes: *"Seu dotô", nem queira sabê! Fui s'incontrá com o Moitão pra fazê o serviço, ele tava bêbedo que nem gambá, e ele até sóbrio num é frô que se chêra, mas sozinho num dava... e fumo até a casa 'o dotô sabe quar'. Já tô terminâno, dotô, carma. Ficamo esperano a noite intêra a dona sua esposa for embora, e nada dela largá de lá. Antão o negão falou – "Vamo assi mesmo". – Achei bestêra, mas o home tava bebum, quem pode discuti com... é pra já, dotô, to acabano, e fumo inté a casa. Tinha dois amigo do preto lá*

drento... Tô le dizendo, seu dotô! Pois é, dotô, nem lhe conto... tive n'arma um choque olhando pr'aqueles home, em cima de sua muié, agarrados que nem... Eles degolaram o Moitão! É a verdade, dotô. É tar e quar tô contando! Mentiroso, eu? Eu? Saí correndo como da peste, seu! Desculpe, dotô. Já vou indo. Mas vô consegui. Eu aviso asi que... té a proxima, dotô. Já não tá mais aqui quem falô!" Contudo sua revolução estava em curso e Magda podia morrer com seu negro sujo. Ela não conseguira deter o curso da História! E que história: seu carro era um dos vários que em caravana avançavam em direção ao quartel da Região Militar, na Chácara do Carvalho. No carro da frente, Euclides Figueiredo no comando. No seu, ao lado do nervoso chofer Pierre, o major Agnelo de Sousa. Nos outros veículos, compondo "seu" bem acompanhado batalhão, estavam: doutor Sílvio de Campos, Leopoldo Fiqueiredo, capitão Arnold Mancebo, entre muitos outros. À mesma hora, no cemitério da Consolação, no mausoléu da família, o falecido "barão" Roberto Alvarenga Marcondes Pai abriria garrafa de champanhe Boulogne sur le Vin safra 1896 em homenagem ao filho Ricardo pela sua participação na Revolução ou Revolta número 22 do Brasil, se a memória cheia de pó não lhe falhava! Medalha de Osso pelo oportunismo inconteste de seu primogênito e único filhão que comandara, junto com alguns companheiros, o grito primevo de Revolução puramente Paulista do século!

Vinte e três horas e 40 minutos, o cortejo parou à entrada da Chácara. Tudo escuro, o repouso da noite foi quebrado pelo barulho dos motores e a ordem dada na frente do grande portão, iluminado somente pelas luzes do carro da frente. De lá, veio o grito do coronel Euclides:

– Comandante da Guarda, abra o portão!

O silêncio como resposta vindo do quartel era tão denso e apreensivo que abafava o barulho dos motores, e a rolha da garrafa de champanhe no cemitério da Consolação pararia no ar, aguardando. Ricardo Alvarenga Marcondes Filho afundou no assento, e a pálpebra começou a piscar. Precisava consultar um médico a respeito disso. No banco da frente, ao lado do também afundado Pierre, o major Agnelo empertigou-se.

– Que está havendo? Estava tudo combinado com os oficiais da guarda.

Antes que o "barão" guardasse novamente o champanhe debaixo do túmulo, novo brado ressoou na quietude da noite, interrompendo a respiração trêmula de Ricardo.

– Cabo da guarda! Estou mandando abrir o portão!

Nessa hora, finalmente obediente, o portão abriu-se barulhento e pomposo; então Ricardo Alvarenga Marcondes Filho entrou com seu batalhão na II Região Militar. Respirava invulnerabilidade e sua pálpebra estava imóvel. "Sim, o mundo pertence ao homem corajoso. Que Deus o ajude." De lá podia ouvir a rolha da garrafa batendo no teto do sepulcro do "barão", no cemitério da Consolação.

Telégrafo do coronel Euclides Figueiredo aos comandantes de unidades:

"Comunico-vos que, em nome do povo de São Paulo e apoiado pela unanimidade das tropas federais e estaduais deste Estado, revoltadas, e de acordo com o general Isidoro Dias Lopes, assumi o comando da II Região Militar, com o fim de exigir do governo provisório reconstitucionalização do país e restabelecimento do regime da ordem."

E a versão que Alvarenga gostaria de redigir e certo de ainda um dia o fazer:

"Telégrafo do capitão Ricardo Alvarenga aos comandantes, governadores, presidente, União das Nações: 'Comunico-vos que, em nome do povo de São Paulo e apoiado pela sua

unanimidade, assumi o comando do governo com o fim de exigir e proclamar a independência de uma nova nação sul-americana: a República Paulista...,"

Coisa de arrepiar os testículos!

Denodo, Medo, Patriotismo nos Campos da Guerra Cívica. Enfermeira no *Écran* dos Combates Procura Namorado.

Alistara-se para ser enfermeira, pronto! Foi o que disse a Lívio na ocasião de se apresentar, por sugestão dele, na Faculdade de Medicina, que organizava o corpo clínico – a segunda e oculta intenção jamais diria a ele, porque Lívio provavelmente não entenderia que alguém pudesse escolher essa maneira de ferir-se eventualmente com o intuito de provocar receio e culpa num namorado! Melhor passar por heroína a ser humilhada. Não tinha condições de perder mais, sua auto-estima estava em perigo, e uma guerra dessas ia bem para conquistas; qualquer conquista! As aulas de Arte Dramática tinham-na deixado arrasada, tirando-lhe o respeito que Lauro podia lhe ter por pretender-se atriz. Ele a esperava num canto da sala da escola, assistindo à sua atuação. Com todos os colegas formando um círculo em volta do pequeno palco, ela andava tentando dizer uma frase repetida dezenas de vezes, que a memória teimava em embaralhar. Interrompendo no meio a décima-primeira tentativa, o diretor levantou e gritou para São Paulo inteira ouvir, principalmente Lauro: "Ana, melhor mudar a marcação dessa cena, vamos fazê-la com você sentada numa cadeira de rodas. Percebemos que falar e andar ao mesmo tempo parece longe das possibilidades de uma paralítica". Risadas de todos, era como se apagassem a luz do cenário e ela ficasse cega de vergonha infinda. Agora, sendo enfermeira, era diferente! No entanto, diante de sua falta de experiência, Lívio nada pôde fazer, mesmo sendo amigo do presidente do Centro Acadêmico Oswaldo Cruz.

Sugeriram se dirigir à Cruz Vermelha; após rápido curso de enfermagem, onde teve pouco ou "quase nada para memorizar", mandaram-na como assistente de um tal Ernesto de Souza Campos, que, impossibilitado de combater, abrira em sua propriedade um centro médico de atendimento para as famílias dos voluntários. No entanto, com o tempo e à medida dos combates se tornarem mais intensos, também os feridos começaram a chegar. Diante disso, tiveram de requisitar médicos a fazer plantão, e sua presença foi-se tornando cada vez mais solicitada. Havia ocasiões em que era forçada a deslocar-se para lugares distantes, perto do *front*, levando víveres, remédios ou agasalhos em localidades que nem sabia existirem. Ao fim do dia ou de suas forças, se impossibilitada de voltar, arrumava lugar improvisado e dormia, ou tentava fazê-lo, em hospitais, centros de atendimento ou grupos escolares. Às vezes era melhor que voltar para casa e ter de ouvir as perguntas de dona Filomena sobre o desenrolar das batalhas, quem estava ganhando ou perdendo – como se ela soubesse –, porque dizia não mais confiar nas notícias do rádio, nem na Record, Cruzeiro ou Educadora.

Os espertos tenentistas embaralhavam clandestinamente as notícias tentando confundir tudo e a todos. "Irradiando só asneiras,/asneiras,/P.R.A.X e a Ditadura/Não dura, não dura./O que São Paulo está fazendo/Até os cegos estão vendo/Faz xuxu até suar,/Desanimar, desesperar./Irradiando só asneiras,/asneiras,/P.R.A.X e a ditadura/Não dura, não dura./Não quero ter a tua sorte./Nem quero ter teu passaporte./Por isso viva o seu Toledo,/que não tem medo/De te enfrentar – Oh!" – cantava Filomena ao perceber a velhacaria dos getulistas. Mas, principalmente, tinha de aturar a mágoa da velha pelo sumiço de Jandira, a qual "devia estar ali, ajudando en la luta contra esos animales atormentando São Paulo!" Seguisse o exemplo da amiga ou dela mesma que, secretamente, junto com outras mulheres do bairro, tricotava e costurava peças íntimas femininas com intenção de enviar aos rapazes indecisos quanto a se alistar, "pra humilhar los cobardes!" – Lauro teria direito a receber um embrulho desses? A mesma covardia levara Jandira de São Paulo? Fora esse o motivo de não ter dito nem uma palavra de adeus? E os pertences deixados no quarto? Ou teria acontecido alguma desgraça com ela? Procurassem por ela. Que polícia se importaria com sumiço de moça nesses dias de guerras e bombas? Cansara-se de repetir que Jandira devia ter viajado a Santos e, impossibilitada de voltar, resolvera ficar por lá (e ela mesma queria acreditar nisso). E se quisesse, como faria para voltar a São Paulo? Perigoso demais. E para quê? Pintar as unhas das combatentes? Mais uma, menos uma mulher nessa luta... deixasse-a lá com o filhinho, coitada. "Que filhinho? Eu disse filhinho?"... E a velha tia continuava, inconformada. Bem que ela podia escrever, por exemplo. Tentava tranqüilizá-la com promessas de procurá-la depois, quando tudo se acalmasse... "E não havia filhinho nenhum, dona Filomena, foi bobagem dita sem pensar, cansaço apenas. Muitos filhinhos feridos e mortos naqueles dias na sua cabeça, dona Filomena."

Mãos amputadas e pés esfacelados por granadas, muitos jovens, a maioria atordoada pela dor e pelo medo, fervendo de infecção com o mesmo calor da febre patriota que os levara até ali. No início, ela esforçara-se por disfarçar a repugnância provocada por aqueles corpos feridos, deitados sobre reles cobertores jogados no meio de corredores de enfermarias ou outros locais inadequados. Aguardando serem atendidos, ela devia prepará-los para rápidas cirurgias, ajudá-los a tirar a roupa, limpar feridas, trocar curativos. O fedor dos corpos, as roupas imundas, o sexo, as fezes, o hálito fétido. O *écran* parecia cada vez mais longe. Isso, quando se lembrava do cinema. E se o fazia era porque as imagens testemunhadas pareciam sair da tela de um cinema. Num filme de terror e guerra, porém, nestes, o sangue se parecia a tinta preta. Não como este, manchando suas roupas, o corpo dos combatentes, o chão, os lençóis, as mãos, as suas, deles, de todos. Sangue quente ou frio, líquido, sólido, odor sutil tomando conta de tudo. Isso era guerra!

Voltando para casa, exausta e cabeceando ao sabor dos solavancos da ambulância, sabia que mesmo após um banho reparador, ainda esfregando-se com força, o odor permaneceria nas narinas, na pele, no cabelo – agora sim, parecendo pêlos, crinas de cavalo. Nos últimos dias, acordava no meio de pesadelos violentos e repugnantes, quase sempre regados a lágrimas. As suas. Não sabia se agüentaria muito tempo. Se Lauro estivesse com ela... Mas ele nem prestava atenção sequer às suas aventuras, parecia tão distante que... Estava perdendo Lauro! Era isso! O estratagema de se alistar não dera certo... A certeza caiu parecendo raio. Que disse quando lhe mostrara toda orgulhosa a carteirinha de voluntária? "Enfermeira? E a artista vinda de Santos?" Qual foi o comentário diante de sua angústia pela sorte de toda essa gente se acotovelando na porta do centro de seu Ernesto, às vezes ferida ou procurando desesperada por parentes? "Estudando expressões dramáticas?" E depois, relatando o caso da ambulância que, ao tentar escapar da metralhadora de avião "legalista", capotou no meio da estrada, com ela no seu interior!? "Experiências reais acrescentam e enriquecem a construção da personagem." E quando contara do assédio daquele enfermeiro, quando chegara a tombá-la numa cama, botando praticamente tudo para fora das calças e só não a estuprara porque alguém aparecera? (Na verdade nem chegara a tanto, e o enfermeiro não era enfermeiro e tinha nome, Lívio. Tinha-a ajudado a se deitar em cama provisoriamente vazia, sensibilizado com seu cansaço. Sentara na cadeira ao lado, alisara seus cabelos, brincara de canção de ninar em seu ouvido, intercalada com palavras amorosas que aos poucos foram se tornando confissão: gostava muito dela, o excitava desde o princípio. E os lábios dele encostaram nos seus; abriu a boca permitindo a língua brincar com a dela. Mais por lassidão deixou a mão dele abrir a blusa, apartar o sutiã, afagar os mamilos. Era doce descansar assim, relaxar após tanto sangue e estrondo, dona de certos direitos que podia exercer. Gratificante e deleitoso sentir aquela língua quente roçando nos mamilos, a boca sugando-os. De repente veio à lembrança outra boca babenta fazendo o mesmo num domingo qualquer, há muito tempo, fazendo-a reagir, levantar e sair quase correndo... Claro, não contou a Lauro, preferiu omitir detalhes e nomes, assim, no anonimato, parecia mais perigoso, mais dramático... e ela menos puta!) "A atriz deve trabalhar a vida inteira, cultivar seu espírito, treinar sistematicamente os seus dons." Lauro comentara pouco ou nada. Quão lacônico era aquele amor. Por onde andaria Lauro? Sabia onde fisicamente, pelo menos por enquanto – ninguém podia saber com exatidão o que aconteceria naquela guerra no dia seguinte –, mas onde em espírito? Com quem? Uma outra mulher? Seria bom se fosse, uma coisa real, com cabelos sedosos – com certeza –, voz e corpo, enfim. Saberia como agir, falar. Não. Não era outra mulher. Nada muito concreto. No início, toda vez que tocava no assunto, ele escapulia, mudando de conversa. Isso também a aborrecia! Mentia se lhe perguntavam, dizendo seu noivo se encontrar lutando no *front*. Qual *front*? O único *front* conhecido era o bar, a Livraria Teixeira, o cinema. E Fausto. Estaria perdendo Lauro ou era ele o perdido? Não via o povo nas ruas gritando, lutando e até morrendo? Só se falava nisso: a Revolução Constitucionalista Paulista! A traição de Miguel Costa, Vargas, Góis, o salvador Euclides Figueiredo... Isso não era mais importante que as lições de interpretação? (*"Não, a arte fica e as revoluções passam, emporcalhando de sangue inocente a História, sem nunca conseguirem justificar ou alcançar o ideal que as motivou."*) Ou, então o quê? Talvez por causa do aborto? Fora de comum acordo. Quando o médico amigo de Lívio terminara o serviço, Lauro nem parecera muito preocupado. Bem, sim. Foi carinhoso e atencioso. No entanto, Lívio foi mais.

Um vazio de fome antiga, sensação de paredes sem nada a sustentar, carente assassina, mãe traidora de instintos.

– e a criança morrendo desprotegida diante da agulha tirando-lhe a vida através do crânio desarmada na ignorância desesperada no querer viver não nascida todavia viva nas entranhas extensão delas agarrando-se nas paredes da placenta único berço a protegê-la esperando a mãe que ali a colocara a resguardar daquela arma fria e perfurante esvaziando seu líquido protetor... onde a senhora daquele lugar, onde que não acudia? Era a mesma dirigindo a mão assassina a mãe que jamais lhe faria um afago brincando com os olhos molhados de "dorme-nenê" pedindo perdão pelo que faria como havia imaginado o sonho virou pesadelo que só à noite aparecia escondendo-se da luz do dia e das perguntas...

E por quê? Por que ela sacrificaria uma carreira por um ser desconhecido, um batráquio de olhos esbugalhados? O que era essa forma retorcida diante de todo um futuro?!...

Não conseguira nem pensar no nome se fosse menino, se fosse menina...

A CENA MUDA • **225**

Depois do "serviço", foram ao cinema, e apesar das dores, riu com Buster Keaton e seus silêncios, parecidos com os de Lauro, que nada disse sobre seu sacrifício e o... daquela criança que nunca ouviria música nem veria cinema nem riria com Carlitos, o Gordo e o Magro, Keaton! Não saberia dos pêssegos... contudo, ignoraria a dor, a dor de ter de matá-lo para continuar a viver. Nunca saberia destroçado apodrecendo nalguma lixeira seu corpo, alimentando baratas e ratos, sangue de seu sangue coagulando na lama na terra que nunca ouviria seus passos nem sua voz.

Mas, ao menos, o sangue – de seu filho! – não seria derramado em nenhuma guerra feita pelos vivos em nome daqueles por nascer...

Após o aborto, Buster Keaton e soluços estrangulados disfarçados com duras risadas de mulher amadurecida foram para a casa de Lívio. Desmaiou na sala e acordou no quarto dele.

Quem ficou sentado a seu lado, com expressão tensa, segurando suas mãos? Lauro? Quem trouxe analgésico e chá logo após e tentou confortá-la com divertidas anedotas? Lauro? Não! Lívio, Lívio!

Onde estava Lauro?

Foi a uma "conferência sobre a influência do cinema nos movimentos políticos do começo do século e suas atribuições na propaganda"... que não podia perder. Vazios que o pobre Lívio não podia preencher com seu afeto. Canseira, mágoa e sonífero a fizeram dormir até o dia seguinte. Sonhou ou idealizou Lauro, todo de branco como um xeque, abrindo de repente a porta do consultório: "Parem com esse açougue! Parem! O filho é meu! Ana, levanta, vem comigo, fujamos daqui, vamos ter nosso filho nalguma campina e criá-lo e amá-lo". Não. A vida não se parecia com um filme! Nem Lauro com Rodolfo Valentino. Melhor parar com essas lamentações patéticas. Tinha decidido fazer o aborto, não tinha? Sozinha. "Você sabe minha opinião. Quem deve resolver é a mulher. A última palavra é tua, Ana. Você decide" – esquivou-se o covarde. Não, seja o que fosse perambulando na sua cabeça, o aborto não podia ser. Lauro não era homem de se prender a sentimentos como... "paternidade". Assistir a um filme, beber com os amigos, encontrar-se com Fausto ou ir a uma conferência podiam ser mais importantes que um aborto. *Seu* aborto!

– Ai, Ana! Como você é besta! Então por isso viraste enfermeira, para castigar, para se vingar da sua indiferença com teu sangue doído e com o filho que poderiam ter querido... ou por Lívio? Se encontrar com quem vive repetindo que te quer é mais confortante que o silêncio indiferente de alguns. Por que Lauro não foi ao cinema Alhambra em benefício dos órfãos e viúvas, como combinado? E nunca foi visitá-la no centro médico! A Rua 24 de Maio não ficava no Japão! Nem em Campinas! Pior ironia, a mesma rua do bar onde se conheceram! Ai! Quanta palhaçada por um abortinho à-toa! Pior foi o aborto de Maria Fea, esquartejada dentro da mala encontrada em Santos... Santos. Quanto da palerma de Santos ainda habitava nela?

"PAULISTAS!

Na mais vibrante manifestação de civismo, na mais pujante prova de amor ao Brasil e a São Paulo, na mais heróica atitude de abnegação e renúncia, na madrugada de hoje, o Exército e o povo de São Paulo lançaram aos quatro ventos da terra bandeirante o grito de revolta pela Pátria redimida.

Na primeira arrancada, a vitória foi imponente. Todas as unidades da II Região Militar de todo o Estado e Força Pública coesa ampararam o impulso da estupenda mocidade de Piratininga.

Hoje em São Paulo, amparada pelas armas e pela vontade indomável da população paulista, a idéia reivindicadora não poderá mais sofrer os vezos imperativos de uma ditadura de anarquia e descrédito para o Brasil.

A República, que naufragava, está nesta hora bendita, salva. Paulistas! Para adiante! Continuai a cruzada redentora!

O nosso sangue não valerá tanto quanto a glória de tombardes por São Paulo e pelo Brasil.

Coronel Júlio Marcondes Salgado, comandante-geral da Força Pública."

Tonho Caçando Corintiano em Plena Revolução.
De Faca e Picaçu até a Cintura.

Esparejar um pouco das idéias, por isso Tonho estava naquele bonde. Fazia isso quando precisava descansar de Sinhá. Decentemente trajado, tal qual negro recém-saído do Clube 13 de Maio, pegava desde o começo da linha e ia até o fim dela, só por passear, olhando a paisagem. Mas, nesses tempos, rareavam as ocasiões, "por causa dessa revolução de merda". Os paulistas nas ruas e nas trincheiras das "fronteiras" de todo o Estado tentavam expulsar os militares e sua ditadura. Por isso o trajeto às vezes era perturbado por soldados mandando parar e entrando no bonde, revistando gente atrás de espiões da Legião, ajudados por muitos civis aporrinhando só para mostrar mandonismo de combatente. Antes da revolução era diferente, principalmente naqueles dias quando Sinhá fazia as tais "visitas para cuidar dos negócios". E, se caía num domingo, melhor ainda. Aí ele pegava o

230 • MIGUEL ANGEL

bonde, às vezes descendo no triângulo formado pelas ruas Direita, São Bento e XV de Novembro, por onde as pessoas passeavam vestidas de domingo, alegres só por isso, por ser domingo. Os gritos dos vendedores de bilhetes e de todo tipo de guloseimas pareciam mais contentes também. Até os motorneiros ficavam mais pomposos nesses dias, com seus uniformes cinzentos e enfeites dourados. Era bem diferente agora e os últimos dias tinham sido particularmente aborrecidos e confusos. Não conseguia tirar da cabeça a visita daqueles capangas, há coisa de mês.

Sinhá nem queria ouvir falar, acreditava tratar-se de ladrões baratos, que não ligasse. Esquecesse de vez. É que ela não ouvira a prosa dos lazarentos. Dormida naquela hora, e zonza de tanto copo e trepação, só acordando para ser estuprada... crente ser ele metendo nela. Podia inventar outra. O acontecido não foi amostra, não? Sinal que estava na hora de cair no mundo, largar o chamego e sumir? Desafogado já estava, graças aos contecos escondidos e prontinhos a virarem um bom bocado de terra. Todinha sua. Que Sinhá andava ruim da cachola já sabia, sempre soube, e agora estava mais claro. E parecia ligar menos para ele. Já quase chegando a dois anos nessa de viver às costas dela. Bobeasse, largava dele e trocava por outro. Mais novo e forte que ele, tinha por aí. Só procurar. Nos jardins do clube no Guarujá, deviam ter ficado negrotes bons tomando conta. E de suas madames, quem sabe.

– *A madame aqui gosta de preto* – repetia na sua memória a voz do defunto.

Pau mandado, isso sim! Ladrão coisíssima nenhuma. Foram lá dar cabo dele. E dela em seguida, se fosse o caso. Nenhum respeito pela branca, foi logo metendo nela o covarde. Ladrão mesmo, primeiro rouba, depois estupra, e isso se estiver muito confiante. Com perigo longe. Sinhá não entendia desse negócio. Pensou no marido. O dela era "moça incapaz de matar mosca". Queria ver varejeira nos cornos dele, se não daria uns tapas nela até matar. Não tem essa de homem incapaz de matar. Dependendo de hora e lugar, homem vira bicho, mata, e se for preciso, come o inimigo. Como os índios. Odiava índios. E matador covarde, aproveitador de mulher tonta.

O solavanco do bonde retomando a marcha, a sineta do condutor, e as vozes do povo misturadas trouxeram-no de volta. Sobressaíam os gritos de ordens dos soldados se pavoneando na calçada; de lá alguém gritou, parecendo vendedor de loterias: "Aí, Corintiano!" De dentro do bonde, lá da frente: "Três a um, seu! Quer mais?"

– *Deixa disso, nêgo, o crioulo vai aparecer pra já.*

– *Ué, cê faz o serviço assim que assomá o nariz pela porta. Pra isso basta um. E eu tô ocupado agora. Ou tá com medo do preto, Corintiano?*

Tudo parou. Ouvido de repente surdo. Fez-se silêncio na sua cabeça, todas as forças do instinto se uniram fortalecendo mirada; lince no fundo do bonde vislumbrando-o por inteiro, avançando e furando os obstáculos até chegar na frente, de onde partira a voz inimiga reconhecida e tantas vezes relembrada. A mirada estancou na nuca inesquecível.

– *Medo, eu? Já meti faca nas costas... nos peitos de muito preto safado...*

O branco cadelo! O peçonhento amarelo estava lá. Fria certeza, decisão maquinal, parecia ensaiada. De pé imediatamente, andando devagar até a frente, licença a quem estivesse atrapalhando seu caminho, como bom crioulo educado "conhecendo seu lugar"; ele conhecia seu lugar: lá na frente do bonde! E o lugar da faca estava besta de conhecer: na cintura, esperando. Andavam sempre juntos, desde aquela vez. Já estava com ela quando jogou o preto degolado no poço abandonado.

Esperava mais cabras voltarem dia desses, para terminarem o serviço. Mas aquilo lhe acontecendo, nunca poderia imaginar: ele caçando no meio da grande cidade de São Paulo, em pleno dia de revolução e dentro de um bonde. Sentiu a outra cabeça se encher de sangue, latejar entre as pernas no compasso nervoso do coração. Devia ser pelo deleite que estava prevendo. "Deus queira, orgulho meu." *Deus há de querer, tição assanhado.*

Paris-Belfort no Rádio. Pedregulho no Saco do Papagaio. Uma Bala no Bolso e Pedro Morto.

"PAULISTAS!

Chegou a hora de enfrentar os nossos opressores. Dominados à traição, longos meses gastamos para refazer as nossas energias. Mas hoje somos um só homem e uma só vontade. A cartada inútil que a ambição do coronel Rabelo está tentando contra nós será a única de nossos adversários. Conosco estão o Exército Nacional, o verdadeiro Exército Nacional, no que tem de melhor e mais eficiente; a admirável Força Pública de São Paulo e o povo todo do Brasil. Contra nós levanta-se apenas um mulambo de gente desprestigiada, que precisa e vai ser abatida em toda linha. Por isso, cada paulista, de nascimento e de coração, tem o dever de tornar-se soldado. Não há o que possa desobrigá-lo desse dever porque o que está em jogo não é esta ou aquela região, mas a própria nacionalidade!

Paulista, arma-te e municia-te como puderes e vem para a praça pública!

Já há inúmeros batalhões de civis, comandados por oficiais, onde poderás inscrever-te. Não falta entre os teus conhecidos quem te indique o caminho do alistamento.

Quem não vier para a rua ficará desmoralizado como covarde perante o seu país, o seu estado, os seus amigos, a sua família ou perante a própria consciência, se ninguém viesse a ter conhecimento da sua fuga.

Ninguém tem o direito de enxovalhar o nome que possui e que há de passar a outros. Quem não estiver pronto para lutar, suicide-se, que é melhor morrer assim do que morrer moralmente.

Paulista! Move-te, toma providências já e vem servir com os teus irmãos a terra onde dorme a tua mãe, onde hão de dormir os teus filhos!

Às armas por São Paulo, que quer dizer:

às armas PELO BRASIL!

Liga Paulista Pró-Constituinte,
órgão da mocidade bandeirante."

Noite e quietude num bairro distante de São Paulo, os faróis de uma velha ambulância iluminavam a rua maltratada.

– Aqui já tá bom... Pode parar... Sei me cuidar, mesmo sendo de noite... Não se preocupa não, aqui é casa de amigo, do meu namorado... Claro que tenho namorado... Está em Avaré... Eu sei, está bravo por lá... Está bom, amanhã nos vemos no hospital... Sei o que estou fazendo no hospital... Ninguém mandou alistar-me, fui eu mesma que quis, claro... Você não acredita?... Muitas mulheres estão envolvidas sem ninguém mandar... Vou descansar bastante, sim... Obrigada pela carona.

Quando a ambulância "daquele imbecil" partiu, sacolejando e rangendo entre os buracos, a escuridão e a quietude voltaram. Ao longe, o céu turvo manchava-se de luzes coloridas. "Na frente da Mantiqueira a batalha continua, amanhã se contarão mais feridos, e mortos." Ana tirou o amarrotado gorro da cruz vermelha, sacudiu a cabeça permitindo o cabelo, agora crescido, cair sobre os ombros. Apesar de malcuidado, solto assim melhorava sua aparência. Não via Lauro desde... Nem lembrava mais há quanto tempo!

Dia qualquer da semana, Filomena lhe dissera que ele esteve procurando-a.

O que queria?

Não disse.

• • •

Ainda da rua, Lauro já podia ouvir o rádio de dona Filomena: *"Sustentai o fogo que a vitória é nossa!Nove de Julho é a luz da Pátria/Data imortal deste berço augusto/Dos bandeirantes denodados/Deste São Paulo vanguardeiro e justo"*. A marcha "Paris-Belfort", prefixo das rádios, como não podia deixar de ser. E a todo volume. *"Seu povo altivo espalhando amor/Pela Pátria e vai cantando/Solo querido, terra amorosa./Pátria de bravos sempre formosa."*

Pela segunda vez naquela semana, ele pulou o muro baixo que a cercava e foi entrando na casa de dona Filomena.

Na primeira ocasião, percebera que a velhinha não gostava dele, pôde notar atrás de seus óculos os olhinhos apertados pelo desprezo. "Ana no está em casa, aparece só de vez enquando, si los combates permitirem, porque ella se sacrifica por los paulistas. Porque ama São Paulo. Falando nisso, desculpe preguntarle, senhor Lauro. O senhor és paulista? Por donde anda seu batalhão?" Tia Filomena, tão velhinha e tão cínica.

Do quintal, bateu palmas e o papagaio respondeu do fundo da casa: *"Pedregulho, pedregulho, beçatúlio"*. Dona Filomena adorava aquele papagaio barulhento e vigilante. Ela assomou a cabeça pela porta da cozinha, ao reconhecê-lo fez sinais para entrar e desapareceu. Andando no pátio pelo corredor lateral, chegando perto da cozinha, a "voz" do rádio foi ficando mais clara. Porém, misturando-se com o patriótico prefixo, interrupções ruidosas do politizado bicho vinham dos fundos: *"pedregulho, pedregulho"*. Na porta aberta da cozinha, parou. Lá dentro, Filomena sentada à mesa de ouvido grudado no rádio. Observando-a, Lauro meditou: "A primazia do cinema é falar às massas, delas e de seus destinos; o rádio surpreende as pessoas na mesa de suas casas, na cama, no banheiro, tira proveito delas no instante em que estão mais fragilizadas: na sua solidão". Como se tivesse ouvidos para pensamentos, a velhinha gesticulou pedindo silêncio e atenção. No rádio, a voz mais clara:

"Dizem que somos separatistas. Mas, como separatismo, quando defendemos o Brasil, quando nos encaminhamos para o Rio sanear o Catete?"

"Pedregulho, pedregulho, beçatúlio"

"Por que separatistas se conclamamos o sul, o norte, o centro, o pobre e o rico, o operário e o patrão, o Exército e a Armada, para a liberdade comum? Se lutamos contra a ditadura, que não nos feriu somente a nós, mas ludibriou a Nação inteira e enxovalhou a nossa História e aviltou a nossa civilização?"

"Pedregulho, pedregulho, beçatúlio"

"Se nós queremos restituir à Pátria a Constituição e o decoro? A ditadura sim! Humilhou-nos, invadiu-nos, empobreceu-nos, retalhou o nosso território, fez de nós uma exceção odiosa, transformando-nos no leprosário das suas próprias mazelas. Fez tudo! Nada conseguiu! Não se arranca de um organismo o próprio coração. E você, São Paulo, é o coração do Brasil!"

"Pedregulho, pedregulho, beçatúlio"

Ela abaixou um pouco o volume, tirou os óculos, embaçou as lentes com longo assoprar, limpou-as com o avental e disparou sem olhar para ele.

– Sabe quién era? Ibrahim Nobre. Lo conoce? Conhecia, claro. E Ana?

– Anda por allí la pobre, luchando nessa guerra. Aparece pouco. Falei el otro dia sobre usted, queriendo hablar con ella, no sé si me escutó, tan cansadita la pobre, fue a dormirse sin comer. Nem provó la comida que le habia preparado e que a ella más le gusta. Porque ela merece...

"Documentário mostra as penúrias e a coragem das enfermeiras paulistas, que não se detêm ante nenhum obstáculo..."

– ... Não é como la amiga de ella, mi ex-sobrinha, que fue esconderse en Santos. Deve estar debaixo de la saia de la mãe. Bueno, ni quiero saber. Nem endereço deixou. Éso no es cosa que se faça. No es verdad?

Dona Filomena acreditava que ela apareceria naquela noite?

– Mi ex-sobrinha? Jandira?

– Não, Ana. Ao menos disse onde poderia encontrá-la?

– E como ela puede saber, la santa? Nem sabe donde vai dormir quando sale de aqui.

"Intrépida e sofredora! As portas do *écran* hão de se abrir para produzir a vida de heroína paulista que, no denodo patriótico, tudo deu. Querendo sempre mais." (Todos têm seu "Mefisto", não é, Lauro?)

• • •

Ana abriu o pequeno portão da entrada, andando pela clara trilha de pedregulhos, *"pedregulho. pedregulho, na cabeça do Getúlio"*, chegou até o alpendre, "o velho Honório estaria dormindo?" Melhor bater na janela do quarto de Lauro. Foi até ela, situada numa das laterais da casa. Ao chegar, colou o ouvido. Silêncio. Chamou por ele, baixinho. Repouso na casa. O que diria? Que esperava ouvir dele? E que fazia ali no escuro, àquela hora da noite, faminta e mortificada? De longe, o eco de explosões chegava cansado, despido de perigo. "Na zona do Túnel, talvez." Chamou de novo, mais alto. Dessa vez a luz no interior do quarto se acendeu. Ouviu o familiar ruído das molas da cama, endireitou-se, arranhou o cabelo descomposto, sujo e emaranhado. "Sábado, sim, mas não vindo de festa ou indo a outra, essa era sua cara e sua aparência... '*A mulher paulista contribuiu inestimavelmente para a Revolução. Fez tudo quanto podia fazer para o bem de São Paulo. Pro São Paulo fiant eximia!*

Reclamados os seus filhos, os seus maridos, os seus noivos, os seus irmãos, para a batalha pela santa causa, a mulher de Piratininga os entrega sem hesitar. Um sorriso lhe aflora aos lábios, como a exprimir a grande felicidade que lhe inunda a alma. Pro São Paulo fiant eximia!'... No meio da noite de sábado aflito, num bairro distante. Em muitos sentidos."

Seguramente o uniforme devia estar manchado de sangue nalgum lugar. Escondeu as unhas sujas no bolso e apertou o que achou ser o batom. "*A mulher paulista não vacila. Despoja-se dos seus anéis, dos seus brincos, dos seus pedantifes cravejados de brilhantes, dos seus distintivos profissionais e – sublime sacrifício! – de suas alianças. Mas não é tudo.*" Sentiu as meias grudentas, cheiro de suor no corpo todo, hálito de fome na boca seca de lábios pálidos... retirou a mão do bolso: em lugar de batom, uma bala de fuzil esquecida. Vontade de chorar por estar ali, metida nessa revolução onde descobrira, tarde demais, que se matava com a mesma violência vista em tantos filmes de guerra, porém, o ódio refletido no rosto de atores exageradamente maquiados, interpretava mal a verdadeira expressão que via nas trincheiras e ruas de São Paulo. Paulista contra mineiro e carioca e gaúcho e nortista... aqui se matavam entre irmãos. Como nos filmes, separavam-se casais... "*Ela ainda sente que fez pouco por São Paulo. E vemo-la nos pontos de concentração e nas cozinhas de campanha, preparando, com carinho maternal, as refeições para o soldado constitucionalista...*"

A CENA MUDA • **239**

– Quem é? – murmurou a voz baixa e fanhosa de mulher.

Os combates prometiam continuar a noite toda... durando a vida toda. Morreria num deles?

– Oi!... Quem está aí? – repetiu a mesma voz, atrás de resposta.

Que resposta? Quem devia estar perguntando apertando a bala de fuzil no seu bolso era ela: "Quem é, pergunto eu! Quem está no quarto de meu namorado? (ainda era?) Aí dentro, deitada na cama, e a namorada (qual?) aqui fora, tremendo de vergonha?"

O ridículo tinha limites. Respondeu:

– Eu, Ana. Lauro está aí? – a janela abriu-se imediatamente, e, cega pela luz direta nos olhos, não reconheceu de imediato a... mulher de cabelos brancos, sorriso sem dentes, quase corcova... mãe de Lauro!

• • •

"Pedregulho, pedregulho, beçatúlio"

– Isso, pajarito paulista. Mais alto!

Lauro já estava cansado, a mãe insistindo para informá-la do acontecido com Pedro. Para quê? Que importância teria para Ana? Afinal estava metida na mesma guerra que o matara, se do outro lado, importava? Inútil. Entre a idade mental dela e a de Pedro a diferença era pouca. Como a de sua mãe, que já dissera que voltar a Campinas sem Pedro a faria se sentir muito sozinha, a menos... insinuou ele tomar seu lugar. Tirou isso da sua cabeça imediatamente: ele era apenas filho, não marido! E tinha sua própria vida para cuidar; e nunca fora responsável nem pela morte de um nem pela guerra de ninguém. Muito menos pela vida de quem fosse! Nascemos junto com a merda, enrolados na certidão de óbito, é bom sempre lembrar disso antes de permitir que as sandices dessa sociedade de merda venha a nos infernizar com seus ridículos castelos feitos de políticas, desmoronando ao primeiro espirro de qualquer lunático. Além do mais, detestava pessoas dependendo do afeto ou do ódio dos outros para poder viver! Sempre em função do comportamento alheio. Como um vício, alimentando-se da vida, da morte, da guerra, da porra dos outros!

A mãe chorou em silêncio, enquanto ele berrara pela sua liberdade. A pouca, a única coisa que podia lhe pertencer. Palavras cheias de paixão, de impotências, de óbvios.

Após a explosão, resignação dela:

– Devia então ficar em São Paulo? Tio Honório parece tão só.

Todo mundo parecia estar sofrendo de solidão! Uma doença virótica. É, tudo indicava que ela ficaria morando com o cunhado... na casa estreita e sufocante de ódio e vinganças.

Honório, olhando-o significativamente, ouvindo ou lendo as notícias vindas das frentes de batalha, murmurando "são os mesmos assassinos de 24, querendo retomar São Paulo. Nossos patriotas combatentes não vão deixar. Não passarão!"

E ela doara seu anel...

– Para o bem de São Paulo. Dou meu ouro como os combatentes dão seu sangue – não dava mais. Foi para Campinas sem dizer nada a ninguém. Durante pouco mais de um mês escondeu-se da revolução e de todos, de Fausto em especial. Sozinho na casa velha, onde parecia ter passado toda a infância se escondendo pelos rincões, de Pedro e sua permanente carência doentia, procurara, vasculhara pensamentos, lembranças, justificativas (a vida toda era um eterno justificar-se, sempre, o tempo todo). Abastecido de vinho, cachaça e algumas refeições, administrou como pôde o tumulto de absurdos, euforias e transgressões que "sua" revolução carregava no bojo. Na primeira noite sonhou com Pedro louco e morto. Naquele presente, o passado, porém, o futuro pressionava, exigindo sua vez. Ao longe, o outro caos constitucionalista se deixava ouvir nos estampidos de bombas confundindo-se com trovões de tormentas, que ele, pretensioso e zeloso de sua própria confusão, só percebia nas poucas vezes que olhava pela janela. Não queria nada perturbando seu caos. Nem a sombra morta de Pedro, procurando-o pelos mesmos cantos de outrora. Lá fora, o outro caos, parteiro de ódios ocultos na paz do conforto cotidiano, justificava nesse momento todo crime e violência, aproveitando-se "do enfraquecimento da ordem, dos equívocos do mundo e suas injustiças".

Procurava suas próprias defesas: onde o limite da violência, essa luxúria babenta de vingança mortal, planejada em gabinetes e quartéis? A fragilidade dessas convicções morais, políticas, juradas definitivas, desenterrando bandeiras sepultadas ontem para morrer por elas hoje... E quiçá incendiá-las amanhã.

Vinte dias depois, a última pergunta: devia considerar as prédicas desses homens tentando esconder sua pequenez com armadura coberta de petulância? Tantas revoluções, tantos nomes, tantas vitórias na esperança de eternizar nomes. Nomes! Morrer para sustentar o brilho majestoso das cortes, palácios e quartéis de orgulhosos "nomes". O homem, esse predador do próprio útero que lhe dava vida, creditando para si o poder de sina da nave-terra, indigente peregrina que navega e gira, ninguém sabe para onde ou de onde. Leva consigo, a seis palmos de sua superfície, os túmulos dos nomes, pequenos e extraordinários, todos iguais no seu indiferente útero que os pariu. Teve febre alta durante os últimos três dias e suas largas noites. Como num cinema, as luzes salpicavam as paredes projetando imagens mudas, medos e fantasias que se elevavam e flutuavam para confundir: era Fausto surgindo na sua frente com a dimensão de um fantasma, boca de coração e aroma, afastando-os de Ana e Pedro num rodopio digno do mais louco Nijinsky, olhando para ele como se estivesse escondendo um grande amor. Nos primeiros dias temia dormir para não ter de sonhar. Apaziguando o sexo pela exaustão, bocejando sono e copo, finalmente deitava. Mesmo escondendo-se no torpor do instante que antecede o sono, o sexo palpitava em segredo, aguardando momentos verdadeiros que a fantasia, antes proibida, estava prometendo. Sabia que sonharia uma noite qualquer. Fausto, abrindo seus olhos, procurando-o, querendo senti-lo. Inventando-o inteiramente seu, integralmente dele, a voz inacreditável que ouvia sempre, assoprou sussurro, balançando mecha rebelde:

– Olha para mim, conheço esse novo olhar.

E queria dançar, Nijinsky – *Dança comigo.*

Queria viajar, navegante. – *Sobe no meu barco.*

Queria ir embora, com ele. – *Vem comigo.*

E sorria e nem sabia do tintinar de cristais que induziam suas mãos a carícias inventadas por sonhos sequiosos.

No fim dos últimos dias, saudade excitante. E a vida, parecendo tão solene nos discursos, aparentava um ríctus sardônico e debochado quando voltou a São Paulo. Com o novo olhar debaixo da mecha. A sua. Revolucionários e rebeldes, ambos. Tudo parecendo tão estupidamente simples.

Ao chegar à casa de Honório e ouvir logo na entrada a ironia do velho: "Ué! O artista desertor largou a trincheirinha?" – e a mãe emendar "Por onde você andou, meu filho? Demoraste tanto! Eu, eu tomei teu lugar no quarto. Você se importa?", o primeiro que fez logo a seguir foi contatar Fausto. Este percebeu de imediato seu estado, e, enquanto resolvia se o acompanharia à Europa, lhe oferecera – mais uma vez – hospedagem na sua casa, ou melhor, para mantê-lo longe de Laura – seu garanhão de uma figa! –, um hotel. O *Términus* estava bem? Foi a maneira obsequiosa de pedir desculpas pelo acontecido naquela festa tão distante – por isso o estivera evitando, durante todo esse tempo? Longo! E no qual o procurara, para dizer-lhe:

– tinha cheirado cocaína demais naquela ocasião;

— Laura o deixara fora de si com seu ataque violento;

— ainda bem não testemunhara aquele asco todo, por ter apagado naquela hora;

— a propósito — e aqui, os dentinhos brilharam como cristal num sorriso ladino, — ela vinha perguntando por ele com insistência desde o dia seguinte ao acontecido na festa, queria revê-lo, seguramente com saudades do que aprontara com ela. Por isso desaparecera na madrugada de maneira solerte e talvez culpada? *Bien sûr*, porque, quando voltara ao quarto, pouco mais tarde, não mais o encontrara — nem depois de quase dois meses! Deixando-o ainda mais nervoso. E rancoroso, após ir numa ocasião, especialmente saudosa, até sua "maloca" procurá-lo, quando teve com o velho Honório breve mas ácido confronto. O *oncle* lhe dissera que ele não mais morava lá, o procurasse no *front*, onde ele — *Moi!* — também devia estar, como todo combatente homem e decente amante de sua cidade, seu estado. Todo esse esplendor de fervor constitucionalista num "dize-tu-direi-eu" aos berros, e de um ancião... por sua culpa! No entanto, tudo aquilo já lhe parecia ter acontecido numa outra era. Idade do bronze? Afinal, onde se escondera? Não nos lugares sabidos e havidos onde podia encontrá-lo... Campinas!? Por que Campinas? Uma andorinha espavorida com o barulho da Revolução? Ou dele, Fausto? Ou, *peut-être*, de Laura? Ingrato, depois de... Depois de chafurdar na solidão a que fora abandonado, pensara bastante. Desistira de mágoas e pileques e brindara o prazer, *c'est la joie de vivre* — Aquele que desfruta o momento fugaz, esse é para mim um homem verdadeiro— Por isso, não podia culpá-lo. "— Por que você desfrutou aquela noite, lá em casa, né? *Ridere ancora, goloso fellonesco!*"

Cínico Mefisto. Mestre em dissipar rancores com as pessoas que lhe interessavam.

— Europa, Lauro, morada do progresso, da arte de vanguarda. Sempre acreditei em você como artista sensível e não somente —

como dizem teus amigotes? – "documentarista" politizado, preocupado com chibatadas nalguns pobres marinheiros nordestinos, analfabetos revoltados num barco ancorado na lama de um
porto qualquer. Europa, Lauro. Eis teu lugar. Nosso lugar – quando as mãos dele enlaçaram as suas naquela ocasião, lembrou as
de Magda naquela festa. Ele já ultimara os preparativos para
partir o quanto antes. Com destaque aos "burocráticos" (como
passaportes falsos, que depois daquela tertúlia subversiva em
casa tinha ficado visado pelos trogloditas, e outras providências obscuras e misteriosas que o deixavam muito nervoso e sobre
as quais não queria falar – aqui os dentes tiveram outro brilho,
porque o sorriso era incógnito). Aguardava sua decisão, e não
podia demorar, para anexar os papéis junto aos dele – ou não? –
e solicitar ao conhecido do consulado providenciar salvo-con-
duto para cruzar a fronteira com o Uruguai ou a Argentina, de
onde zarpariam sem mais delongas. Enfim, nada que o dinheiro
não pudesse comprar. Anexaria? E a bagagem? Os livros! Os testes do filme... – Só o elementar, meu caro, providenciaremos o
que for, lá, na civilização. Sem cuia nem passados a tiracolo,
Lauro! Libertos de empecilhos que atrapalhem... E ao teu silêncio, respondo com barulhenta impaciência: e então?

Pesada bagagem, a relutância.

*"Por isso acho que vou para a Europa, Ana. Não porque
lá seja melhor ou pior que aqui, é só porque no meu* front *não
há fronteiras, nem sangue e violência. Te quero bem. Adeus."*

Considerando que a esta altura da *tournée* ela ainda estivesse se importando, era o que gostaria de dizer a ela? Um discurso cheio de frases feitas que a pobre pouco entenderia. Qual
a intenção? Podia desaparecer, sem considerações. Desde quando ligava tanto assim para as reações dela? Ou rebolando, mais
uma vez, justificativas ("Justificativas, a vida toda, o tempo
todo") para ter certeza? Parecia adolescente tentando se esconder para se safar do batismo sexual com uma puta: a verdade.

"Pedregulho, pedregulho, beçatúlio"

• • •

– Ana, minha filha! Que saudade. Há quanto tempo! Lauro esteve sumido durante um tempão. Viajar, foi o que disse quando saiu daqui. Dia desses voltou. Por isso você veio, não é? Mas agora ele não está. Mas vamos entrar, minha querida. Abro a porta para você. Vai lá na frente. Com cuidado, não vamos acordar o velho Honório.

Dona Angelina fechou a janela e ela ficou imóvel, sem conseguir dar um passo. "O que ela estava fazendo aqui? Pedro estaria ali dentro, também? Teria contado? Por isso Lauro a procurava, para pedir-lhe explicações? Mesmo não sendo o estilo dele, seria bom se assim fosse. Já cansara desse segredo, temerosa de descobrirem e a julgarem sem compreenderem a intenção do por que ela fizera aquilo. Dar um prazer, como se dá um presente que pouco lhe custaria, assim como uma revista já lida. Qual a complicação?"

– Psiu! Ana. Aqui! – dona Angelina fantasmal, sussurrando e sacudindo o braço no alpendre sombrio. Foi até lá. Ao chegar, a velha abraçou-a com força. Ela soltou a bala apertada dentro do bolso enquanto demorou o abraço.

– Vamos entrar, minha filha, vem. Sem fazer barulho, tem gente dormindo. "Quem, Pedro?" O velho Honório não anda muito bem, precisa descansar. Teve um desses ataques, aquela tosse, igual à do falecido, Deus me perdoe! Além de ressacas que nem te conto. Essa revolução o está deixando maluco! Psiu! Vem, vamos para o quarto de Lauro. Aquele meu filho demorou tanto a voltar que até tomei conta de seu quarto... "Pedro está dormindo lá?" em silêncio, Ana atrás dela, atravessaram a sala iluminada pela luz proveniente do quarto – Não vai pisar na Cléo! a gata, sozinha na sala e jogada sonolenta no sofá, só levantou a cabeça e mexeu as orelhas para ouvir melhor; desinteressada, bocejou e voltou a dormir. Entraram no quarto, dona Angelina fechou a porta com cuidado. Ana procurou com o olhar. "Pedro não está aqui?"

– Onde está Lauro, dona Angelina?

– Pensei que estivesse com você, pedi para ele te procurar assim que voltou dessa viagem. Pouco o vejo, chega tão tarde! Deve ser para não cruzar com o velho. Dorme aí no sofá da sala e de manhã bem cedo, ele... Deve estar procurando você, por causa de... Meu Deus! Então você não deve saber ainda? "Saber o quê? Onde está Pedro? O que ele lhe contou?" Apertou a bala de novo.

– Saber o quê? Onde está Pedro?

– É sobre ele mesmo, minha filha. Por isso estou aqui.

– Que aconteceu?

Dona Angelina calou-se, emocionada. Sentou-se na borda da cama e apoiou o rosto nas mãos, sacudiu a cabeça, parecendo negar o que a memória reavivava. Ana, impaciente com sua própria emoção. "Não posso responsabilizar-me pelo desequilíbrio mental de um homem que..." Agressiva:

– O que houve, dona Angelina?

E dona Angelina, após arrolar a dor, contou, entre muxoxos, suspiros e lágrimas:

– Poucos dias depois dessa revolução estourar, Pedro começou a mudar. Andava esquisito, muito nervoso com as notícias dessa guerra malsã. Dizia querer lutar, chance de mostrar aos amigos do bairro não ser a besta que diziam que era. Mostrar, mostrar sua força, que podia ser adulto, e os adultos matam! Isso virou uma espécie de obsessão. O rádio contando das batalhas, os jornais, os comentários dos vizinhos, os soldados marchando ou correndo pelas ruas, os gritos. Tudo isso, meu Deus! O inferno na sua cabecinha. Foi na frente de casa que esfaqueou um "getulista", morador do bairro, um desses traidores que andam por aí, boicotando São Paulo. Dá para imaginar Pedro fazendo algo assim? O que deu nele? Foi fácil descobrir em aquele homem, um boateiro sabotador. Muitos sabiam, comentavam na rua e nos bares. Mas de onde arranjou aquele punhal? O homem ficou todo ensangüentado, aos gritos na porta de casa. Foi horrível. Depois disso, passamos dias infernais, eu e uns vizinhos, escondendo Pedro, porque sabíamos que os amigos do ferido o procuravam, diziam que o acontecido fora tentativa de assassinato, não batalha. E o pobre só pensando em se alistar! Não entendia direito o perigo. Pensei chamar Lauro para me ajudar. Mas o que ele poderia fazer? Além disso não acreditávamos fossem capazes de ferir uma criança... que nem sabia direito o que se passava! Ele fugia dos esconderijos, e saía pela rua, com aquelas bandeiras gritando contra Getúlio, contra a ditadura. Alguém pode ter denunciado, visto, como vamos saber? Numa noite, foram lá em casa e deram uma surra tremenda nele. Queriam era matá-lo a pauladas, percebendo que não era pessoa normal e, para compensar "a viagem", disse um deles, matariam "esse cachorro sarnento"! Foi o que fizeram. Pedro, desmaiado, não viu aquilo, ainda bem. Coitado do Rex. Tão velho, quase cego, nem percebeu o que estava se passando e eles... se contentaram com isso. Coitado do meu filho! A partir dessa noite ele mudou. Pela segunda vez. A primeira foi depois de vocês nos visitarem, lembra? Ficou gostando muito de você. Às vezes perguntava, meio tristonho, quando voltariam a nos visitar. Tinha horas em que parecia alguém... normal. Mudado. Não sei explicar. Então... foi num domingo, aquele domingo fatídico do bombardeio dos aviões da ditadura, aqueles vermelhinhos, sabe? Ao sair de casa, Pedro disse que se reuniria com alguns amigos "revolucionários" e nunca mais voltou. Encontraram seu corpo entre destroços da ferrovia... Não tive coragem de ver, soube que dilaceraram o corpo dele... Chamei o Lauro, ele foi ver e disse que foi bomba... Para mim tanto faz que tenha sido bomba ou pedra ou faca. Sempre terão sido os mesmos assassinos aventureiros mandados da ditadura, e que ainda andam escondidos por aí, como ratos, esperando a vez de voltar. Os mesmos que antes da revolução andavam se pavoneando com aqueles braceletes vermelhos, achando ter o direito sobre a vida, a morte e a humilhação das pessoas. Fazer aquilo contra uma cidade desarmada! Bombardeando bondes cheios de trabalhadores, pessoas nas praças!... Bater como bateram numa criança também desarmada. Porque existia uma criança doce naquele corpão de homem. Lembra, Ana? Entende uma coisa dessas? E Lauro? Parece outro, depois do enterro. Muito estranho esse meu filho. Não quer ouvir falar em ficar com a mãe. Não liga mais para nada. Esse sumiço de repente, mais de um mês! Voltou todo inquieto, estranho mesmo. Não sei, minha querida... Me desculpa. Não é nada! É só uma lágrima de mãe. De uma velha que não se importa em morrer. Passando uns dias aqui, com o Honório, fui ficando, ficando. Tentar esquecer um pouco a casa vazia, vazia de Pedro. O inferno de Campinas! Nesta hora estou vendo que por aqui não anda nada bem, essa guerra cada vez mais perigosa. E o velho cunhado aí, também não parece o mesmo de sempre. Anda mais ranheta, mais agressivo, sabe? Deu de beber além da conta. Na idade dele, já viu? Ainda ontem estava desembainhando a velha espada, limpando-a, lustrando botas e sei lá o que mais. Fica resmungando insultos pela casa, nem comer come direito. Até deu um chute nessa gata de que ele gosta tanto. Temo pelo que possa acontecer. Com essa guerra de nunca acabar. Com a gente. Com você, minha querida, metida no meio desse inferno... Mas que cabeça a minha! Olha para você, toda abatida e... veio para cá direto da frente de combate, não é? Está escrito nesse rostinho cansado e triste. Vem cá, vamos comer alguma coisa. Tem comidinha na cozinha. Você não está com boa cara. Uma enfermeira, que linda! Lauro me contou. Que coragem, minha querida. Vem, combatente. Precisa se alimentar bem. Ficar forte, para nos livrar da ditadura e de seus assassinos – *"E vemo-la, sob a roupagem cor de neve, nos hospitais de sangue da retaguarda e das frentes perigosas, onde ruge a metralha e ribomba o canhão, a pensar as feridas daqueles que vertem o seu sangue pela felicidade da Pátria. Mas ainda não é tudo."* Mesmo sentindo lágrimas coçando nas suas pálpebras, comeu voraz tudo o oferecido pela mãe de Lauro. E Pedro, morto definitivamente, e ela terminando uma revolução. Dentro e fora dela. Com uma bala de fuzil extinta no bolso.

• • •

– Senhor Lauro! Já se vá? No quiere deixar recado para Ana? Ó, hombre! Pero qué le passa!?

Saiu à rua. O último que ouviu foi: "Pedregulho, pedregulho, beçatúlio". Pelo tamanho do animal, devia ser arara. E pela estridência: araponga! E pelo avançado estado de canseira que sentia – inclusive de si mesmo –, faria sua trouxa e se mandaria para bem longe. Cagando para Ana e seu "martírio revolucionário!" E para tio Honório. "Que vão todos pra puta, reputa e triputa que os pariu!" E sua mãe, São Paulo e sua revolução que matava ingênuos e doentes... e o Brasil também! A próxima diarréia iria para a corja de *caftens* do vomitório da indústria do cinema!

Na Casa do Corintiano.
Quella Catapecchia?
Sapato na Goela Produz Vômito.
Amor Descoberto, Morte.

Descendo do bonde, andando a pouco mais de três metros, Tonho seguia o Corintiano de olhos grudados na sua nuca. Depois de percorrer alguns quarteirões por aquele bairro, que reconheceu como a Mooca, lugar onde passara uma temporada em 1924, servindo, ou melhor, esquivando-se da artilharia governista, ainda no tempo do comandante era o Juarez Távora. O Rio Tamanduateí devia estar perto, fora nas suas águas que caíra e quase se afogara em meio a fuga desembestada dos canhonaços... O Corintiano entrou num pequeno bar de esquina. De onde parou de andar para não ser visto, percebeu a familiaridade no tratamento com o dono do bar. "O traste devia morar por perto." O homem saiu do bar antes dele planejar seu próximo movimento. Desviando-se de um monte de crianças brincando e berrando na calçada, andou meio quarteirão e entrou numa casa geminada. Ago-

252 • MIGUEL ANGEL

ra, conhecendo a guarida do inimigo, daria um tempo. Foi até o mesmo bar de onde podia lobrigar a casa. Apoiado no balcão, pediu cachaça. O italiano olhou meio torto sem o deixar perceber. O negro parecia gente de bem, roupa limpa, nova, e barbeado. Ou da polícia. Resolveu servir.

Já bebera a quinta dose; a noite espantara as crianças da rua, e o italiano continuava a repetir que o time do Palestra se mantinha graças às doações da colônia italiana; "Con lo sforzo dei nostri paesani", e por isso deviam ganhar de qualquer maneira o próximo campeonato. E na Itália os trens chegavam sempre na hora certa nas estações, e por causa de quê? "Dell'industria dei nostri italiani" – dizia isso cantando – ... como nunca viu aqui no Brasil, um bando de irresponsáveis cuidando das vias férreas. Precisariam da mão forte de um Mussolini!

Na sexta cachaça, decidiu que seria a última; e logo em seguida atravessaria a rua, bateria na porta do pestilento e antes de este reconhecê-lo ou ter qualquer reação o empurraria de um supetão, e mesmo tendo gente com ele, não se importaria, não. Faria o serviço tão rápido que ninguém conseguiria impedi-lo. Depois, com calma, voltaria à casa, faria as trouxas e se lançaria no mundo. "Crioulo fuça de judas! Vai escafeder-se sem dizer nada para a Sinhá? E vai ficar sem saber quem está por trás disso, de verdade? E se não for o chifrudo o mandante? Está cansado não, de ficar na apreensão, sempre amocambado, suspeitando de tocaias e arapucas e com medo de toda a carneirada? Acaba com isso de vez! Parte para o cabeça. Depois corta a deles todos. Abre os olhos, cabra. Para salvar a tua."

E mais: "A peituda merece tua fuga? Vai deixá-la para a sanha desses desinfelizes que, sabendo de suas sacanagens, vão se aproveitar dela quando você se mandar? Esses contecos que vão te tirar da merda onde nasceste, foi ela quem deu. Não de graça, mas foi ela. Onde cê taria hoje? No Guarujá, cuidando dos jardins dos grã-finos? Mais um pau-de-amarrar-égua solto por aí, isso! Se largar no mundo e abandonar Sinhá! Êta, crioulo desagradecido! Coisa que se faça, Caim?"

Mudou os planos. Pôs cara de crioulo zonzo.

– Tem conhecido meu morando por estas bandas, tal de Corintiano, o amigo conhece de ouvir falar?

Já. E soube mais: "Seu conhecido Corintiano" pagou as contas que tinha penduradas no bar e também na padaria do seu Joaquim – *il pusillo* português sustentava uma *bambina* às escondidas –; e também na quitanda da galega – sirigaita que a ele nunca enganou, não –; e devia ter sobrado *molti soldi*, andando por aí, de sapato *nuovo* bicudo, algo nunca visto nas patas daquele *vagabondo*. Além disso, parecia que o Corintiano procurava *moglie* para casar, *impressionare* melhor com *quella roba* toda. Devia ter ganho na loteria, o *vagabondo*. Não achava?

Não, não achava. Aqueles contos vinham de outra loteria, mas faltaria algum número ainda para dar conta do recado e pegar a bolada toda. Antes disso, porém, ajustaria outras contas com ele.

– Aproveitar a sorte do amigo, sabe. Cobrar uma dívida. Mas tenho jeito não para esses negócios, avexado de chegar na casa dos outros, nas vista da família, cobrando...

– *Ma che famiglia? Non lo sai? Il famigerato mora solo, eh!* Casa? *Quanto lusso! Quella catapecchia? Va, va.*

Terminando de beber a sétima e última cachaça, já era noite fechada. Pagou e despediu-se. Pelo entendido no palavreado do gringo, o lazarento morava era num cortiço, e sozinho. Deu umas voltas por perto, sempre vigiando a casa até o bar do italiano fechar. Poucas luzes na rua e algumas pessoas retardatárias e apressadas para chegar em casa preparavam o terreno.

Na penumbra da calçada, encostou no portão de entrada da casa, atento aos barulhos provenientes do interior: gritos, discussões, música no rádio, berros de criança, canções, portas batendo. Conhecia essa baderna de cortiço, ninguém liga muito a quem entra ou sai de lugares assim. Melhor ainda numa hora dessas. Testando com o cotovelo, empurrou de leve o portão de entrada, que se abriu sem dificuldade. Os ruídos e o rumor das vozes dos moradores agora mais altos se embaralhavam, saindo por entre as várias portas dando para pátio comum, podia ver as muitas plantas, pedaços de mobílias e brinquedos, varais formando teia de aranha gigante e desleixada, trapos esquecidos secando ao luar. O cheiro de urina e lixo em decomposição misturavam-se pestilentos, e, como imaginara, ninguém à vista. Andando pelo corredor, entrou de vez. As altas portas de duas folhas das habitações deixavam sair por entre suas fendas as poucas luzes do seu interior. Após a terceira porta deixada para trás, pressentiu que a última à sua frente, escura e silenciosa, seria a do inimigo. Detrás dele, de um dos cômodos, alguém saiu de repente ao corredor, luz súbita fez sua sombra se esticar e alargar debaixo de seus pés. Continuou andando sem se voltar. Voz de mãe mandou filho "capeta" entrar e terminar de comer. A luz desapareceu no estrondo de porta fechando e as sombras voltaram a cobri-lo. Na frente da última porta, situada ao lado de três hediondos banheiros coletivos, parou. Do interior da habitação, silêncio e escuridão. Ventas se abriram nervosas ao sentir o odor inesquecível saindo de dentro. "O porco estava no chiqueiro." Aguçou o ouvido: ronquidos de respiração profunda e perturbada. Pedaço de corda passando pelos buracos de ausente maçaneta formava laço unindo as duas folhas da porta. Pegou uma das extremidades e puxou, ela tensou; rodou-a até encontrar o nó que desleixo e uso ajudaram a desatar com facilidade. Entrou rápido, fechou a porta atrás de si, encostou-se na parede e prendeu a respiração. No breu total, o ronco indicou o local da cama; contudo nem precisava, o cheiro emanando dela era inconfundível. Em seguida os olhos se acostumaram à penumbra e perfis de objetos começaram a se delinear: mesa, cadeira, garrafas, guarda-roupa, teto, quadro, paredes, vultos indistintos, somente a faca brilhou, de prontidão na sua mão.

• • •

Depois da morte horrível de Jandira, Magda sentia ter surgido entre eles restos de incertezas deformando o pacto inconseqüente que satisfazia, divertia e os unira até o momento. Bebendo e cheirando demais, perdendo até o olfato. Injetando cocaína na veia para impedir a imagem de Jandira tomar conta de sua insônia, com o peso terrível da imagem de seu corpo moreno e querido apodrecendo nas profundezas do poço, junto àquele homem sórdido também lá. A imagem dos dois, o apodrecimento, o fedor, os vermes, a terra, os insetos... a quietude.

• • •

O homem, de boca aberta, em ruidosa chiadeira, ressoprava sonho profundo. "Meter a faca nela, retorcer, cutilar, cortar a língua; morresse sem saber, acorda-se no inferno, pouco se lhe dava. Lá encontraria o preto gordo, sem garganta nem olhos para debochar da Sinhá e de sua valentia, mas antes o nome do bom pagador – como se não adivinhasse –, o homem da loteria." Chegou na borda da cama, ajoelhou-se, tateou e achou o sapato bicudo debaixo dela.

– Acorda para morrer, branquelo fedorento! – disse a boca, enquanto os dentes arrancavam o lóbulo da orelha e a ponta de sapato "nuovo", entrava pela boca aberta e sufocava na garganta as amígdalas e o grito de terror e dor estrebuchando nela.

– Pronto para morrer? – sussurrou a língua empastada de sangue, depois de ter cuspido longe um bocado de carne. – O capeta negro veio te buscar!

O terror esbugalhava os olhos, ameaçando pular como lava de vulcão. O homem não devia saber se no meio de um pesadelo, e só precisaria acordar para ele desaparecer, ou numa realidade pior porque à mercê de quem fosse. Enquanto isso, mijou-se.

• • •

Magda estava decidida: iriam se mudar dali, apesar de Tonho ter dito mais de cem vezes ser mais seguro continuarem na casa o maior tempo possível, garantindo assim que nenhum outro provável morador fosse ali xeretar nela. Eliminaria esse argumento: resolvera comprar aquela casa. Depois a demoliria, enterrando com ela o poço e tudo dentro dele. Isso era o que tinha a dizer-lhe. Sem confessar a intenção de enterrar também o tormento que ficara na sua alma com a morte de Jandira, incluindo a vida que levavam. Insuportável São Paulo e sua revolução! Aviões, tanques, soldados, sofrimento, gritaria, sangue. Entrando pelos cantos de sua vida, da casa, das ruas, do seu telefone. O melancólico Santos Dumont telefonava, quase gritando culpa e impotência: "É você, Magda? Tenho telefonado aos poucos amigos que me restam, não quero que pensem que estou cumpliciado com essa... essa guerra de brasileiros contra brasileiros, se bombardeando e matando... Meu Deus, maldita invenção, a que eu fiz. Horrorizam-me estes aeroplanos sempre pairando sobre Santos! Minha última guarida". E tudo isso para quê? Quanto tempo levaria tudo isso? E então surgira Fausto e seu sonho na equipagem:

"Magda, amor. A paz que procuras não está nem na Paulista, nem no Brasil. A paz está na Europa, reconstruindo-se da estupidez dos políticos e nos esperando avec toute la luminosité de la joie de vivre[1]. *Vem comigo, tia. Partirei para o exílio. Seja lá o que resolveres, não deixa de me contatar. E tira a lágrima desse olho esmeralda, que desse brilho invasor ele não precisa. Adieu, mon amour. Te espero."*

---

1. Com toda a luminosidade da alegria de viver.

Diria a Tonho que cogitava do convite de Fausto? O convidaria a acompanhá-la? Que passaria pela sua cabeça se imaginando na Europa? Naquele instante precisava da cabeça dele, a outra, a pensante.

— Chegamos, madame – Pierre murmurou inquieto.

— Até amanhã, Pierre, *de grand matin*.

• • •

— Só uma coisa neste mundo pode te salvar, seu molambento. Me diz quem mandou dar cabo de eu!

Quase sem respiração, a boca invadida pelo sapato e sua ponta cutucando a garganta, a dor da orelha mutilada, fio de faca espetando o pescoço, eram de uma realidade tão palpável que a reza, a fim de tudo isso tratar-se de pesadelo, se diluiu em tentativa de grito que virou vômito.

— Gritou, morreu – mordiscou o capeta negro no fundo da orelha e afastou-se para deixar o homem tossir, desengasgar e vomitar à vontade. Azeda a cama molhada de sangue, bílis e urina. Pestilento o ar, sombrio o quarto, o homem procurava com os olhos remelentos esse demônio o castigando ainda em vida.

— Está pronto para desembuchar? Ou vai preferir estrebuchar, seu inhaquento mijão?

— Quem tá aí? O demo? Tô morto, São Benedito? Pois me sarve do inferno, meu Cristinho! – murmurava e repetia ainda na cama o aterrorizado e confuso cristão.

Nem Benedito, nem demo. Tonho, envolto em penumbras, tateou e achou uma cadeira bamba, utilizada como criado-mudo. Com um tapa derrubou tudo no chão: toco de vela, revista, maço de cigarro, e sentou.

— Quem taí? – tossiu o homem, revirando os olhos para ver melhor. – Antes de morrê quero sabê quem me mata! Se amostra, diabo!

Olhando o peste, apavorado e humilhado pelo terror, sentia até dó. Um pobre ignorante que nem conhecia cagando-se na cama. Pau-mandado, sim, como ele foi na arapuca do coronel Gouveia. Fizera aquilo por quê? Sabia direito? Não. Então, vai ver esse patife também não. Ficasse raciocinando assim, a coisa toda daria em nada. Precisava de ódio, não de raciocínio. De repente fez-se a luz. O homem acabava de acender a lâmpada pendurada perto de sua cabeça. Combinou os olhos para ver melhor, demorou segundos a localizar, compreender, avaliar e finalmente reconhecer:

– O preto da lady! – palavras confusas saíram embrulhadas de bílis e sangue. Brumas de lágrimas e pavor fecharam os olhos. Incrédulo, sacudiu a cabeça desarrumada.

– Preto para a Lady. O demo para você! Que veio desencarnar teu esqueleto. Acorda logo para dizer quem te mandou aprontar sujeira.

Na neblina confusa do cérebro do sujeito, pequena tocha acendeu-se, iluminando alternativas de fuga e defesa; mais uns segundos e a tocha viraria farol. Precisava de mais tempo. Entre cusparadas de sangue e tosse, indulgência e confissão:

– Foi o corno. O dotô. O marido dela quem mandou. Me mata não, seu. Tenho filho na roça esperano eu tirá ele de lá.

Estaria ficando frouxo? Velho preto e cansado. Onde o ódio que estava ali? Cadê a ânsia fortalecendo a mão apertada como garra à faca?

Perjúrio na defesa:

– Mata eu não, seu. Muié no hospital, doida pra saí e podê vê o fio sozinho na roça.

A tocha então virou farol, sua luz mais forte iluminava um atalho, mentalizando esconderijo, mergulhando debaixo do travesseiro, guiando mão dissimulada.

– Nem o conheço, sô. Foi precisão de dinheiro que me levou, cumpadre. Não ia acontecê de novo, seu moço. Té esquecido d'ocê. Descarnou meu cumpadre, pra que mais, agora?

Entre percevejos e pulgas, no calor do travesseiro, o ferro sempre frio. Esperando.

• • •

As cautelas de antes, usadas com a intenção de evitar prováveis aborrecimentos, pareciam ter ficado no carro, junto com Pierre, e com ele desaparecido. Nesse instante, andava em direção à casa de cara descoberta, altiva até. Precisava transmitir segurança para desarmar possível negativa de acompanhá-la no novo rumo pretendido. Preferia desconsiderar, por enquanto, se a falta dele nessa nova perspectiva seria tolerável. Mais altivez e certeza no caminhar subindo a ladeira. Mais convicção, procurando a chave; esmagando com salto inquieto flor de flamboyant, metamorfoseando-a em mancha de sangue coagulado, sedutora, entrou e chamou por ele. Firme, abrindo a porta do quarto. Agitada, constatou a casa vazia. Arredia, abriu a porta dos fundos, olhando o quintal cheio de mato e o poço sombrio rodeado por ele. Revoltada, fechou a porta e voltou ao quarto. A primeira vez que não estava esperando-a! E estaria onde? Percebeu apreensiva nunca ter concebido ele vivendo alguma vida, qualquer outra vida sem ela. Hábitos? Quais? Amigos, conhecidos? Nenhum, que soubesse. Doenças? Outra mulher? Insolência demais só de pensar. Por que tão dramática? Que tal idealizá-lo fazendo algumas compras, bebida que acabara, por exemplo. Sabão, velas ou algo assim. Farinha. Pimenta. Qualquer comida dessas que ele gosta. Feijão! Esperar com juizo. Enquanto isso, revistar: encontrou duas garrafas de pinga, embrulho de velas, vidro de pimenta e saquinho de farinha, e mais: cuecas secando na janela do banheiro ao lado de pedra de sabão, quase inteira.

Nervosa, sentada na cadeira, imobilizada pela prudência segurando a raiva, jogou sobre a mesa um monte de feijão, foi contando um a um até chegar a duzentos. Noite fechada encontrou-a chegando a quinhentos e o brutal silêncio a acordou

260 • MIGUEL ANGEL

da pasmaceira numérica. Deu um grito repentino e a prudência voou longe junto com os feijões. Mais de duas horas escondendo o temido: ele a abandonara! Como o outro maldito preto fujão! Só podia tratar-se disso! O que afastava seu homem? Onde mais encontraria o que ela lhe dava? Ultraje traí-la assim. Imperdoável tratá-la desse jeito, depois de... *Depois de quê? Magda, reflete. Você deu umas boas trepadas, fechando os olhos ao dinheiro deixado no criado-mudo "para pagar as despesas", e que mais? Não sabe da existência de pessoas que, de tanto serem compradas, sentem raiva do pagador que as humilha?* Jardineiro tem orgulho? Preto, inclusive? *Magda, você é ridícula. Acreditou que um homem daqueles, mesmo fazendo parte dessa patuléia pobre, se contentaria em ser teu escravo sexual? Cansou da mulher "branca, gostosa, rica e puta!"* Sufocante amar e ficar perto de você, *Magda. Lembra Jandira. A vida dela se transformou, começou a dizer após conhecer-te, viver em função do próximo encontro. Isso te deixou toda cheia. Acabaste com a vidinha simplória dela.* Tinha culpa de gostar que as pessoas ficassem satisfeitas? *Usando-as a teu bel-prazer, parece mais sincero.* Amava Jandira! *Amava Tonho?* Amor? Que amor? Só entusiasmo e tesão! *Ele te deixou, Magda. Deve andar zanzando por aí, provavelmente atrás do sítio que sempre quis. Já entendeu o novo vazio? Bom se acostumar porque é isso que te espera. Os pênis só preenchem vagina, bocas e ânus, divertem; entretanto, a solidão é exigente. Ninguém está pensando em você, Magda.* Ninguém sabe o limite do ódio de uma mulher!

Levantou brusca, derrubando a cadeira, e foi ao quarto. A cama vazia parecia mais cheia do que nunca. Por que esse desmando? Por que não aparecia nesse minuto, todo agitado, dizendo, encabulado: "Sinhá! Fui comprar uns teréns. Inda bem que está aqui. Senti sua falta, mulher! Nunca mais vai encontrar esta casa vazia. Nunca mais!"

• • •

"Êmulo/ébano/autor, cúmplice/e escravo do meu zênite/regaço sólido que sacia quente/minha doce febre." Por que foi lembrar disso? Por que comparar-se ao molambento e perceber como era bom Sinhá existir? Não estava dando esperança para traidor, assim pensativo, de repente indiferente? "Tava, meu filho! Não devia confiar. Fica nessa trela com o destino, dá no que dá." Fica firme, homem. "Acorda, peste! Tá querendo morrer? Levanta!" A cadeira bamba cedeu ao movimento brusco feito ao tentar levantar-se, fazendo-o perder o equilíbrio. Inclinou-se até as mãos tocarem o chão para não cair de vez. Foi nesse segundo indefeso: como relâmpago a lambedeira foi arrancada de baixo do travesseiro. Num caminho traçado pelo desespero, como gol de furar rede, embocou no dorso a lâmina longa e estreita de mosqueteiro alvinegro. No impacto, no golpe traidor: o trevareio da surpresa lhe fez ranger os dentes.

"Acorda, Matheus! Tá querendo morrer?"

• • •

Magda acendeu todas as velas que encontrou, distribuiu-as por todos os cantos. Nada de Light!, a luz mais primitiva possível, como as senzalas deviam ter, ou o lugar onde o pariram em meio à sujeira que a pobreza dá, em meio a cerimoniais religiosos e cânticos primitivos a deuses estranhos vindos da África... Ficaria o mais perto possível dele, enfeitiçaria sua ausência, desentranharia o silêncio da casa; e o atrairia. Tirou as roupas, deitou nua na cama, acariciou-se, botou a língua de fora, fez "uis" e "ais" tentando exorcizar o vazio. Nada.

A solidão rondava pelo quarto, ignorando-a olimpicamente. Ficou com medo, lembrou-se da morte e da culpa, irmãs inseparáveis. Seria a solidão cúmplice delas? O poço lá fora! Estava da mesma forma sozinho, e nele os cadáveres, os mesmos dela: um odiado e um amado. Mas o poço não teve escolha.

262 • MIGUEL ANGEL

Levantou da cama de um pulo, abriu a porta do guarda-roupa, tirou tudo até esvaziá-lo: nenhuma pista.

Derrubou o criado-mudo e jogou para o ar o que havia dentro dele: nada.

Pulou e puxou até cair no chão a mala em cima do teto do guarda-roupa, abriu-a: além de trapos esquecidos: nada.

Puxou e arrancou o colchão da cama, deixando o esqueleto do estrado exposto: nada.

O baú no canto, sempre sob chave: imaginou-o cheio de segredinhos de ex-escravos ingênuos, aglomerados de santos e macumbas, cartas ininteligíveis de mães semi-alfabetizadas, alguma namoradinha de infância, medalhas, fotos dele aos dez anos, aos quinze, com colegas de farda na Praça da República, no Vale do Anhangabaú, bandeira de time de futebol, de algum pelotão. Baú velho e frágil, mais para esconder coisas de bisbilhoteiro que de ladrão. Com uma faca grande que pegou na cozinha, abriu o cadeado. Com força, virou-o, derramando seu conteúdo; com sorriso irônico constatou o fantasiado: foto registrando a condecoração de soldado pelo tenente Cabanas e ele ao lado, todo empertigado, aguardando a vez. Bandeirinha do Corinthians, recortes de jornais e revistas velhas comentando o assassinato de Gouveia, uma foto dela recortada de certa publicação feminina, escrito na margem com letra de criança: "Linda tetéia". Outro recorte mostrava casa de campo, escrito com a mesma letra: "Minha casa". Uma luva de couro que reconheceu sua. – Que mais encontraria nesse baú? Mais intimidades de uma vida desconhecida? O caderno que acreditara perdido... alguns poemas delirantes de cocaína!

Escravo fendedor \ de minha concha! \ Êmulo \ ébano \ autor, cúmplice / escravo do meu zênite \ regaço sólido que sacia quente \ minha doce febre. \ Pêlo e pele \ solidez incauta \ balanço e aconchego \ de meus peitos. \ Amor perpassado \ de senzala e fome.

O que o Ébano, Escravo, pensaria disso? *Dieu!* Nem lembrava seu verdadeiro nome! Tonho é que não era. Folhetos propondo a formalização do Dia da Mãe Preta. Recortes mostrando arados, tratores! Até perceber num canto da tampa, por trás do papel descolado que a forrava, fragmento de uma nota. Rápida, puxou, arrancando-o, e inúmeras notas caíram formando calhamaço. Uma pequena fortuna se espalhou no chão. Instantes. Boca aberta. Pernas cruzadas, sentada no chão, olhos também abertos. Lentamente. *Lentamente, Magda. Raciocina. Quem foge? Quem abandona alguém deixando todo esse dinheiro escondido? Considera, Magda. Ele escondeu esse dinheiro.* Aconteceu alguma coisa com ele! Onde está? *Medita, Magda. Percebes o lado medonho do premonitório rondando a casa? É, Magda. Há perigo nestas sombras.*

• • •

"Cangaceiro andou com mulher em manhã de segunda-feira, dia de batalha e vingança, dá azar, pode abrir sortilégio do corpo fechado. Joviu?"

No corpo que sempre estivera aberto, o ferro frio penetrou como soco nos costados, impelindo-o para frente e furando a caixa do peito na hora. O embate o desequilibrou ainda mais, de braços estendidos procurou a parede como apoio.

Precisava respirar.

Sem trégua o sujeito correu atrás, segunda estocada nas costas e o coração pareceu subir na goela, também ele devia ter sido atingido; "Com um grande buraco nas costas, que se abre quando ele abaixa a cabeça, o Quibungo a fecha quando levanta", as pernas começaram a se dobrar, golfadas de sangue vieram à boca, cuspiu para não sufocar. Faltou ar assim mesmo. Corrupio o fez cair, os joelhos bateram no chão num baque que não sentiu, no entanto ressoou dentro dele como eco numa abóbada feita de ossos que foi... que foi se mesclando com a voz de mãe e de irmãos, surgindo de suas profundezas.

Minha mãezinha
Quibungo tererê,
Do meu coração
Quibungo tererê,
Acudi-me depressa,
Quibungo quer me comer.
Ferrou os dentes! Escancarou os olhos!

Levou a mão às costas, tentando arrancar o que lhe puxava a vida; teria sido patada do cão coxo derrubando-o de costas no chão, mas o ferro não estava mais lá!

Piscou para desanuviar os olhos e viu o teto, em seguida a faca na mão do lacraieiro passando de leve na sua fuça, até sumir da visão.

– Mexendo no seu pingente?

Querendo se mexer, sem conseguir, e o molambento fazia o quê?

Reapareceu olhando para ele de sorriso nervoso e baba descuidada escapando de boca aberta, mostrando o cotoco que segurava na mão.

– O fístula cortou seu picaçu?

Agora o via, pela primeira vez desse jeito, longe dele, sangue o molhava todo.

O negro não vai ao céu,
Nem que seja rezador;
O negro catinga muito,
Persegue Nosso Senhor
Uma pirrola ferida. Seu orgulho estava morto. Seria a vez dele:

Eu bem te dizia
Quibungo tererê,
Que não andasses de noite
Quibungo tererê.

• • •

Sente, Magda. Sente a presença dele se afastando? Então te levanta, te veste. Se aproximares o ouvido na porta dos fundos, vais ouvir o poço preparando-se para tomar conta da casa, quer fazer dela extensão de seu cemitério e estão faltando você e Tonho no seu túmulo. Ele está vindo, Magda. Corre, mulher! Tonho – lembra seu verdadeiro nome? – nada pode fazer pelo teu terror. Mas, antes, deixa para as cinzas o sítio que acalentou alegrias memoráveis e onde acabas de descobrir tua flamante solidão. Derruba as velas todas!

Bouche à feu[2] *consumindo ausência. Depois, rua!*

• • •

Não sentia mais nada de seu corpo, névoa branca apagando o teto. Então espichar o couro era assim? Sem ódio ou amor, frio ou calor, peso ou fedor?

– Nadinha disso.

Depois, obscuro e de repente, tal qual um sonho, lá estava no alto, saindo daquele cortiço, abandonando osso, pele e sangue, voando como já sonhara tantas vezes, "enrriba" sobre as ruas do bairro; logo após São Paulo inteiro e o foguetório de sua revolução incendiária; e então podia até ver Pernambuco e o coronel Gouveia de terno branco e sujo de vermelho, jornal de sangue nas mãos e em seguida o pai, nunca visto em vida, estava lá varado de flechas, sentado no meio de ferrovia inacabada e semi-enterrada; e Cariri, Fortaleza, Ceará. Morrendo enquanto voava cada vez mais alto.

– E pode ver o Brasil todinho! Misturado na América sem sequer fiozinho separando-o. Tudo igual. Um bocadinho de vento e sobe até todas aquelas terras se confundirem numa bola azul. O mundo todo na frente. E é Lua passando? É não. É ele viajando. Ela ficou lá, para iluminar a noite de Sinhá. Morrer não dói, morrer é voar para o alto, para o espaço sem

---

2. Boca de fogo.

parar. E lá o Sol, atrás dos outros mundos e estrelas; é estrela cadente sem tamanho; foguetório de festa num nunca acabar, elas passam por perto. A Terra e a Lua já se perderam! Morrer é voar pra atrás, cada vez mais rápido. Afastando-se até o Sol desaparecer também e outras luzes claras e fortes vão se apagando, diminuindo. Esticar o couro é viajar cada vez mais depressa, deixando os teréns da vida para lá, ficando tudo mais nebuloso. Não dói nada. Depois das últimas luas e foguetório, vem o quê? Pode fechar os olhos? É lindura tanta que não se pode. Morto carece não fechar os olhos. Coisa linda morrer, sô! Medo fechar os olhos isso sim, e a morte acabar... Matheus, Matheus, onde você está?!

• • •

Agora vai, para rua aberta, Magda! Para noite de luar, cuja luz rivaliza com as das bombas da guerra cívica de São Paulo! Assustada, corre pelas ruas. *Para a Avenida Paulista! Deixando para trás o fragor das chamas queimando presságios.* Nos lábios, tardio murmúrio de nova descoberta: "Matheus, Matheus, Matheus!"

Peixes do Tietê Mordem Língua Nordestina e Desovam num Rolls-Royce do Outro Lado do Mundo.

Dentro do Rolls-Royce, Pierre aguardava o doutor Alvarenga.
 Bala de metralhadora de avião furaria o teto? Uma loucura! Nunca pensara que as coisas chegariam a esse ponto. Revolução em São Paulo virara guerra no país todo! Canhões, aviões sobrevoando a cidade dia e noite, atirando no povo, casas, fábricas. O Brasil inteiro contra São Paulo. Loucura mesmo! Nem faz dois anos, levou o doutor Alvarenga até a estação Sorocabana junto com seu Francisco Morato para esperarem a chegada do "Trem da Vitória" trazendo o grande herói nacional Getúlio Vargas; e agora? Gastara milhões junto com os outros ricaços para sustentar fábrica de balas, canhões e o escambau contra o mesmo Vargas e corriola. Não é loucura? Que ordens tão urgentes o doutor ainda queria lhe dar? Que andava misterioso, estava cansado de saber. Tudo mistério e conspiração há mais

268 • MIGUEL ANGEL

de ano! Mistério também foi o sumiço do crioulo. Dona Magda voltara sozinha daquela casa, muito nervosa, sem falar com ninguém, trancara-se no quarto. No dia seguinte perguntou-lhe várias vezes se tinha visto o homem. Como ele saberia do negrão? Alguém tinha perguntado por ela? Mandou ele ir até a casa, dar uma olhada. Olhar o quê? Cinzas? Incendiou tudo, madame! Será que não sabia, não? Muito estranha. Nos outros dias ficaram dando voltas e mais voltas no carro, sem destino, ele se cagando todo com essa revolução nas ruas. Ela? Parecia estar em outro mundo! Nunca a vira tão transtornada. Passaram pela casa, ou o que sobrara dela, monte de vezes. Mandava perguntar aos vizinhos se tinham visto "ele"; ninguém sabia de nada; as mulheres e os moleques do bairro saquearam o pouco que restou da casa; perguntou de um poço. Que poço? Sobrou nadinha, madame. De onde ela tirava a certeza que o corpo do preto não estava entre as cinzas? Pois tinha. E mandou calar a boca. *Cê não suspeita de nada, não? Seu motorista, cara de boca de bunda!*

A coitada zanzou como louca atrás do tição e nada. Dava um pouco de pena? Dava. Aí então ela propôs que o procurasse até encontrá-lo, cobriria todos os gastos e teria rica recompensa se achasse o homem, ou alguma pista que explicasse o sumiço. Contou para o doutor Alvarenga dessa proposta e lhe fez saber inclusive que dera seu preço: o que dirigia naquela hora – o Rolls-Royce! Xii! No ano que vem teria seu próprio carro, um luxuoso táxi nas ruas de São Paulo. Todo seu. Foi o prometido pelo doutor. *Além de traidor, chantagista, Severino! Severino Ferreira da Silva, cabeça chata, isso sim.* Isso se os "tenentes" não acabassem antes com as ruas da cidade. Pois é, os paulistas estavam ficando muito nervosos. Tinha ouvidos para ouvir as conversas do doutor, e o negócio andava ruim. Essa revolução mais parecia estar no fim. *Vai pra frente de batalha então, ajudar os paulistas salvarem as ruas da cidade ou morrer a bala, porque de vergonha não vai não, seu fuxiqueiro maricas.*

"Sou paulista para andar mostrando meu couro para os legalistas furar? Um avião 'vermelhinho' passando rasante: Pá, pá, pá! Coragem desses pilotos, mais ainda de largar bala em cima das pessoas, dos carros, dos choferes! São Paulo da garoa. São Paulo de Piratininga. São Paulo do perigo. São Paulo das bombas. Das barricadas. De revolução. De doutor Alvarenga. De dona Magda... Nunca dos choferes." *Menos ainda dos dedo-duros! Melhor se mandar pro Norte, não é? Esconder os cacos de tua cumplicidade na arapuca armada pra dona Magda. É melhor que ficar olhando pelo espelho retrovisor a cara angustiada da dona, a mesma que te deu todas aquelas gorjetas extras pra ajudar ocê a comprar táxi, que não mais precisa comprar, não é, Severino da Silva?! Ambicioso cabeça-chata, e pra não contar pra dona Magda o envolvimento do doutor conta com a garantia dele de ganhar este Rolls-Royce?*

São Paulo dera tudo o que tinha para dar, e o restante, os militares iriam papar. Voltar para o Norte era boa idéia. Além do mais, para aqueles lados não existia essa coisa de guerra. Imaginou, chegando de Rolls-Royce? Se havia cinco carros desses no Brasil, era muito. Deixaria a paisanada tiririca de inveja. Só clientela fina, políticos, coronéis, gente assim, claro. Dentro de seu carro, o zé-povinho só na inveja.

Será por que ela preferiu ter amante preto a você? Foi vingança, despeito! Foi, não foi? Severino de uniforme, feito de mentira e traição!

Doutor estava demorando um bocado. Que mais queria dele? Há coisa de mês entregara-lhe o endereço da casa do crioulo! E fez mais! Levou os caras até a esquina e em seguida se mandou! O doutor só fez cara feia na ocasião dele perguntar quem eram esses sujeitos; não gostou, mandou esquecer. E esqueceu mesmo? *Judas do olho torto e seus trinta dinares, com*

270 • MIGUEL ANGEL

medo da madame o reconhecer, saiu cuspindo fogo pelo escapamento. Ciúme, Pierreverino da Silva?

Por que não o liberava logo? Dissera que precisaria dele pela última vez, depois podia se mandar para onde fosse, com carro e tudo! Carrão deste. O que os malandros teriam aprontado? Incendiaram a casa, queimando o preto dentro? E a manicure, devia estar junto com ele. Só podia ser. Ficou desconfiado a partir daí. Nunca mais a viu, nem no dia seguinte nem na mansão. Se não estava na casa incendiada, vai ver tinha-se aborrecido da brincadeira e sumiu por aí. Teria coragem de perguntar? *Coragem pra mentir, chantagear os dois e trair tem toda, não é? Tua alma é fabriqueta de vilezas, Pieeeerre.*

Hi! Mas de carrão assim tudo é diferente. As pessoas respeitam homem bem-sucedido. *Se descobrirem como arranjou esse carrão o "homem-bem sucedido", cuspiriam no pára-brisa.* Caralho! Cadê o doutor Alvarenga? *Aí, pisca o olho de través quando fica nervoso. E o coração, pisca não? Como uma lady dessas pode olhar pra motorista vesgo, magro que nem mato de caatinga, xexelento.* Para o "carinegro" tinha olhos, né? E champanhe e presentes e... ela! Toda ela para o crioulo, esse sim, xexelento! Se tinha chamego para ele, era uma desavergonhada, puta de segunda – já ouvira murmurar o doutor Alvarenga dizendo isso – Ele, pelo menos, era branco. *Tá vendo? Vingança e ciúme! Ciúme de preto! Por acaso os pretos também traem as pessoas que confiam neles? Assim como os motoristas, nem tão brancos assim e vesgos, chamados Severino Ferreira da Silva? Te prepara Severino, vai sobrar pro'cê, seu Pierrista cagão.* Puta que o pariu! Cadê o branco... Cadê o doutor Alvarenga?

A mala pronta fazia dois dias, falou isso para o doutor. "Te acalma, Pierre. Depois de amanhã podes ir para o diabo que te carregue."

Foi o prometido. E o que faria assim que... Olha, lá. Lá

vinha ele! E acompanhado de um daqueles caras que aprontaram. O incêndio da casa só podia ser transação deles. A mando do doutor, claro.

Mas vesgo não era. Só um pouco "de través", o da direita. Vesgo não é isso.

– Pierre, nos leva para a Paulista. Rápido.

– Sim, doutor.

O cuidado do sujeito que acompanhava Ricardo, carregando uma caixa de sapatos, e a maneira de segurá-la no colo durante o trajeto, chamou mais sua atenção que o sorriso sorumbático e a mirada cravada na sua nuca. Pierre errou o alvo da atenção e, antes de chegar ao destino, já esquecera do embrulho e do homem. Foi seu segundo erro. Ricardo pegou a caixa que o outro, do banco de trás, lhe estendia.

– Muito bem. Isto aqui é meu. Pierre, leva este cavalheiro para onde ele quiser.

– Sim, doutor.

Ricardo desceu rápido, olhou em volta inquieto e antes de precisar chamar, a porta foi aberta pelo sisudo mordomo, que afastou-se imediatamente, permitindo a passagem ao apressado patrão.

– Quer passar para o banco da frente?

– Precisa não.

– Pra onde vamos?

– Pro Canindé, conhece?

– Canindé!? Conheço, depois do Pari.

"Que os pariu! Do outro lado do mundo. Pior. No cu do mundo! E com essa revolução, vai demorar dias pra chegar. Uma viagem. Que dizer, voltar?! E... 'Cavalheiro'? Quanta pretensão. De 'Cavalheiro' chamariam o novo dono daquele carrão! E cuidado com as patas sujas, lá atrás!"

Ambulância em Perigo
Foge de Bombas
e Lembranças Incendiárias.
As Almas Engolem
Roda da Fortuna.

Naquele sábado, a ambulância de sirene ligada disparava pela estrada rumo a Gramadinho. Tinham recebido ordens de evacuar a praça; vários feridos dentro dela, alguns retirados do posto médico ainda precisando de primeiros cuidados. Os poucos veículos trafegando, quase todos em missão, afastavam-se abrindo caminho. Tinham deixado o Hospital de Sangue de Capão Bonito, no Setor Sul, porque lá a situação estava péssima. A artilharia da ditadura não dava trégua, até o posto fora atingido e já se sabia que os ataques da aviação ditatorial não perdoavam nem hospitais veterinários: as bombas mataram até cavalos doentes. Lívio tinha ficado na Unidade Cirúrgica, instalada no prédio de grupo escolar de Capão Bonito. Recomendara a Ana tomar muito cuidado no trajeto, insistira para, após chegar a Gramadinho, continuar a marcha até o Hospital da Retaguarda, na capital, onde se reuniriam ele e todo o grupo de médicos que só aguardavam ordens para também abandonar o local, o que seria iminente; as forças governistas estavam perto demais. Depois do acontecido entre eles em São Paulo, "na cama de Lauro? Ai, Ana!", Lívio conseguira transferência da posição que ocupava no batalhão "Caçadores de Piratininga", posicionado nos contrafortes da Mantiqueira, para ficarem juntos na frente sul, de onde estavam fugindo naquela hora. Nesse ínterim, tinham tido encontros em que, premidos pelas circunstâncias, amaram-se em locais e de formas que a imaginação de Ana jamais tinha suposto. Nem sugerido em nenhum filme. Lívio tinha a sagacidade de localizar e conseguir se comunicar com ela pelo menos uma vez por dia. Bom detetive. Bons contatos com os comandos de comunicação, isso sim.

Ana na ambulância, sentada entre os feridos, pronta para qualquer emergência, estava esgotada, suja de sangue e lama. Os movimentos do veículo nas curvas e as súbitas brecadas, evitando os inúmeros buracos na pista, mantinham-na acordada. Precisava se segurar a todo momento para não se desequilibrar ou bater a cabeça nos ferros sustentando a lona, fazendo as vezes de teto. Disparos de obuses explodiram por perto, alguns combatentes não disfarçavam o medo; granada, tiro de artilharia ou ainda bomba de avião poderia atingir o veículo a qualquer instante. Ana observou como pôde o rosto de cada um dos feridos; sabia que a maioria tinha sido arrancada da vida civil, e após duros treinamentos, feitos em péssimas condições, tiveram de se transformar em soldados prontos em dois ou três dias. Aprender técnicas de sobrevivência em trincheiras cavadas em terras estranhas, e principalmente aprender a lidar com a iminência da morte ou das mutilações que a qualquer instante poderiam atingi-los. Eram homens traumatizados, vindos do comércio, da indústria, camponeses, professores...

A CENA MUDA • **275**

Ana sentiu de pronto por eles o sentimento que achava ter perdido em algum solavanco da guerra, da ambulância, das trincheiras, como a ternura que lhe fez abrir os braços a Pedro naquele domingo campineiro, numa época em que acreditava que a felicidade esperava por ela nos braços de Lauro. Aconchegada no coração dele e pronto, na tela surgiria, "The end". Atualmente era somente personagem de um filme onde os diretores não pediam conselhos durante o andamento da produção, e só faltava ensaiar o capítulo "Constituinte" e acabar com esse filme de horror. Quase tudo escrito por eles, homens, como o último e único bilhete que Lauro lhe escrevera. Soube quando fora com Lívio até a casa dele num sábado – amaldiçoado como quase todos os sábados desde a guerra começar, também num sábado! Assim como muitos, também ela temia esse dia da semana: morte do coronel Salgado, sábado. Explosão do paiol do quartel general da Força Pública, matando e ferindo monte de gente, incluindo mulheres e crianças. Sábado. Na próxima constituinte, bem podiam eliminar esse dia da semana! Lívio conseguira arranjar uma folga para ambos; sem jeito, teve de convidá-lo a acompanhá-la, "saudar a mãe de Lauro, que tanto gostava dela, e tomariam umas cervejas os três se o encontrassem lá, faz tempão não o vemos, não é?" Pela sua expressão, não devia tratar-se do tipo de convite esperado. Mas como explicaria que precisava ouvir da boca de Lauro ou ver em seus olhos negros o que o comportamento deixava claro, dentro e fora dela? Que o relacionamento entre eles sofrera também uma revolução mortal. Depois de sua última visita, quando soubera do Pedro, nunca mais procurou saber ou entender. Como sempre acontecia quando a requisitavam – "amada e necessitada por todos" –, como ébria se entregara de braços abertos à contenda, esquecendo todo o resto (na verdade, tentara. Não estava de coração acelerado quando chegaram na porta da casa?). Chamaram e ninguém atendera, porta semi-aberta, entraram e se depararam com uma Angelina transtornada, de vassoura na mão, caçando gatos pela casa. Fugindo dela como do diabo, espalhavam-se pelos cantos tentando se proteger. Ao vê-los, agradecera a Deus por aparecer "gente" naquela casa e desordenadamente contara o acontecido dias atrás entre seu velho cunhado e Lauro: tiveram uma tremenda discussão, Honório concluíra que Lauro era espião e boateiro, a mando dos getulistas, e o chamara de todos os nomes que um covarde podia ter. Lauro revidara chamando-o de velho alcoólatra e senil. O tio correra até seu quarto para voltar empunhando sabre e com ele ameaçara o sobrinho, que se trancara no quarto. Quando Honório desistira de arrombar a porta, mesmo sufocado por um ataque de tosse, ainda gritara da janela, para todo mundo ouvir: "Paulistas! Olho vivo nos espiões, boateiro é espião. Lincha, lincha! Meu sobrinho é espião! Lincha, lincha!", e jurando de morte os covardes mancomunados com os tenentes que lhe assassinaram um sobrinho. Ao desmaiar exausto e cair "ali, ao lado da porta", Lauro já estava preparado para partir. Ela tentara detê-lo, pediu-lhe ajuda para acudir Honório, mas ele, de cara amarrada, não se importara nem um pouco. Antes de passar por cima do corpo do velho e sair, dissera que deixara bilhete para ela, se aparecesse por aqui. Dissera "adeus", que faria uma longa viagem. Viajar para onde? Não respondera. E o tio Honório? No hospital, parecia estar morrendo como o irmão, o falecido, dos pulmões, nem o visitava mais, para que, ele não mais a reconhecia... Ela? Sozinha na casa e no mundo, sem quase nada para comer, e aqueles gatos miando de fome dias e noites inteiras, procurando pelo velho, evidentemente, que, pouco antes daquele surto violento, atravessara com o sabre a garganta daquela gata que ele gostava tanto. Cléo!? Ela mesma, mãe de todas essas pestes que a deixavam maluca. E o bilhete de Lauro? Nalgum lugar, no quarto, foi o que ele disse. Deixando dona Angelina concentrada na caça aos gatos, Ana entrara no quarto, seguida por Lívio, que fechou a porta silenciosamente. Sabia onde achar: na gaveta do criado-mudo. Lá estava o envelope com seu nome.

Ana, minha cara:
Ao leres esta (se um dia isso vai acontecer), já saberás que minha partida foi mais intempestiva do que teria preferido. Desisti de te procurar para te dizer isto pessoalmente, por razões óbvias. Você, num front *desconhecido, e a insustentável situação a que fui submetido pelas circunstâncias, não me deram escolha. Resolvi partir para a Europa a convite de Fausto. A esta altura, é possível que esteja longe desse inferno. Minha vida pode virar outro inferno, mas terá sido minha escolha. Um beijo sincero. Tentarei escrever. Conta para o Lívio. Abraços aos dois. Lauro.*

Um dia aconteceria. Não se surpreendera ao sentir-se mais aliviada que magoada ou triste. Lauro tomara uma decisão a respeito deles, isso era o esperado bem no fundo, e ter sido ele a tomar a iniciativa, ainda que meio aos trancos, fizera tudo parecer melhor. Lauro iria se apagar aos poucos dentro dela? Surgiria de vez em quando na lembrança como tudo que tinha perdido "por opção": os pais, Santos, a pobre Fea esquartejada dentro da mala trágica, Zezé Leone e Ana Costa, a desaparecida e quase esquecida Jandira, "Sarah-Nixon", o aborto... até quase desaparecer de suas lembranças? A vida continuaria sem ele, e seu significado na sua já estava mesmo sendo desarticulado nesses meses de "solidão a dois" onde a guerra a jogara. Foi livre tomando a decisão de abandonar Santos e os pais, livre entregara-se a Lauro, abortara e se alistara! Era mulher livre desde sempre e nem se dera conta disso. Como essa revolução, o amor também devia ter seu tempo. E no presente estava Lívio, cobiçando-a sempre. Sem precisar ter memória de elefante ou... de atriz. Apenas mulher.

– É de "adeus"? – interrompera ele.

– Sim. E de casamento, de certo modo.

– Casamento?

– Não é para entender.

– Quer ficar sozinha?

– Não, por favor, fica comigo. Senta aqui a meu lado.

Ao sentar, Lívio apoiara a mão no seu joelho.

– Com saudade?

– Um pouco. Passará.

– Não me importo se você quiser lembrar dele. Comigo.

E apertara-lhe a mão com as suas.

– Me dá um tempo, Lívio.

– Tempo? Sou muito avaro com o tempo.

– Lívio, mas era neste lugar, nesta cama que nós...

– Justamente. Se você me imaginar "Lauro", talvez consiga te fazer esquecê-lo. Não tenho orgulho, Ana. Tenho paixão. E afinal, eu estou aqui e Lauro não. Tempo e lugar estão comigo. E todos com você.

E ele ficara de joelhos na sua frente, tirando-lhe da mão o bilhete, guardara-o dentro da gaveta. Em seguida, beijou-lhe as mãos e conduzindo os movimentos, fizera com que elas acariciassem seus cabelos loiros e o próprio rosto. Depois levara as próprias até seu colo e desabotoara-lhe a blusa com lentos movimentos, como dando tempo a decidir se podia continuar. O silêncio respondera à subordinação. Então ele continuara; depois dos botões, sutiã; em seguida libertara os seios que sugara alternadamente, deixando os mamilos enrijecidos. Dessa vez não lembrou nenhuma outra boca. Arrancara-lhe as calcinhas por debaixo da saia, abrira-lhe as pernas e mergulhara a cabeça entre elas; "Tempo e lugar estão comigo. E todos com você"... A vida continuava sua marcha: cheia de opções. Ela fechou os olhos e rememorou Lauro:

— *Pede alguma coisa, Ana.*

— *Não quero nada... Quero, sim, suco de pêssego.*

— *Pêssego? De onde saiu isso? Mas que cara é essa?*

— *Cara de desocupada. Aquele judeu sovina me despediu.*

— *Você está chorando, Ana.*

Imagens cada vez mais tênues...

— *Um filho gostaria de ter um pai como você. E uma mãe como eu.*

— *Essa é uma cena que eliminaria na montagem do meu filme.*

... que as lembranças vão diluindo...

— *Não estava brincando quando falei aquilo de estar grávida...*

— *Tá perecendo a gata do velho.*

... pelo vigor do presente...

— *A gente tira.*

— *Deixa comigo.*

— *Deixar com você? Não ... Ver isso... Falar com Lívio. Que foi, está chorando? Você quer essa criança?*

— *Não. Não é isso. É que... essa gata e os filhotes...*

... fragmentos se dissolvendo na névoa da memória...

— *Uma graça esse cabelo molhado.*

— *Fico nada, devo estar parecendo bruxa.*

... o presente é tão eloqüente.

– O Lívio vai ajudar a gente.

E Lívio a derrubara ainda de saia sobre a cama, sem tirar as calças, desabotoou a braguilha e sem mais delongas, mostrara o membro que nunca imaginou existir mais branco, e de aparência tão dura a ponto de querer arrebentar. Como possesso, abrira-lhe as pernas e deitara-se sobre ela logo a seguir. Penetrara-a de imediato enquanto beijava seu pescoço, peitos, lábios; respirando desordenadamente, tirando e colocando a brancura sólida do membro, que na aflição do prazer tantas vezes cobiçado, escapava a cada estocada. E ela murmurara no ouvido: "Faz por trás. Quer?" Queria. Lívio, rápido, tirara o uniforme. Ela deitara-se de bruços arrebitando o traseiro e com as mãos orientara a invasão. Ele, agarrado nos quadris, metera exaltadamente, talvez receoso dele escapulir de novo. Ana cuidara para isso não acontecer: balançando o corpo da maneira que sabia Lívio gostaria, e ela também... "Um sorriso lhe aflora aos lábios, como a exprimir a grande felicidade que lhe inunda a alma. Para São Paulo fiant eximia!*"*

– Ana, você está chorando?

Sufocando alvoroços de prazer, gozaram quase ao mesmo tempo. Dona Angelina podia estar por perto. Não estava. Ao saírem do quarto, já refeitos, encontraram no meio da sala o corpo de pequeno gato com a cabeça esmagada, ainda em estertores. Do fundo da casa vinham os alaridos de dona Angelina chamando pelos outros gatos, imitando miados de gata inconsolável. Saíram sem chamar sua atenção. Da casa e daquele sábado.

Nesse sábado, o vôo rasante de avião sobre o teto da ambulância interrompeu as lembranças que a levaram tão longe, chamando-a de volta para a guerra e suas decisões. O presente continuava vigoroso.

A CENA MUDA • **281**

– Avião de reconhecimento aéreo não anda armado!

– Pois a ambulância devia parar e a gente saltar para procurar abrigo, essas são as instruções, não é, enfermeira?

Ao lado, voz juvenil disfarçava medo.

– Enfermeira, para onde tamos indo?

– Gramadinho. Lá parece não ter bomba caindo, meu jovem.

– Será mesmo?

– É o que dizem os comandantes.

Conversas ao pé da apreensão, para espantar o medo da tempestade da guerra.

– É, dizem também que Vargas vai dar a constituinte que São Paulo exige. Então a guerra acaba. Não é isso?

– Por isso estamos aqui, soldado. Depois voltaremos para casa. Onde nos esperam medalhas e constituinte.

– E não tinham aprisionado soldado nordestino, jurando de pé junto que estava aqui lutando contra a República Comunista de São Paulo que o presidente Matarazzo estava querendo instaurar? Como pode?

Alguém perto dele, do qual se podiam vislumbrar só os cabelos brancos, tossiu e, paternal, informou: – Desinformação, soldado, só assim conseguem recrutas para combater contra São Paulo. Boatos inventados pelo Getúlio para enganar os chocarreiros dos outros estados.

Acreditando melhor participar do presente ao pé do fogo revolucionário, a lembrar passados medíocres ou sonhar futuros incertos, Ana disse, repetindo o escutado várias vezes:

– Como a história do separatismo, tudo tentativas para desmoralizar a Revolução Paulista...

Do fundo, atrás da brasa de um cigarro, outra voz deixavase ouvir; esta, amarga. Pastosa de álcool, porém, sem medo.

– Aí que a moça se engana. Olha aqui, enfermeira, não sei quem você é ou por que está nesta briga, mas acho que deviam

282 • MIGUEL ANGEL

ter explicado melhor o negócio e não deixar mulher ingênua do jeito desses nordestinos, mineiros e gaúchos, dizendo besteiras por aí.

– Quem está falando aí?

– Pode me chamar de maneta. "Zé Maneta" a partir de hoje. Por acaso a moça ajudou na operação onde arrancaram os toquinhos podres da minha mão?

– Não, não estava lá. Graças a Deus. E acho bom largar esse cigarro. É perigoso aqui dentro.

– Ouvindo a moça falar sobre essa constituição paulista com tanto esmero, estou percebendo que precisa saber mais da verdade. Fique sabendo que nem todo mundo entrou nessa refrega por causa de constituição nenhuma, não. Existe muita gente como eu, indo para o *front* para separar São Paulo do Brasil. Isso mesmo, mocinha! Do Brasil que odeia São Paulo e inveja suas riquezas. Entramos, muitos de nós foram contra a ditadura de Vargas e sua intervenção de merda.

– De onde você vem?

– De Capão Bonito, filha, mas já sofri muito em outras frentes. Combati em 1930 também, atendendo à convocação do grande presidente Washington Luís contra esses militares que estão aí de novo. Por isso, enfermeira! E não pela constituição. Bom, até arrancarem minha mão a bomba. Não se deixe enganar, enfermeira. Constituinte? Deixe de bancar a boba e me dê alguma bebida, que meu sonho separatista está me doendo no peito ao ver traições de paulistas vira-casacas. Igual a senhorita enfermeira, falando besteira nas ambulâncias.

– Vira-casaca? Eu não sou... isso!

– Ingênua, então. Dá na mesma para os milicos, eles vêm aí matar todo mundo. Em especial as enfermeiras. As feias. As bonitas como a moça eles levam para os prostíbulos que Vargas mantém nos porões do Catete. Sabia não? Taí! Ingênua. Como é? Tem conhaque aí?

A CENA MUDA • **283**

– Se tivesse, não daria. E largue esse cigarro!

No instante do desconhecido maneta encolher o dedo indicador da mão sã, segurando a bituca contra o polegar, no momento preciso de esticar o braço para expelir o cigarro, aconteceu: bomba lançada por avião explodiu dentro da ambulância após ter furado o teto. Segundos após a explosão, grandes labaredas envolveram a ambulância, transformando-a numa fogueira rapidamente. Uma das rodas, envolta em chamas e separada do corpo destroçado do veículo, como apavorada fugitiva, escapou em desabalada corrida. O declive do terreno foi aumentando a velocidade da tocha em que se transformara, indo em direção ao Ribeirão das Almas, cujas águas rolam por aquele sítio há mais tempo que a duração de todas as revoluções. As idas, e possivelmente as por vir. Chegando na sua margem, rodopiou no ar, e, mantendo-se suspensa no espaço, girou num átimo de facho iluminando por segundos as águas frias do rio; em seguida, mergulhou nelas, apagando o fogo que a consumia. Afundou logo mais, onde desaparecerá, carcomida pela lama de seu leito e esquecida no tempo, igualmente voraz.

Carta Enviada do Guarujá que Ana Nunca Leu, nem Dona Filomena, que a Devolveu sem Abrir, Anexando Foto e Telegrama Dando os Pêsames aos Parentes da Falecida Combatente que Tudo Deu, até a Vida, por São Paulo...

"Guarujá, 23 de agosto de 1932

Aninha, minha filha:
Onde você estiver. Digo isso porque dona Filomena telefonou outro dia com pretexto de perguntar se tínhamos visto Jandira, porque da mãe da sobrinha nem sabe nem quer saber, <u>daquela índia</u>, como ela disse. Coitada, não é?
Ela nos contou muito orgulhosa que andas metida nessa guerra paulista. Cuidado, meu anjo com essas bombas e as balas e os aviões. Teu pai disse que namorado é mais perigoso. Pode coisa dessas? Tem aviões passando por aqui, bombardeando os barcos e as casas. A gente nem mais voltou para casa, fica aqui no hotel, junto com a família do gerente.
Faz tanto tempo não escreves. Nem telefona mais. Teu pai vive dizendo e ameaçando ir para aí te buscar. Ele acredita

286 • MIGUEL ANGEL

que você ainda é a menininha dele. Penso muito em você minha filha. Agora ficando mais velha e cansada posso entender melhor as coisas, tuas idéias e sonhos. Mas não adianta com o velho. Ele é muito cabeça dura. Acha que sempre tem razão. Estou escrevendo também para te contar o que todo mundo sabe o que poucos sabem é que fui eu e uma outra camareira as primeiras que descobrimos Santos Dumont no banheiro do hotel. Suicidado, enforcado! Que horror! Coitado dele, desse jeito. Pensei que ia desmaiar de susto. Quando os jornalistas e a polícia vieram, o gerente me pediu para não contar nada. Para não manchar, sujar o nome do hotel. Coitado. Deus perdoe esse ato de loucura que deu nele naquele sábado! Deus há de. Não achas?

Parei um pouquinho para tomar remédio. Voltei. Estou sentindo umas coisas nas costas, teu pai manda ir ao médico, mas sempre deixo para depois. Tomo remedinhos aqui e lá e vai passando. O que não passa é minha saudade de você. Você está magoada com teus pais? Que triste se for assim. Sabe filha, é que nossa ignorância mistura os sentimentos e dá mal entendidos. Devias entender isso e perdoar os velhos por suas besteiras. Besteiras! é o que teu pai vive dizendo toda vez que lê os jornais. Ele comenta essa revolução todo dia, afinal ela está acontecendo bem perto da gente. Já vimos até cadáver em Santos! Santa Maria, que horror te imaginar no meio dessa violência! não me assusta por Deus, com coisa dessas. Então querida, larga disso e faz cinema como sempre você quis. É mais seguro para uma moça. Escreve filha, vai alegrar muito a nos. Olha, teu pai, ele anda triste, cismado com a morte. Acredita? O velho ainda vai enterrar muito garçom engraçadinho que anda por aí, gozando do velho. Velhice, Aninha, era sobre isso que Dumont também falava. Que os jovens se afastam dos velhos como se tivessem algum mau cheiro. Hoje o dia está horrível e perigoso, tem aviões e tudo. De nada adiantou a morte de Dumont, ninguém liga para a morte. a ambição desses homens políticos é mais forte que o medo. Eu não tenho muitas ambições, por isso tenho medo. Não da morte, mas da escuridão. Toda vez que posso, acendo a luz do quarto para não ver a escuridão. Porque nela vejo às vezes imagens que assustam. No pesadelo da outra noite, minha filha. você estava correndo atrás de chama de fogo que não conseguia agarrar. Estranho, Aninha. Por isso, queria fosses artista, de cinema ou algo assim. Cuidado, filha, com bombas e essa revolução que já levou tantas pessoas. Crianças e velhos e mulheres e muitos outros inocentes.

Um beijo enorme para você e para aquele namorado que tanto queremos conhecer.

Até, minha filha. Escreve. Melhor ainda, sai um pouco dessa guerra e vem nos ver. Viu? Vou te contar mais coisas do coitado do Dumont que ninguém sabe!

Desculpa a letra e os erros. Não fica mostrando esta carta para o teu namorado que eu fico com vergonha. Tá?

Tua mãe e teu pai que tanto te querem.

Ah, sim! Manda abraços também para dona Filomena, fala que cuide bem de você!

Estamos com muita saudade, minha filha. Não é?

Tua mãe Isabel e teu pai.

"Châtrer le Noirceur à l'anglaise"
Ervilhas, Alface, Batata e Pitadinha de Cloridrato Adulterado.

Na cozinha, a travessa estava pronta, só faltava Magda.

Ela no quarto se arrumando: Ricardo dispensara os serviçais, todos eles. Inclusive Ezequiel, a quem, agora se dava conta, não via há dias. Nem teria percebido sua presença nesses dias tensos de angústia. Estavam sozinhos na casa. Isso não acontecia desde... isso nunca acontecera antes!

"Só nós dois, *chérie*. Sozinhos pela última vez e no aniversário de casamento! Não é *charmant?*"

Perfume francês no corpo todo, mais por hábito. Matheus perdido em algum lugar? Se tivesse visto as cinzas da casa, já a teria procurado, pelo menos atrás do dinheiro escondido. Ela e Pierre procuraram em todos os lugares possíveis. E teve de continuar a fazê-lo sozinha, depois da besta do Pierre desaparecer. "É medo de bomba cair na sua cabeça chata, de certo. Não lhe davas trégua, andando por aí arrastando-o no meio das

290 • MIGUEL ANGEL

bombas", gozara o "Caipirão Rubiácea". A pesar de tudo, ela continuara sozinha atrás do paradeiro de Matheus. Inventando motivo, fora às delegacias e registrara queixa de negro ladrão que roubara as jóias da família.

"Veremos o que se pode fazer, madame. A senhora entende. Nestes dias de aflição, um roubo de jóias... Convenhamos! *De minimis non curat lex*"[1].

Inventara em alguns hospitais que um seu empregado, trazendo correspondência importante, fora acidentado no meio do caminho e enviado por desconhecidos ao hospital: "Os feridos que temos aqui, minha senhora, são na maioria combatentes. Mas pode olhar, se quiser. Quem sabe seu empregado se encontra entre eles." Quem se importaria com pretos ladrões ou acidentados no meio de uma revolução? Pior, no fim dela. Em algumas noites sonhava com a imagem dele retornando de viagem imprevista, ou do *front*, desde que resolvera se alistar e... qualquer explicação na ponta da língua! A língua desejada entre suas pernas, ou em sua boca, como convinha. *Et puis je suis allée avec baraques où vivent les esclaves, mais je ne t'ai pas trouvé... oiseau du plaisir défendu*[2]. E agora esse cerimonial hipócrita. Quanto aborrecimento! De onde Ricardo tirara esse capricho, quando tudo estava acabado entre eles? Metido nessa revolução até o pescoço, o politicóide figuraria na lista negra dos militares certamente. Devia fugir ou se esconder quando entrassem na capital. Caçariam-no como "chefe" político de uma revolução fracassada! Fracassado, sempre... "Mas antes esta despedida, *please*?" – quase implorou. Enquanto esperava pelo possível surgimento de Matheus, daria-lhe esse último gesto infantil e não o veria mais. Foi o combinado.

---

1. A lei não se ocupa de minudências.
2. E depois fui às barracas onde vivem os escravos, mas não te encontrei... pássaro do prazer proibido.

A CENA MUDA • **291**

Fausto já teria partido, conforme lhe comunicara. Livrando-se de perseguições e outras mazelas infernais se aqueles militares o procurassem.

E sem saber, talvez, que Laura concretizara o ameaçado. *Pauvre* e desequilibrada criatura.

"*Ma chérie*, a Europa me espera, o amigo de olhos negros vem comigo. Não é *merveilleux*? Iguais às alegrias serão nossos prazeres. Por essa e outras *la baleine en colère* chamou-me de ratoneiro traidor – entre outras coisas! –, ameaçou botar fogo na casa, com ela dentro. Mesmo não acreditando nela, tenho comigo os Picassos e companhia, pra garantir. *Adieu, chérie*, estarei no palacete de Fontainebleau. Bem longe deste *grande flaque de sang*[3] nacionalista *où il ne reste rien*[4]. Para quem perguntar por mim, responde que morri nalgum incêndio provocado por bomba 'getulista'. Te esperamos. E o teu *portebonheur*? Traz teu querido 'mogno' junto se quiseres, será bemvindo!"

Onde andaria seu *porte-bonheur*? Seu "mogno"? "Ébano, Fausto. 'Meu ébano' é o correto, bobinho." Onde andaria Matheus e sua sensualidade? Desconforto sentir-se assim, infeliz.

Noite estranha essa. Deixar-se envolver nessa tolice ultrapassada de Ricardo. Iria terminar logo com a palhaçada, continuar a procurar Matheus até a exaustão. Novamente. Por onde andaria? *Mon amant, est-ce lui qui a cessé de m'aimer?*[5] Fontainebleau, Fausto, Europa. *Merde* de revolução!

No imenso salão do térreo, Ricardo bebia, aguardando. O jantar pronto desde o dia anterior. Aniversário de casamento e de despedida. Despediu até Pierre. Para sempre. O Corintiano, aquele sórdido animal contratado para isso, fizera um serviço

---

3. Grande poça de sangue.
4. Onde não resta nada.
5. Meu amante, é ele que deixou de me amar?

porco lhe custando o Rolls-Royce, mas o que era um carro usado perto do porvir? Um dia, por acaso, encontrariam no fundo do Tietê carro e chofer, mas sem a língua faladora, devorada pelos peixes! *E Iracema e a criança?* Também, também! *Que horror! E o mexeriqueiro Ezequiel?* Perambulando em algum asilo de mordomos velhos e desempregados.

Estava mudando, não era mais o mesmo. *Mais pérfido e maquiavélico?* Com essa revolução maldita não preenchendo expectativas e investimentos, o que se podia esperar dele? E os desgraçados getulistas, em questão de dias entrariam na cidade. Figueiredo e outros fanáticos tentando resistir, estariam arquitetando também a retirada, decerto. Em compensação, os preparativos de sua fuga também se achavam concluídos.

Mas Riqui. Primeiro Magda! Por fim não precisava mais dela, nem do aviado "Nijinsky"! Provavelmente incinerado como palito de fósforo junto com a louca da irmã! "Mo-nu-men-tal!" Isso deixava Magda abandonada no seu próprio jogo. *Como em todo jogo, alguém há de perder. Não seria ele. Certo, Riqui?*

Ele? Ah, ele tinha toda a trajetória de seu futuro na palma da mão! Primeiro se esconderia no anonimato para depois voltar coberto pelo manto protetor e glorioso de um império. Profano, proibido e temido na proporção do poder que o "Refinamento do Prazer Limitada" lhe daria. Sem cometer os mesmos erros estúpidos dos americanos da Klu Klux Klan. *Aqueles pobres caipiras? Como foi acreditar nesse fracassado Simmons?* Não permitiria molambentos pegarem esse tesouro incalculável. Teve de acelerar a realização desse plano...

Ricardo esvaziou o terceiro copo de uísque. De olho na escada e como sempre, quando nervoso, aparecia o sintoma: a pálpebra começava a tremer e piscar.

"É ansiedade, tome estas pílulas se acontecer, e relaxe, doutor, relaxe." Engoliu a pílula misturada com um trago de bebi-

A CENA MUDA • **293**

da. Precisava relaxar bastante. Aqueles seriam os últimos dias em São Paulo. Os fétidos "outubristas" já se jactavam da vitória através dos rádios e de suas publicações: "O que o reacionarismo em armas pretendia era transformar de novo a nossa terra em uma grande senzala. Em todo o nosso vasto território, porém, os elementos revolucionários se levantaram coesos, a fim de oferecer resistência à tentativa reacionária; assim, dentro de poucos dias o movimento impatriótico dos paulistas decaídos estará completamente dominado"[6]. Cacete! "Sua" revolução. Fracassada porque traída. Por todos os filhos da puta do país inteiro!

Podia ouvir Euclides Figueiredo socando o quepe e olhando a botina. "Foram os aliados de São Paulo que, ao invés de socorrê-lo, ou secundá-lo, não tardaram em enviar contra ele as suas hostes." E Magda, traidora como eles, representava-os de certa maneira. "Relaxe, Doutor Alvarenga, precisa relaxar, pense em ocorrências positivas e agradáveis." Pensou: Magda não riria mais de seus fracassos, poderia responder a cada insulto vomitado na sua cara: "Incompetência aliada, pirotécnico pirólatra de incêndios devastando cafezais?" Pois nada de queimadas! Nada de incêndios! Em vez disso, segurar a distribuição, incrementar a perseguição ao tráfico, para aumentar o preço do produto.

"Praga maior que qualquer nuvem de insetos?" Heroína, ópio, morfina, haxixe; tráfico de prazeres refinados, chiques, esnobes, proibidos e caros!

"Metido sempre onde a inabilidade faz ninho?" Usando as prostitutas e seus gigolôs, como militantes espalhariam ainda mais o hábito nesses vícios, aumentando o consumo não só nos cabarés, prostíbulos e bares, mas também em clubes e entidades de toda espécie. Que tal?

---

6. Proclama lançada pelo Clube dos Tenentes.

294 • MIGUEL ANGEL

"Olhe a respiração, doutor, cuidado com a ansiedade!"

Mais relaxado depois disso. Tranqüilo e frio, quase igual à escada. E, como ela, esperando e tentando ignorar os beliscões da impaciência na pálpebra.

Ricardo no salão térreo serviu-se da quarta dose. "Vai descer pela escada ainda aborrecida com este meu último pedido."

Estava pronta. Mas pronta para quê? Essa farsa do Caipirão, fazendo questão de levá-la até o fim, deixava-a nervosa. Aniversário de casamento? Quanta baboseira. Saiu do quarto, andou pelo corredor acarpetado até a escada, parou um instante no topo. "Esperando-me no meio do salão, levantará o copo saudando minha chegada, *farces du bon vieux temps*. Antigo e hipócrita." Começou a descer ainda aborrecida. Mesmo assim, sorriu. Não podia perder o *aplomb*.

Ricardo levantou o copo em sinal de saudação quando apareceu no alto da escada.

Tão bela e tão putrefacta! Abriu os braços.

– *Bella, je te salue!*

No meio da escada, ela parou. Arrumou a cauda do vestido *Lelong,* com muito charme. Ele apagava o sorriso detrás do copo de uísque, ao murmurar: "Bella Magda, esta noite é toda tua, homenagem a uma rameira". Mas, recuperando o sorriso enquanto ela terminava de descer, disse:

– Magda, esta noite é toda tua. Na tua homenagem fiz questão de preparar um prato do qual sei gostas mais que qualquer outro. Depois, como prometido, cada um para o seu lado. Bem longe desta Paulista corrompida pela *décadence*. Pelo menos eu ficarei longe.

– *Où est la merveille des merveilles?*[7]

– Um drinque antes? Uísque? Champanhe?

– Uísque. Champanhe é para ocasiões mais interessantes.

---

7. Onde está a maravilha das maravilhas?

Ricardo serviu uma dose e ofereceu. Magda sacudiu o gelo e o ruído das pedras contra o cristal ressoaram pela casa toda. Estavam sozinhos de verdade. Mais ela que ninguém. Bebeu longo trago. Quanto mais bêbada, menos doída essa noite. Ricardo, inclinando-se em longa mesura aprendida com o mordomo, indicou-lhe a mesa redonda de centro, onde algumas carreiras de cocaína descansavam, confundindo-se com o branco mármore de Carrara. Magda pegou o tubo de cristal e aspirou toda uma carreira. Quanto mais, melhor. Sentiu o nariz adormecer e um frio incômodo percorreu-lhe o corpo. Melhoraria em poucos minutos.

– Com fome, minha querida?

– O que vamos ter?

– Surpresa, *chérie*. Vamos à sala de jantar? Ou queremos conversar um pouco?

– Sem conversa. *Point de façons*[8]. Acabemos logo com isto.

– Como quiser. *Allons*!

Cavalheiro, estendeu o braço para ela segurá-lo, Magda ignorou-o e avançou. Ele seguiu-a, tentando disfarçar o palpitar da pálpebra que recomeçara. No grande salão onde entraram, a mesa estava servida com primor.

– Sabes, Magda. Sou *gourmet* de mãos cheia. Conhecendo teus gostos e preferências, tenho certeza não olvidarás *ce dîner* opíparo nos aguardando. Sentemos, *s'il te plaît*.

Cavalheiro de novo, afastou a cadeira e facilitou o sentar elegante dela. Imediatamente, abriu uma garrafa de vinho tinto.

– *Voyons*. De nossa desfalcada adega. Guardei para esta ocasião, primor de excelência. Sirvo?

– *J'ai le vin mauvais*[9]. Mas... *pour te plaîre* – Magda estendeu cálice de cristal da Boêmia. Com mesuras de "expert", Ricardo serviu.

---

8. Nada de cerimônias.
9. Não me dou bem com o vinho.

296 • MIGUEL ANGEL

– O que há com esse olho? Parece nervoso.

– Que nada. É alergia passageira. Ainda enxergo muito bem, o suficiente para perceber minha esposa um pouquinho aborrecida. *N'est-ce pas?*

– *Pourquoi me questionner? Que veuclez-te de moi?*[10]

– Calma, calma. Então, posso começar a servir?

– *Certainement.*

– *C'est l'affaire d'un moment.*

Ele se retirou, caricato, saracoteando empolado à maneira de um mordomo e ela ficou com o cálice de vinho tinto e a ausência de Matheus bem na sua frente. Subitamente, como um soluço vindo, como a premonição que já tivera; arrepio levantou a penugem dos braços, abrindo poros semelhante aos de pele de galinha; início de náusea partindo do estômago e subindo, cada vez mais perto da garganta. Magda nem por um instante atribuiu ao uísque, à cocaína ou ao vinho essa sensação. Tirou a certeza de se tratar de algo medonho, do mais subterrâneo de suas vísceras.

Ricardo, voltando de travessa na mão, o brilho da prata na tampa côncava iluminava-lhe a face; o guardanapo no braço, o sorriso torto e o tremelique no olho chegaram juntos, pararam na frente dela. Pausa. Magda, aguardando o epílogo. Ricardo, a expectativa do autor diante da platéia.

– Posso servir? Ou você mesma prefere fazê-lo?

Magda e a platéia inquieta dentro dela nada responderam. Confiavam no desenrolar do show.

E o show começou: Ricardo, com exagerada cortesia, deu a volta ao redor da mesa para postar-se detrás dela, colocou na sua frente a bandeja coberta e ligeiro voltou ao lugar onde se posicionam os autores em expectativa: na frente de seu público.

Cabeça baixa, Magda viu-se refletida no metal da tampa

10. Por que me questionar? Que queres de mim?

da travessa, deformada pelo formato oval. E se achou feia, pela primeira vez.

– Não vai se servir, *ma chérie*?

Antes de ela sequer pensar em dizer não:

– Ou eu mesmo o faço. Este jantar custou-me muito, esposa minha. Faço questão.

Os anéis da mão direita dela tilintaram na prata ao segurar a asa da tampa. Lentamente e sem disfarçar o tremor da mão, Magda foi levantando-a: primeiro folhas de alface assomaram pela borda, batatas *à la dorée* em seguida, miríades de ervilhas fritas na manteiga, espalhadas na travessa agora exposta. Entre brócolis e rodelas de cenoura, estava ele. Inutilizado pela morte, escuro por natureza e fogão, umedecido por azeite importado da Grécia, deitado sem a fúria do dono, parecia dormir humilhado, tolhido o levante antes sólido, tão conhecido e que tanto amara: birimbela, rola, pimba, bordão, tirano... *porte-bonheur*, agora infausto e tão morto como seu dono. Então entendeu o aviso agourento da náusea: cólica violenta no baixo ventre a sacudiu; abortando placenta desmembrada, súbita menstruação prorrompeu em explosões de gases. O ímpeto abriu-lhe as pernas para jorrar raivosa e, descobriria logo a seguir, letal hemorragia. Após um minuto de torpor e algumas convulsões, a cabeça pesou de repente cem vezes e caiu sobre a travessa, imobilizando-se imediatamente. Ervilhas saltitantes escapuliram dela e se esparramaram sobre a mesa. Na incongruência, o autor pediu vingativo "Bis!" Percebendo o *"finale* da ópera", terminou de beber o vinho restante no cálice e limpou os lábios com guardanapo bordado na Ilha da Madeira. Deu uma última olhada para Magda, que permanecia quieta com os cabelos sedosos salpicados de molho pardo. O colar de pérolas brilhando de azeite entre batatas. Folha de alface, de tão verde se confundia com um dos olhos semifechados; à medida que a vida se diluía no letargo final, porém,

298 • MIGUEL ANGEL

os olhos foram ficando verde-azul, verde-água, até o auriverde finado extinguindo o último brilho. Perto da boca, o pedaço de cadáver do amante, "de onde nunca deveria ter saído". Aos pés, poça de sangue encharcando e refletindo sapato italiano.

Agora verdugo, Ricardo murmurou, "Soberbo!" e "Adieu, mon plaisir!" *Vai esquecer de novo o nome do requintado prato recém-inventado?* "Châtrer le noirceur à l'anglaise" ou "Castrar a negrura..."; no entanto, Magda não podia ouvi-lo mais. Deu meia-volta e subiu ao quarto para arrumar as malas, saracoteando o traseiro e se congratulando pela nova lição aprendida: "Para elevar os lucros, o cloridrato de cocaína deve ser diluído ou adulterado. Sendo assim, a cocaína vendida possui uma pureza de 11% a 70% e expõe o consumidor a outras substâncias, desconhecidas e potencialmente perigosas". *Riqui, você não é mais o incendiário de safras, subiu de posto: além de aumentar o risco de overdose entre os usuários, dissemina doenças infecciosas! Eia! Você é gênio, o instrumento natural, criativo, de um destino determinado por Deus. Em tua homenagem, o "barão" devia estar assungando pó de cadáveres na necrópole!* 'Refinamento do prazer. Ltda.' 'Societas sceleris! Exegi monumentum aere perennius'[11]. *Mas que filho da puta! É delirante. Pára de rir, Ricardo, coração de leão! É a risada do Caipirão Rubiácea?* Não, a do Capitão Cocarato! "Império Invisível da América." *Rei na Bolívia? Ditador na Colômbia? Será Cuba o endereço oficial da sede? Ditador na América Central. Líder no mundo, lá vamos nós!*

Ninguém passaria na sua frente. Nem o futuro.

---

11. Sociedade do crime. Ergui monumento mais duradouro que o bronze.

ÚLTIMO CAPÍTULO,
FIM DESTA REVOLUÇÃO[1].
AD PERPETUAM REI MEMORIAM.
NIHIL NOVI SUB SOLE[2].

"AO POVO

Tendo o comandante do exército constitucionalista, gene-
ral Bertholdo Klinger, 'com o fito de não causar à ação mais
sacrifícios de vidas, nem mais damnos materiaes', proposto á
Dictadura a immediata suspensão das hostilidades, afim de
serem assentadas as medidas para a cessação da luta armada
– dirigimos a toda a população paulista um appello, no senti-
do de confiar na actuação das autoridades civis e militares.
Conservar-se-á o governo do Estado no seu posto até que,
assignado o armisticio, sejam feitas e encerradas as negocia-
ções para o restabelecimento da paz.

1. "A revolução não deveria terminar assim. Depois que fossem os filhos,
   iriam os pais. Depois que eles morressem, iriam as irmãs, as mães, as noi-
   vas. Todos morreriam. Mais tarde, quando alguém passasse por aqui, neste
   São Paulo deserto, sem pedra sobre pedra, levantando os olhos para o céu,
   haveria de ler, no epitáfio das estrelas, a história de um povo que não quis
   ser escravo". *Ibrahim Nobre.*
2. Para lembrança perpétua do fato/Nada de novo sob o sol.

São Paulo, 29 de setembro de 1932.

(aa.)Pedro de Toledo – Governador do Estado;
Waldemar Ferreira – Sec. da Justiça;
Rodrigues Alves Sobrinho – Sec. da Educação;
F. E. da Fonseca Telles – Sec. da Viação;
Francisco da Cunha Junqueira – Sec. da Agricultura;
Paulo de Moraes Barros – Sec. da Fazenda;
Godofredo da Silva Telles – Prefeito da Capital;
Joaquim Sampaio Vidal – Dir. do Dto. de Adm. Municipal;
Coronel Brasilio Taborda – Chefe de Polícia."

Folha da Tarde

De Recife, Líderes da Revolução Constitucionalista Partem para o Exílio em Portugal no Navio-Prisão *Siqueira Campos*

Depois de desembarcar do navio-presidio PEDRO I, que os levou até Recife, os chefes da Revolução foram transferidos à presiganga "Siqueira Campos" com destino a Lisboa. Sua chegada está prevista para meados de novembro. A seguir, parte da relação de exilados (entre políticos, técnicos, militares, intelectuais, artistas): "generais Isidoro Dias Lopes, Bertoldo Klinger, João Nepomuceno da Costa, José Luís Ferreira de Vasconcelos, coronéis Euclides Figueiredo, Joaquim Godói e Vasconcelos; tenentes Agildo da Gama Barata Ribeiro, Severino Sombra, Manuel Adauto Pereira de Melo; majores da FP, Antônio Pietscher e Reinaldo Saldanha, e os civis Altino Arantes, Antônio de Pádua Sales, Austregésilo de Ataíde, Cesário Coimbra, Francisco de Mesquita, Guilherme de Almeida, Ibrahim Nobre, José Cardoso de Almeida Sobrinho, Júlio de Mesquita Filho, Oswaldo Chateaubriand, Prudente de Morais Neto, Paulo Duarte, Waldemar Ferreira, Tirso Martins. *

*(*) Leia na página 12 desta edição, detalhes sobre a investigação feita pelos soldados de*

Cordeiro de Farias, atual chefe de polícia da Secretaria de Segurança Pública, sobre o paradeiro de Ricardo Alvarenga Marcondes Filho, único desaparecido dos líderes envolvidos na Revolução fracassada.

"Várias causas podem ter provocado seu desaparecimento. Nada nos consta que tenha tombado em combate. Mas, de início, as investigações indicam uma simples fuga. Se assim for, a esta altura provavelmente deve se encontrar fora do país, mas assim que voltar a colocar os pés na cidade, será aprisionado e terá de cumprir as penas de seus companheiros" – , promete o Chefe de Polícia.

Notícia de Última Hora: Urgente!

Jornal
Diário de S.P.
5 DE OUTUBRO DE 1932. São Paulo.

Na madrugada desta sexta-feira, foi debelado grande incêndio, que praticamente destruiu a mansão situada na Avenida Rio Branco, no bairro Campos Elísios, de propriedade da família Queiroz.

Pelo que indicam levantamentos de nosso repórter parece tratar-se de mais um atentado de conotação política como os registrados em ações similares. Como já publicamos anteriormente, e o leitor deve lembrar, trata-se de ações vingativas contra as grandes famílias e grupos cuja conspiração e apoio teve como conseqüência o movimento irresponsável de 9 de Julho, abatendo-se sobre o Estado com o resultado trágico que todos sabemos.

Sobre aqueles que semeiam o pânico com caçadas aos chefes políticos da revolução derrotada, as atuais autoridades garantem que tudo será feito para acabar com essas ações isoladas, consideradas francamente terroristas, que sem nenhum vínculo com o governo – ressaltam as autoridades, – contrariam as diretrizes de política pacífica e das ordens expressas do Governo, isto é, as de garantir a lei e a ordem daqueles que daqui em diante quiserem contribuir para a união dos brasileiros e trabalhar para que se extingam, o mais cedo possível, os efeitos da luta armada, como as dissensões e ressentimentos políticos (...) a bem dos interesses superiores da nação, uma vez terminada a luta pelas armas e reconhecida a autoridade do governo da União.

Outras informações sobre o sinistro e a confirmação destas versões somente serão consideradas depois de exame meticuloso do local, onde, até o presente momento, não foram encontradas vítimas nos restos ainda fumegantes da casa. (*Na foto ao lado, vemos o valente chefe dos bombeiros em ação.*) Mais detalhes na edição de amanhã.

Epílogo

Apoiado na balaustrada do convés superior, a poucos metros do tombadilho, avistava o sol desaparecendo aos poucos no horizonte atapetado pelo bucolismo *déjà vécu* do mar; isso parecia tornar mais frio o salgado vento que lhe acariciava os lábios, penetrava no peito depois de atravessar a branca blusa de seda, balançava sua mecha de cabelo solta e tentava roubar-lhe o jornal que segurava nas mãos. De barulho, apenas o rumor constante do casco do navio derrotando as ondas e a desordem de seus pensamentos. A *baleine brulée*![1] Liberto do estorvo, despojos que atrapalhavam seu andar pela vida. Bem melhor assim. Poderia dizer-se que foi por amor o primeiro fósforo, por ódio o segundo, e o terceiro pela alforria total! Belo vulcão iluminou sua fuga.

1. Baleia queimada.

Não precisou de muitos cuidados para evitar que Lauro soubesse da notícia já esperada no jornal que mantivera guardado entre seus pertences. Ébrio e atormentado pelo medo desde que partiram, não saberia distinguir um jornal de uma bandeira! De todo modo, duvidava se ele se importaria muito com aquilo. Em todo caso, saberia algum dia... *bien sûr.*

Calculou que se encontrariam bem longe da costa do Brasil; talvez no meio do oceano? "A pior jornada que a Europa cobrava para ser amada." Faltava muito para chegar ao verdadeiro mundo, ao destino que se prometera. Um destino auspicioso, profetizou. Se com Lauro a seu lado, não podia mais jurar.

Lauro! Deitado o tempo todo naquela pocilga apertada do camarote. Dormindo a ressaca ou escondendo-se da luz de mel da lua que os tinha iluminado desde que embarcaram.

Desplante. Vergonha da "sua" lua!..

Lua que apareceria a qualquer instante. Lua... "La luna nel cielo era assopita/entranella mia stanza cosi viva/che il mio sesso sussulta e si nasconde./Ride il fanciullo e candido si mostra/dicendomi 'vergogna di una luna!'"[2] Lembrou-se do amigo Sandro Penna, travestido e delicado poeta nas horas menos exultantes e com quem muita caça compartilhara em Roma. Andaria perseguindo pelos becos da Itália com seus poemas e miséria. Pândego Sandro, no entanto, muito extravagante para seu *aplomb* e paciência. Agora, Lauro? Caindo pelos cantos e envergonhando-o com o comandante e passageiros. *C'est regrettable.* Agressivo e grosseiro, principalmente com aquele jovem contramestre – de olhos igualmente negros. Melhor que o de Lauro, era seu mirar de abelha. Instigante marinheiro que, percebia pelo seu balangar entrando ou saindo do tombadilho,

---

2. A lua que no céu se apaziguava/entra no meu quarto tão viva/que meu sexo se recolhe e esconde/Ri o menino e cândido se mostra/me dizendo "vergonha da lua!"

parecia entender de fainas em viagens suas conhecidas. "La liberazione improvvisa è piú dolce: a me vicino um marinaio giovane. L'azzuro e il bianco della sua divisa..."[3] Cantava Sandro pelas tabernas e ruas, louco de amor. E de fome. Pena.

Lauro! Em princípio desafiante pote a que foi tão sedento, neste momento saciado de seu mel?

Balancete:

Conquista, mesmo árdua, quando seduzida, perde vigor e atrativos. Como as flores para as abelhas após roubarem seu pólen. "E assim passo do desejo ao gozo. E, durante o gozo, suspiro pelo desejo!" *C'est triste*, mas não seria a primeira vez. Difícil tomar cautelas contra a pertinácia de seus desejos. *Atrocement et irrémédiablement familier.* "Gozemos. Somente os dias que damos ao prazer são nossos; brevemente não serás mais que cinza, sombra, fábula" –, gritava Sandro pelas ruas cheias de jovens atrações, citando Pérsio, seu predileto.

Esboço de sorriso nos lábios soltando as folhas do jornal; finalmente o vento agitado tomou conta delas a partir daí. Depois, quando, exausto, abandonaria o folguedo e as deixaria cair ao mar, onde afundariam ou seriam devoradas por peixes confusos e sempre famintos. Nunca saciados. Como os homens? Fausto:

– *Je ne sais pas et puis qu'est-ce que ça peut faire tout ça?*[4]

Fim do crepúsculo:

O esgar da lua assomou vagaroso, remodelando o horizonte e cobrindo de noite o oceano. Com lentas pinceladas de luz cheia, foi destacando a verga amarrada no mastro, onde pequena bandeira triangular, balançando pela brisa do mar, reproduzia-se em sombra como mancha nervosa sobre a silhueta do tombadilho.

---

3. A libertação inesperada é mais doce: do meu lado um marinheiro jovem. O azul e o branco de sua farda...

4. Não sei, e além do mais, que importa tudo isso?

BIBLIOGRAFIA

A Scena Muda – *(Publicação Mensal da Editora Americana. 1920.)*
Arthur Ramos – *O Folclore Negro do Brasil.*
Bolívar Lamounier – *Getúlio. (Col. "Os grandes Líderes")*
Fernando São Paulo – *Linguagem Médica Popular no Brasil.*
Hernáni Donato – *A Revolução de 32.*
História do Século 20 – *Coleção da Editora Abril Cultural.*
Joel Rufino dos Santos – *História do Brasil.*
Juarez Távora – *Uma Vida e muitas Lutas.*
Manoel J. Netto – *Do "Cabeça de Cavalo" ao "Rabo de Peixe."*
Mauro Mota – *Quem foi Delmiro Gouveia?*
Nosso Século – *Coleção da Editora Abril Cultural.*
Paulo Duarte – *Mário de Andrade, por ele mesmo.*
Paulo Paranaguá – *Cinema na América Latina.*
Pierre Monbeig – *Pioneiros e Fazendeiros de SP.*
Peter Gay – *Freud: Uma vida para o nosso tempo.*
Fiodor Dostoiévski – *El sepulcro de los vivos.*
Hugo M. Sacchi – *Prestes: la rebelión de los tenientes en Brasil.*
Sergio Buarque de Holanda – *O Extremo Oeste.*

Matérias publicadas no DO Leitura -Imesp:
Aurora Ponzo Garcia -*"Guilherme de Almeida, crítico de Cinema e Cronista da Cidade"*
Beatriz H. S. Carneiro -*"Desvarios da Pauliceia (...)"*
Caio Porfírio Carneiro – *"O Incrível João de Minas"*
Coronel Cláudio M. Bento – *"A História Movimentada da Polícia Militar de São Paulo"*
Duílio Crispim Farina – *"A Faculdade de Medicina nas Trincheiras."*
J. Nascimento Franco – *"Separatismo: Uma idéia que vem de longe"*
José Inácio de M. Souza e Afránio M. Catani – *"A Chanchada.."*
Lauro de Almeida – *"O Povo Cantava."*
Maria Lúcia de Barros Mott – *"História de uma Romancista Corajosa"*
Maria Thereza Cavalheiro – *"Livraria Teixeira: Patrimônio..."*

Título	A Cena Muda
Autor	Miguel Angel Fernandez
Capa	Carlos Neri
Ilustração da Capa	Mangel
Revisão	Ateliê Editorial
Editoração Eletrônica	Ricardo Assis
Divulgação	Paul González
Formato	13 x 21 cm
Tipologia	Times
Papel	Pólen Rustic Areia 85 g/m² (miolo)
	Cartão Supremo 250 g/m² (capa)
Fotolito	MacinColor
Impressão e Acabamento	Lis Gráfica
Número de Páginas	312
Tiragem	1 500